Willi Achten

Rückkehr

Willi Achten

Rückkehr

Roman

PIPER

Mehr über unsere Autorinnen, Autoren und Bücher:
www.piper.de/literatur

Von Willi Achten liegen im Piper Verlag vor:
Die wir liebten

Zitatnachweis:
S. 82:
OLD MONEY
Musik & Text: Elizabeth Grant, Daniel Law Heath, Nino Rota
© Yorkshire Moors/Kobalt Songs Music Publishing/Sony Music Publishing (Germany)/EMI Music Publishing (Germany)

Unser Versprechen für mehr Nachhaltigkeit
Klimaneutrales Produkt
FSC®-zertifiziertes Papier
Hergestellt in Deutschland

FSC
www.fsc.org
MIX
Papier aus verantwortungsvollen Quellen
FSC® C014496

ISBN 978-3-492-07118-5

Gesetzt aus der der Sabon Next LT Pro
Satz: psb, Berlin
Druck und Bindung: GGP Media GmbH, Pößneck
Printed in the EU

Wir sehnen uns nach Hause und wissen nicht, wohin.

Joseph von Eichendorff

1

Der Ort meiner Kindheit war ein schöner Ort. Er lag am Talschluss, dort, wo die Berge aufsteigen und in der Höhe die Reste des Gletschers liegen, wo der Himmel weit wird und nicht mehr viel ist außer der Stille der Wälder und der noch tieferen Stille der Felsen. In jenem Sommer war es schon im Juni brütend heiß, und ich lag oft lange wach. Ich hörte bei offenem Fenster den Wind in den Espen spielen, und vom See stieg der leicht metallische Duft des Wassers zu mir herein, der in der Nacht viel stärker ist als am Tag, was für vieles gilt.

Manchmal war ein Ruderschlag zu hören, einer der Fischer, der hinausfuhr, um Aal zu fangen. Bruno begleitete sie hin und wieder, und es kam vor, dass morgens frischer Fisch vor unserer Haustür lag, für den ich ihm später im Schuppen, den wir seit einiger Zeit drüben auf dem Hof von Zwollers und Piccos Eltern zu einem Treffpunkt ausbauten, ein paar Mark gab.

Vater bestand darauf, dass wir die Fische bezahlten. Es sei nicht gut, in jemandes Schuld zu stehen, und ist sie noch so gering. Schuld verwandele sich in einen Ballast, der die Tage schwer mache, sagte er. Ich konnte mit seinen Worten nicht allzu viel anfangen.

Am Abend des Johannistags, ich war noch einmal aufgestanden und hatte mich ans Fenster gestellt, schimmerte von der Anhöhe über dem See ein schwacher Lichtschein zu uns herüber. Das Haus von Brunos Tante mit den schmalen

Fenstern, wo Bruno seit einiger Zeit lebte. Es herrschte Westwind, und ich hörte ihn Klavier spielen, Schubert, die Lieder. Er sang besser, als er spielte, das war eindeutig.

Auch in Mutters Werkstatt brannte noch Licht. Ein gelber Lichtkegel fiel auf den Rasen, den Vater nur ein paarmal im Jahr mähte. Er liebte den blühenden Klee und die Kissen aus blauen Blumen, deren Namen ich mir nicht einprägen konnte. Dann löschte Mutter das Licht, die Werkstatttür fiel ins Schloss, und nur über den Bergen lag noch ein Nachtblau, und der Gletscher schimmerte fahl. Nicht mehr als ein paar blasse Flecken. Mutter bemerkte ich erst spät, ich wollte schon zurück ins Bett gehen. Sie saß unter der Birke, hörte wie ich die Musik über den See streichen. Früher einmal hatte sie selbst in einem Chor gesungen, in der Jugend. Ihre Stimme klang immer etwas wehmütig, wenn sie davon erzählte. Dann hatte eine Knotenbildung an den Stimmbändern sie gezwungen, damit aufzuhören, und heute hörten wir sie nur selten singen, manchmal bei der Arbeit in ihrer Werkstatt, ein Anbau im Garten, in dem sie Schmuck herstellte. Kleine Arbeiten, die sie an drei, vier Juweliere im Umland verkaufte. Sie sprach wenig darüber. War ein Schmuckstück fertig, packte sie es ein und verschickte es oder fuhr es selbst aus. Wir bekamen kaum einmal etwas zu Gesicht. Vater am wenigsten.

Am Morgen weckte mich das nagelnde Tuckern eines Traktors. Es musste Ranz sein, der mit seinem Fendt bei uns in der Einfahrt stand. Ich hatte verschlafen, und als ich hinunter in die Küche ging, roch ich den Duft von Kaffee und Spiegeleiern schon im Flur, in dem ein warmes flirrendes Licht stand, das sich in den Fensterscheiben brach.

Ranz saß bei Mutter am Tisch und frühstückte. Ich setzte mich zu ihnen, trank einen Kaffee. Mutter strich mir über den Kopf.

»Kommt ihr voran?«

»Wir fahren gleich rüber zu Zwoller und laden die Bretter auf«, sagte ich.

»Werden heute die Wände des Spitzbodens verkleiden«, ergänzte Ranz.

»Ohne Hilfe? Professionelle Hilfe, meine ich.«

Ranz setzte ein schiefes Grinsen auf, das ich noch aus der Grundschule kannte: »Ich bin die professionelle Hilfe, wer sonst?«

Sie lächelte und goss ihm nach. Ranz wurde häufig unterschätzt. Vielleicht, weil er vom Bauernhof kam, einem kleinen Betrieb, der wenig abwarf und Jahr für Jahr mehr verkam.

Mutter hielt sich nicht damit auf, was Menschen darstellten. Sie mochte Ranz, sie mochte alle meine Freunde, und meine Freunde mochten meine Mutter.

»Wir müssen«, sagte Ranz, trank seine Tasse leer und schluckte den letzten Bissen runter.

In der Einfahrt tuckerte der Trecker, an den Ranz einen Hänger montiert hatte, noch immer vor sich hin. Fahren konnte er schon als Kind, den Führerschein hatte er an seinem sechzehnten Geburtstag nachgeholt, nachdem er all die Jahre ohne gefahren war.

Er ließ die Finger knacken, eine Angewohnheit, und stieg auf. Bis zu Zwoller und der Sägerei waren es nur ein paar Meter. Zwoller hatte uns Fichtenbretter gesägt und gehobelt. Das Holz lag auf einem Stapel neben der Halle.

Wieder ließ Ranz den Motor laufen. Ich drehte den Zündschlüssel, und erst als der Motor erlosch, war das Rattern der Säge zu hören, und der Duft des Holzes legte sich über die Dieselschwaden.

Zwoller kam raus und warf uns Handschuhe zu.

»Wetten, dass ihr keine dabeihabt.«

Ich grinste und streifte sie über. Ranz legte sie achtlos auf dem Kotflügel ab.

Ranz und Zwoller trugen jeder mehrere der fünf Meter langen Bretter und warfen sie auf den Hänger. Ich tat es ihnen gleich, um mir keine Blöße zu geben.

»Wird warm heute«, sagte Zwoller, als die Arbeit getan war.

»Ist es schon«, sagte Ranz.

Sie schwitzten beide nicht.

Wir fuhren durchs Dorf, an der Kirche und dem Schulgebäude vorbei, wo im Schatten der Linden Kinder spielten, dann weiter durch Wiesen, erreichten den Hof von Piccos und Zwollers Eltern. Ein paar wenige Äcker, hauptsächlich Viehwirtschaft. In der Ferne lagen die Gipfel der Berge im Dunst.

Ranz und ich deckten das Dach des Schuppens neu ein, und als am Mittag Zwoller dazukam, begannen wir, von innen die offen liegenden Sparren zu verkleiden, damit der Wind nicht hindurchpfiff. Zwoller gab uns Anweisungen.

»Treibt die Schrauben nicht zu tief ins Holz«, sagte er. »Bündig reicht. Das Holz könnte reißen.«

Ranz jagte die Schrauben ins Holz, wie er es zuvor getan hatte. Seine Kiefer mahlten.

»Ich bin hier nicht der Lehrbub.«

Zwoller schüttelte nur den Kopf und machte sich auf den Weg zurück zur Sägerei.

Mehr als einmal hatte Ranz in der Vergangenheit den

Hammer gegen die Wand geknallt, wenn ihm irgendwas nicht passte. Ranz fehlte etwas. Gelassenheit vor allem. Wer ihn kannte, der wusste, wie man ihn an die Decke gehen ließ. Wer ihn kannte, wusste auch, wie man ihn für sich gewann. Vater mochte Ranz. Er mochte auch Bruno. Aber wenn es darauf ankam, im Garten einen Baum zu fällen, eine Hecke zu pflanzen oder einen verunglückten Vogel aus einer Baumkrone zu bergen, rief er Ranz. Dass wir im Schuppen tranken und kifften, ahnte Vater, schätze ich. Dass wir dort etwas gegen Bolltner und seine maßlosen Pläne für das Skigebiet aushecken würden, darin war er von Anfang an im Bilde.

Am Nachmittag kam auch Picco hinzu. Er war kleiner als alle anderen, stellte sich auf eine Kiste, um uns zu helfen. Nicht, dass er zwergwüchsig gewesen wäre, aber klein. Das Abiturfoto würde seine Misere noch einmal zeigen. Wir kamen gut voran, und am Abend waren die Längsseiten des Spitzbodens getäfelt. Wir stiegen nach unten, setzten uns auf eines der zerschlissenen Sofas und machten uns ein Bier auf. Kurz darauf hörten wir draußen einen Fahrradständer klacken. Bruno schaute meist erst am späteren Abend vorbei, wenn alles getan war. Wortlos kam er zur Tür herein, streifte seinen Rucksack ab, aus dem ein Futteral hervorlugte, das aussah, als hätte er darin ein Gewehr verstaut.

Ranz grinste und setzte sich zu Bruno aufs Sofa.

Ich verließ kurz den Raum, ging zur Toilette. Als ich zurückkam, lehnte tatsächlich ein Gewehr an der Wand. Eine kleinkalibrige Flinte mit braunem Holzschaft und dunklem Lauf, wie ein Luftgewehr vom Jahrmarkt.

»Woher ist das Ding?«, fragte ich, aber Bruno schüttelte nur den Kopf. Aus der Innenseite seines Jacketts holte er eine Pfeife mit einem kleinen Specksteinkopf und ein Tütchen mit Marihuana hervor. Er zerkrümelte Tabak, mengte das Marihuana darin unter, befüllte den Pfeifenkopf und paffte. Dann reichte er mir die Pfeife. Ich gab sie an Picco weiter, ohne einen Zug zu nehmen. Ich mochte das Zeug nicht besonders. Als wir fertig waren, lüfteten wir. Piccos Eltern konnten immer mal hereinschneien.

Bruno nahm das Gewehr und flüchtete mit Ranz auf den Boden. Wir hörten sie das Dachfenster öffnen, und kurz darauf erklang das Klicken des Abzugshahns.

Wir arbeiteten noch eine Stunde weiter und setzten ein neues Dachfenster ein. Bruno brach an jenem Abend als Erster auf, was ungewöhnlich war. Das Gewehr nahm er mit. Kurz darauf ging auch ich.

Schau ich zurück, und ich schaue ständig zurück, seit ich ins Dorf gekommen bin, als sähe ich von hier aus schärfer, wie die Jahre gewesen waren, begann in jener Sommernacht etwas, das unser Leben veränderte. Unbemerkt von uns allen.

Ich nahm die Abkürzung unter den Kirschbäumen hindurch, immer wieder streiften mich die von den Früchten schweren Äste. Über dem kniehohen Gras flogen Glühwürmchen, und ihr Leuchten zog in kreisenden Bahnen unter den Bäumen dahin. Ich sprang über den Wiesenbach, ging vorbei an den weiß getünchten Höfen, über denen der Mond aufgezogen war. Ein paar Vögel flatterten auf. Im Frühjahr hatte der See die Wiesen überschwemmt und bis in den Spätsommer ein paar Tümpel zurückgelassen, in dem nun Wasserlilien wuchsen. Der Chor der Frösche begleitete mich. Er gab der Nacht etwas Ruheloses. Manchmal, wenn sie verstummten, hörte ich die Pferde grasen.

Am Ufer stand Bruno. Er hielt das Gewehr in den Händen und zielte auf irgendwas im Wasser. Als er abdrückte, war das trockene Geräusch eines Schusses zu hören. Etwas weiter draußen auf dem See spritzte es auf. Bruno reichte mir die Waffe.

»Jetzt du«, flüsterte er, außer uns war weit und breit niemand zu sehen.

Der Lauf zitterte, als ich das Gewehr anlegte.

»Beim Ausatmen, wenn beinahe alle Luft entwichen ist, ziehst du den Abzug«, sagte Bruno.

Es dauerte, bis die Waffe ruhig in meiner Hand lag, am Landungssteg löste sich ein Boot und tuckerte hinaus. Es hatte die letzten Wandergäste an Bord, die zu ihren Hotels wollten. Das Boot gehörte zu Bolltners Flotte. Seine Schiffe brachten die Ausflügler zu uns ins Dorf. Bolltner war nicht nur der Liftbetreiber im Nachbartal, er war der Besitzer der Restaurants dort auf dem Berg und unten im Tal bei der Station, er betrieb ein weiteres in der Kreisstadt und eines in Salzburg.

Bruno nahm mir das Gewehr wieder ab und legte sich wie ein Scharfschütze auf die Uferkiesel, und ich tat es ihm nach, ich wollte nicht für alle sichtbar im Mondlicht stehen. Er wartete, bis das Boot sich genähert hatte, zielte lange und schoss. Ich hörte das Aufschlagen an der Schiffswand. Pling. Er schoss ein weiteres Mal, doch das Projektil verlor sich in der Weite des Sees. Dann war ich an der Reihe. Ich zögerte. Wenn uns jemand erwischte, waren wir dran.

»Komm schon, ist nur ein kleiner Spaß«, flüsterte er. Ich zögerte immer noch, ich erinnere mich genau. Ich wusste, dass es etwas verändern würde.

Das Metall war nicht kalt, es war eher hautwarm, würde ich sagen. Die Kugel schlug weit vor dem Boot ins Wasser.

Bruno stieß mich mit dem Ellbogen in die Seite, und ich feuerte noch ein paarmal ab, aber das Schiff war längst außer Reichweite.

Wir standen auf, klopften uns die Hosen ab und gingen ohne ein Wort davon. Bruno in seine Richtung, ich in meine. Ich wanderte unter den Espen und Pappeln am Ufer entlang zum Dorf, Bruno zum Haus seiner Tante. Ein paar Monate zuvor war er zu ihr gezogen, er war ein paar Jahre älter als wir, hatte in der Stadt gelebt, seine Eltern waren verstorben, hieß es, etwas, das er nie näher erläuterte, sosehr wir auch bohrten. Ich hatte es nicht eilig, und noch bevor ich zu Hause eintraf, hörte ich die Musik, wie schon am Abend zuvor. Am Tag schluckt der Wald viele Geräusche, in der Nacht entlässt er sie, verstärkt, was übers Wasser kommt, die Stimmen der Paddler und Angler, und nun wieder Mahler und Schubert. Es war eindeutig Bruno, was die Klangrichtung und die Wahl der Musik anging.

Zu Hause fand ich Mutter wieder versunken in ihrem Liegestuhl, der Musik lauschend, als würde sie für sie gespielt. Sie trank Wein und hatte die Lampions angezündet, die in den Bäumen sanft schimmerten. Ich sprach sie nicht an, hörte sie leise mitsingen. Zeilen aus der Vertonung des »Wunderhorn«-Liedes, *Das himmlische Leben*. Doch an diesem Abend war mir das Lied noch unbekannt.

Die Nacht war kurz, nur ein zögernder, sich ins Blau verschiebender langer Abend, der selbst nach Mitternacht noch ein Zwielicht bewahrte, bevor der Morgen aufzog, ein Leuchten, über den Bergkämmen im Osten, das mich weckte.

Ich zog mir eine Jacke über, trat nach draußen. Eine Unruhe streifte mich, grundlos und fremd, als käme sie von weit her. Ich lief am Spülsaum entlang auf einer leicht schrägen Ebene, nicht Wasser, nicht Ufer. Das erste Sonnenlicht fiel auf die Bäume und das glatt geschliffene bleiche Totholz, mitunter ganze Stämme. In den verlandeten Buchten stand ein fauliger Geruch. Mückenschwärme hoben sich träge in die Luft. Ein Rascheln im Gras, zwischen den Bäumen fast lautloses Flügelschlagen, eine Eule schwebte über das Wasser, über die Stümpfe und die grasgrünen Auen im Bruch.

Ich legte mich unterhalb von Brunos Haus auf die Kiesel, spürte die Kühle an den Fußsohlen, überließ mich dem sanften Rhythmus der Wellen. Später tauchte über dem See ein Schwarm großer Vögel auf und schwebte zum Wald hinüber. Sie flogen in einer Formation wie Kraniche. Dabei war es nicht die Jahreszeit für Kraniche. Ich schaute ihnen lange hinterher, dann stieg ich das Ufer hinauf, wollte zurück ins Dorf, machte einen Umweg durch den Wald, hörte das leise Singen des einsetzenden Regens auf den Blättern. Ich roch das Gras, auch den Duft des Regens auf der trockenen Erde.

In meinem Rücken hörte ich Schritte. Ich blieb stehen, und alles verstummte. Eine gespannte Wachsamkeit um mich herum. Auf dem Weg war niemand zu sehen, aber ich wusste, ich hatte mich nicht getäuscht, und kurz darauf waren weiter entfernt wieder Schritte und das Brechen trockener Äste zu hören.

Für mich hatten das Haus meiner Eltern und das Dorf und alle, die mir dort nahe waren, in jenem Sommer im Jahr 1993 etwas Intaktes, und der Gedanke, diesen Ort eines Tages, warum auch immer, verlassen zu müssen, schmerzte mich, vor allem, da die Freunde noch die Freunde waren und nichts unser Leben trübte. Aber das Leben enteilt uns, und genau in diesem Moment, als ich nach Hause kam und Mutter nicht vorfand, nicht im Haus und in der Werkstatt nicht, schwankte meine Zuversicht, und das trübte den Tag, wie eine böse Ahnung es tut.

2

Den ganzen Morgen schon schlägt der Wind gegen das Dach, reißt an den Hortensien, den Rhododendren, den Eiben, treibt Zweige über den Rasen. Das Gras im Garten ist von einem satten Grün. Darauf Maulwurfshügel. Von der Küche aus kann ich die Wolken ziehen sehen. Sie löschen die Existenz der Liftmasten, die am jenseitigen Ufer in die Berge aufsteigen. Ein Schwarm Stare kreuzt dicht über dem Wasser, dann wirft der Wind sie in die Höhe. Sie jagen von hier nach da, ändern die Richtung abrupt, steigen und fallen, ein rauschendes Gespinst in der Luft, ein Schwirren und Schwärmen, der Flügelschlag Hunderter Vögel. Wenn der Wind eine Pause einlegt, ein trügerischer Moment, der nie lange anhält, tönt von der Sägerei das dumpfe Aneinanderstoßen der Baumstämme herüber, die über das Förderband bis zur Säge geführt werden. Immer drei hintereinander, damit der Aufwand sich lohnt und Zwoller den Rhythmus der Arbeit nicht unterbrechen muss. Ich kann, wenn ich will, zu ihm hinübergehen, ihm bei der Arbeit zusehen. Zwoller ist Zwoller geblieben. Oft wortkarg, ernst und immer ein wenig abweisend. Spätestens seit der Jugend hielt ihn eine Art Stummheit umfangen.

Ich hatte immer daran gedacht, eines Tages zurückzukehren. Jetzt war die Zeit dazu. Das Haus hat lange leer gestanden. Die Farbe löst sich von allem, die weiße von der Fassade, der dunkle Palisanderton von den Türen und Fenstern. Ich streife mir die Jacke über, hole Spaten und Schubkarre aus dem Schuppen, trage die Maulwurfshügel ab. Eine Bö bringt die Bäume zum Schwanken. Ich lege den Spaten beiseite, halte mein Ohr an den Stamm einer Linde. Im Inneren glaube ich ein Spleißen zu hören.

Ich grabe bis zu einem der Kriechgänge und stelle eine Schale mit zerstoßenem Knoblauch auf. Maulwürfe seien geruchsempfindlich und die Gänge miteinander verbunden, der Gestank von Knoblauch vertreibe die Tiere, sagte Reiser, der ein paar Hundert Meter weiter seinen Laden betreibt, in dem man alles bekommt, was man hier zum Leben braucht. Angelzeug vor allem. Zeltstangen, Schrauben, Nägel, Bier, Obst und Gemüse und Fisch. Ein Laden wie aus der Zeit gefallen.

In meiner Kindheit war der Wind zahmer. Aber ich kann mich täuschen. Am Seiler-Hof steigt Rauch auf. Ein Brand aus Reifen und morschen Balken, aus Strohpuppen und furnierten Schranktüren, wie ich durchs Fernglas sehe. Dann reißt der Himmel auf. Das Licht fasst an die frostweißen Hochweiden, an den dunklen Granit oben in den Bergen, jenseits der Baumgrenze, wo der Schnee sich manchmal bis in den Sommer hält. Schnell schließen die Wolken sich wieder. Der Regen fällt sachte ins Gras. Ich spüre ihn kaum. Er kräuselt das Wasser, legt sich über das Land.

Dann fühle ich die ersten großen Tropfen auf der Stirn und den Händen. Ich stoße die Tür auf. Sie schrappt über die rot-weiße Terrakotta. Immer noch riecht es nach Farbe. Am Morgen habe ich die Tür des Wintergartens gestrichen. Jetzt schlägt der Regen auf das Glasdach. Ich strecke mich auf der Korbliege aus, die ich nicht fortzuwerfen wage. Mutter, denke ich und spüre, wie schon der Gedanke das Wort auf die Lippen legt. Ich fühle den leichten Schmerz im Knie. Nichts Schlimmes, nur ein Schmerz, der davon erzählt, dass die Jahre die Jahre waren. Ich liege flach auf dem Rücken und blicke an die Wand, auf die Vater Zweige und Blätter, Blüten und Reben hatte malen lassen. 1976. Das Jahr meiner Geburt. Hier saß er oft, mit Sonnenhut und heller Baumwollhose, im Frühjahr schon gebräunt, ein schlanker dunkelhaariger Mann, den eine Aura der Stille und Konzentration umfing, wenn er die Routen der Zugvögel studierte, den Vogelschlag in die Karte eintrug. Flughafen für Flughafen, entlang des Rheins, von Basel bis Köln, bis Düsseldorf und noch die Landkarte hinauf bis Osnabrück, Punkte und Linien – die Kollisionen während eines Starts oder bei einer Landung, beschädigte Triebwerke und Cockpitfenster. Der Cognac und die Zigaretten in Reichweite, auch die Krücke – ein Bartgeier aus der Wiederansiedlungskampagne in den Hohen Tauern war in den Propeller geraten, eine Notlandung mit Folgen. Ein Tier, das sie gerade ausgewildert hatten. So viele Jahre arbeitete Vater daran mit, Bartgeier in den Alpen wieder heimisch zu machen, besonders in den Ostalpen. Sie galten lange als Raubvögel, die Lämmer, Ziegen, ja selbst Kinder raubten und zu ihren Horsten in entlegene Bergschründe trugen. Nichts als dummes Gerede, das ihren schlechten Ruf zementierte und sie das Leben kostete.

Wenn es etwas gab, das Vater noch hätte fortsetzen und vielleicht abschließen wollen, dann diese Arbeit. Er hätte Verbündete gebraucht, Enthusiasten, Naturschutzverbände, Touristiker, die den Reiz der Tiere erkannten. Vater führte Gespräche, nahm an Konferenzen teil, es gab Beschlüsse und Zusagen, Papiere wurden erstellt. Der Bartgeier füllt ein ganzes Regal. Zu einer Wiederansiedlung kam es allerdings nie. Vaters Schicksal liebt das Unvollendete, eine Sehnsucht, die er in den Tod mitnahm.

Meine Hände sind rau. Vom Schleifen und Anstreichen, vom Graben und Hämmern. Zerstochen von den Dornen, die den Rasen überwuchert hatten. Ich werde einen Helfer brauchen. Ich habe Reiser gefragt. Doch er kennt niemanden, der es für ein paar Euro macht. Alles zu renovieren wird Wochen dauern.

Irgendwann stehe ich auf, strecke mich, mache Liegestütze, ein paar Dehnübungen. Ich öffne eine Dose mit Klarlack, überstreiche die Wandbemalungen, konserviere die Reben und den Bachlauf, das frische Grün, das Blau des Himmels, darin Weißwangengänse und Kiebitze in Öl. Ich bringe eine dünne Lasur auf, streiche über das weiße Bauchgefieder und die schwarz-grün oszillierenden Flügel, schütze sie mit einer Firniss. Kiebitze sind Kurzstreckenzieher, fliegen in Schwärmen bis ans Mittelmeer. Gestern habe ich das Braun des Kuckucks aufgefrischt. Ein Kuckuck hat feste Flugzeiten, oft auf den Tag genau wird er unruhig, spürt das Verlangen. Er fliegt meist nachts. Ich lese, was von Vaters Büchern, von den Aufsätzen erhalten geblieben ist. An den Abenden, manchmal in der Nacht. Nicht alle Vögel erreichen ihr Ziel. Viele sterben unterwegs.

Ich bin nicht anders als ein Zugvogel. Da schlägt ein Puls in mir, der mich zurückbrachte an diesen Ort. Ein Ort, den ich kenne, der mir nichts abverlangen wird, bis auf ein Maß an Alleinsein.

Ich spüre die Müdigkeit in den Knochen, schlafe tief und traumlos ein paar Stunden, dann wache ich auf und horche. Die Rufe der Käuze, dahinter das Schweigen, das aus den Wäldern dringt. Als Kind schon habe ich sie durchstreift.

Gestern habe ich mich aufgemacht und die nahen Berghänge erwandert, die Höfe der Nachbarn, unseren alten Schuppen, den Kirchplatz, das Geschäft, das damals Reisers Tante betrieb, eine Frau mit blonden Haaren, die mir Kekse zusteckte und kein Geld dafür nahm, weil wir alles bei ihr kauften, das Brot und den Wein, die Wurst und den Käse. Ich habe Reiser nicht nach ihr befragt. Ihren Namen habe ich vergessen, er liegt mir auf der Zunge.

Das Wirtshaus steht leer, was mit der Kirche ist, weiß ich nicht. Der Pfarrer sei erkrankt, kehre aber zurück. Eine Kur. Etwas Ernstes. Der Garten des Pfarrhauses sieht bewirtschaftet aus. Das Café im ehemaligen Bahnhofsgebäude ist es auch. Es muss nach dem Brand renoviert worden sein. Es schaut anders aus als früher. Die Kajakfahrer suchen es auf. Ein Elektromotorboot bringt die Touristen dorthin. Das Gleis ist blind, vom Rost überzogen. Die Züge stehen auf den Gleisen und warten auf das Verrinnen der Zeit. Hier fährt seit fast zwanzig Jahren kein Zug mehr. Ich schaue ihnen beim Warten zu, wenn ich meine Runde mache.

Auf den Bahnsteig hat man Bistrotische und Stühle gestellt. Die Rasenflächen sind gemäht, Hecken separieren Teile des Gartens, man ist abgeschirmt von den anderen Gästen. Oft gehe ich hinüber und esse dort zu Abend. Im Schankraum ist der Boden schwarz-weiß gefliest. Alles, das ganze Mobiliar, die Wände, die Decke, ist schwarz und weiß. Das Spiegelglas am Buffet stets blank poliert. Ich rechne mit Fred pauschal ab, am Ende jeder Woche. Liv habe ich noch nicht getroffen. Ihr gehöre das Café jetzt, sagt Fred. Ihr Vater sei vor ein paar Jahren gestorben. Sie sei auf einer Bergtour, irgendwas Extremes im Kaukasus, kehre aber bald zurück. Ich spüre ein Flattern, von ihrem Namen geht noch immer etwas aus. Ein Duft vielleicht, eine seltsame Synästhesie.

Sie scheinen alle noch hier zu sein. Niemand außer mir ist fortgegangen.

Fehlt nur noch Bruno. Er war quecksilbrig und schwer zu durchschauen, obwohl er so etwas wie mein Freund war. Ein besseres Wort habe ich nicht, wir waren alle Freunde. In der Jugend vergibt man die Bezeichnung schnell.

Ich vermisse nichts, und mir fehlt doch alles. Noch vor ein paar Wochen war mein Leben ein anderes. Ich hatte eine Liebe und eine Arbeit. Die wichtigsten Konstanten, obwohl es mir immer schwerfiel, an Konstanten zu glauben, nach allem, was passiert ist.

Es ist zu früh, etwas zu trinken. Über den See tönt das Kläffen der Schlittenhunde, ein ganzes Rudel. Eingepfercht in einen Drahtverschlag. Ich trete nach draußen, sehe den Rauch über das Wasser treiben, wenige Meter nur, dann fasert er aus. Ranz sehe ich nicht. Eigentlich heißt er Franz. Wir haben ihn zu einem anderen gemacht. Ich kann mich nicht erinnern, warum. Ranz klingt düsterer.

Ich setze mich in den Liegestuhl, den Mutter so liebte. Den ganzen Sommer über stand er am Ufer. Mutter genoss die Stille.

»Erst in der Stille können wir denken«, sagte sie eines Abends am Tisch.

»Genau, erst, wenn die Ohren Ruhe haben«, ergänzte Vater, der immer etwas ergänzen musste. »Erst, wenn das Hörzentrum in der Großhirnrinde seine Aktivität abflacht, werden tiefer liegende Areale angeregt. Das kreative und assoziative Denken setzt ein. Wer im Lärm lebt, bekommt keinen Zugang dazu. Stille wird eines Tages so kostbar und selten sein wie gutes Wasser.«

In manchen Nächten, wenn das Café geschlossen hat und ich auch von Ranz nichts höre, weiß ich, was Mutter gemeint hat.

Wohin hätte ich zurückkehren können außer hierher, zu Ranz, zu Zwoller und Liv? Vielleicht sogar zu Bruno. Man nimmt die, die man hatte, wenn niemand anderes bleibt. Niemand, den man tief genug liebt.

An den Beinen und am Rücken spüre ich ein Reißen. Das Narbengewebe, das von einem erneuten Wetterwechsel spricht. Ein Brandmal, das entlang der Oberschenkel zu den Knien absteigt. Das andere wird nach dem Duschen feuerrot, schmückt meine Schulterblätter wie ein Tattoo.

Als es klingelt, schrecke ich auf. Ich streife eine Jacke über, streiche mir übers Haar, das einen Schnitt braucht, fahre in meine Schuhe. Reiser trägt eine Jeans mit Bügelfalte. Einen Hosentyp, den es gar nicht mehr zu kaufen gibt. Die Mütze hat er tief in die Stirn gezogen. Sein Bart wuchert weit ins Gesicht. Hinter ihm steht ein Mann.

»Hab ihn zu dir rübergelotst. Kennt sich nicht aus. Im Geschäft war eh nichts los«, sagt Reiser.

Wie dunkel Reisers Stimme ist. Ich kann mich nicht erinnern, dass sie schon immer so war.

»Ich bringe das Bett«, sagt der Mann. Er öffnet die Heckklappe seines Transporters und ruft: »Wäre schön, wenn Sie helfen könnten.«

Gemeinsam hieven wir den Lattenrost hinaus, stellen ihn an der Hauswand ab. Dann ein längliches, in Folie geschlagenes Paket mit dem Bettgestell.

Wir tragen alles ins Schlafzimmer. Ich drücke dem Mann einen Zehner in die Hand und bringe ihn hinaus.

»Ich geh dann mal«, sagt Reiser.

»Ich kann dich fahren«, sage ich.

»Ach, die paar Meter«, antwortet Reiser und stiefelt davon. Sein Gang ist unrund. Der Rücken nicht mehr gerade. Ich schaue ihm hinterher, sehe ihn entlang der Straße davongehen. Ich hätte ihm einen Kaffee anbieten sollen. Reiser ist wichtig, für jeden hier, für mich besonders. Ich muss ihn mir warmhalten.

Kurz nachdem Reiser weg ist, eile ich die Treppe hinunter und aus dem Haus, wende mich zur Straße, nehme die Birkenallee an der ehemaligen Schule vorbei, am Wirtshaus, in dessen Garten sich Bierkästen stapeln, zerschlissene Sonnenschirme, Sitzbänke, Tische, alles der Witterung ausgesetzt. Ich komme zur Käserei, laufe an den zwei Pensionen vorbei. Die Balkone sind mit Geranien geschmückt. Dann ein paar Wohnhäuser. Die Straße ist leer.

Vor Reisers Laden parkt ein einziger Wagen, ein Pick-up. Ich stoße die Tür auf, ein Klingelton scheppert durch den Raum. Es ist der gleiche wie früher. Reiser steht hinter dem Verkaufstresen, die Mütze hat er immer noch auf. Vor ihm stützt sich ein Mann mit beiden Händen ab. Das Gesicht ist zerfurcht, der Haaransatz weit zurückgewichen. Er trägt einen roten Overall und Winterstiefel. Das Futter ist gelblich, als hätte es die Farbe von Nikotin angenommen. Vor ihm liegt eine Sägekette, wie man sie für eine Motorsäge braucht. Daneben ein Päckchen Patronen.

»Macht zwanzig Euro«, sagt Reiser.

Der Mann zückt sein Portemonnaie und legt den Schein auf den Tresen.

»Quittung?«, fragt Reiser.

»Du bist mir Quittung genug, wenn die Kette scheiße ist, haue ich sie dir um die Ohren.«

Reiser schaut ihn an. In seinem Blick liegt keine Frage, keine Aufforderung. »Noch was?«, fragt er schließlich.

»Der Rest kann warten«, sagt der Mann. »Der hier will was von dir, Reiser.« Er zeigt auf mich.

»Torxbits«, sage ich, »und einen Torxschrauber mittlerer Größe.«

»Kommst nicht klar mit dem Bett, was?«

»Kann man so sagen.«

»Neben der Tür«, antwortet Reiser.

Ich muss nicht lange suchen. Als ich zurückkehre an den Tresen, ist das Päckchen mit den Patronen verschwunden. Der Mann lässt seinen Daumen über die Glieder der Kette fahren, als würde er deren Schärfe prüfen. Seine Hände sind schorfig und verdreckt, Ruß haftet an den Fingern, und ich rieche den Rauch in der Kleidung. Er rückt ein wenig zur Seite, lässt mir den Vortritt. Ich zahle, und ihre Blicke begleiten mich hinaus.

Als die Tür ins Schloss fällt, weiß ich, dass das Ranz war. Ich habe ihn nicht wiedererkannt, und er mich vielleicht ebenfalls nicht. Der Fünftagebart, die blaue Trainingshose, der zerschlissene Pullover, die ausgelatschten Schuhe, die Mütze lassen mich anders aussehen als früher. Bilde mir ein, das Leben habe es gut mit mir gemeint, jedenfalls, was das Aussehen angeht. Mein Haar ist voll, ich bin nicht fett geworden. Erst, wenn ich nackt bin, ist die Verwüstung zu sehen.

Ich lasse mir Zeit für den Rückweg. Meine Welt ist geschrumpft, besteht aus dem Dorf und der Umgebung. Es ist Montag, aber nichts unterscheidet die Tage mehr. Mein Traum vom Verschwinden, vom Ausruhen. Das Privileg, zurückkehren zu können in ein Haus, das mich kennt.

Vor Zwollers Scheune schlägt der Hund an. Wie kann ein stiller Mann einen lauten Hund haben? Der Hund wirft sich ins Halsband. Drei, vier Meter vor dem Bürgersteig hält ihn die Leine zurück, nur sein Bellen läuft durchs Dorf und die Berghänge hinauf. Zwoller kommt heraus, zerrt das Tier zurück. Im Haar Sägeflocken. Ich winke, und er winkt zurück.

Ich setze mich an den Küchentisch, trinke ein Glas Wasser, bin etwas atemlos. Mein Blick fällt auf das Parkett. Auf die Treppe, die Türen, die Fenster. Wieder spüre ich, dass es zu viel sein könnte, die Arbeit allein zu machen.

Ich löse die Schrauben am Kopfteil des Bettes, ziehe sie ein wenig hervor und hänge die Seitenteile ein. Draußen röhrt die Säge auf. Wenn es einen Ton gibt, der der Stille alles nimmt, dann ist es das Kreischen einer Kettensäge. Durchs Fenster sehe ich, wie Espe um Espe fällt. Ranz sägt ein Stück aus dem Himmel.

3

Von Zeit zu Zeit reiste Vater durch die Republik und hielt Rücksprache mit den Flughafenbetreibern über die Erfolge bei der Vogelabwehr. Lange Zeit glaubte ich, dass die Sorge um Flugzeuge und Passagiere ihn antrieb. Von Berufs wegen hätte er ein Feind der Vögel sein müssen, um ihre Ausbreitung in der Nähe von Flughäfen zu verhindern. Bruno aber meinte, die Liebe zu den Vögeln ließ ihn seinen Beruf ausüben. Er wollte sie retten. Was Bruno sagte, galt lange Zeit für mich.

Die Ingenieure von der Bird Control hatten geklagt, die Vögel würden sich recht schnell an den Knall der Signalpistolen gewöhnen und an die Lautsprechersysteme, die Angst- und Warnrufe unterschiedlicher Vogelarten abspielten. Beides nähmen die Vögel nur eine Zeit lang als Bedrohung wahr. Es brauchte eine Alternative. Deshalb hatte Vater Kontakt zu einem Falkner in Osttirol aufgenommen.

Der Mann wohnte in einem abgelegenen Dorf. Der Weg dorthin war eng, mäanderte durch ein schluchtähnliches Tal. Kam uns ein Auto entgegen, setzten wir zurück, bis sich eine Notbucht fand. Schließlich führten Serpentinen in die Weite des Himmels, der sich über die Hänge und das auf einer Hangstufe gelegene Dorf spannte. Als wir ausstiegen, hörten wir den Gesang von Feldlerchen, die hoch in der Luft standen, dann herabstürzten und wieder aufstiegen, ohne ihr Trillern zu unterbrechen.

Vater trug eine Kniebundhose, rote Strümpfe und ein klassisch rot-weiß kariertes Hemd. Er schaute aus wie verkleidet.

»Weil sie gleichzeitig ein- und ausatmen, kann der Gesang der Feldlerchen mitunter mehrere Minuten anhalten«, sagte Vater.

Ich war von der Fahrt zu müde, um genau nachzufragen, wie das sein konnte, gleichzeitig aus- und einzuatmen.

»Sie werden immer seltener«, fuhr er fort. »Es handelt sich um Wiesenvögel. Die Messer der Mähdrescher sind gnadenlos, und die Pestizide, die die Bauern auf Feldern und Wiesen ausbringen, tun das ihrige – sie töten Insekten. Und ohne Insekten keine Nahrung für die Vögel. Hört gut zu, das ist der Klang des Sommers. Man wird ihn nicht mehr lange hören. Vielleicht auch hier in den Bergen nicht.«

Wir stiegen bergan, durch den Duft der frischen Mahd, die in diesem Jahr wegen des kalten Frühjahrs erst Anfang Juli begonnen hatte. In der Ferne schimmerten die Kämme der Berge. Manche waren an der Nordflanke noch schneebedeckt. Der Weg war steil, führte hoch zu einem Tannenwäldchen. Daneben ein sonnenverbranntes dunkles Holzhaus mit roten Fensterläden. Ein Fuchs zog in einiger Entfernung über die Wiese.

»Er jagt Eier und Jungvögel, die noch nicht flügge sind«, sagte Vater. »Ist das Gras gemäht, haben Lerchen und etwa Braunkehlchen keinen Sichtschutz mehr. Sie müssten später mähen, aber erzähl das mal einem Bauern.«

Ich hörte Bitternis in seiner Stimme. Eine Tonart, die er selten anschlug.

»Was der Fuchs nicht erledigt, übernehmen die Rabenvögel, das Hermelin und in den Tälern im Norden die Wildschweine und der Marderhund«, sagte Bruno. Ich schaute ihn erstaunt an. Woher hatte er sein Wissen?

»Viele Feinde«, keuchte ich.

»Zu viele«, sagte Bruno, der kein bisschen außer Atem war.

Ich fragte mich, wie unsere Begegnung mit dem Falkner werden würde. Auch er tötete Vögel mit seinem Falken. Vater sah darüber hinweg, nahm ich an. Er sah über vieles hinweg. Das war kein Phlegma, sondern eine Haltung, die ihn vor Dogmen bewahrte.

Vielleicht, so denke ich heute, ist das die Kunst. Vater sah auch über Mutter hinweg. Lange, zu lange, war sein Blick nicht scharf gestellt.

Der Falkner saß auf einer Bank am Haus, neben sich auf einem entasteten Baumstamm hockte ein braunschwarzer Falke. Er streckte den Kopf, äugte in unsere Richtung. Sein Schnabel leuchtete gelb. Einen hohen, krähenden Ton stieß er uns entgegen. Der Mann stand auf und kam auf uns zu, er war massig und hatte einen buschigen Schnurrbart, der sich über die Oberlippe und den Mund warf und noch ein Stück über die Wangen ins Gesicht stieg.

»Schön, dass ihr da seid! Gleich ist Jagdzeit«, sagte er und zeigte auf den Falken. Ich hatte Mühe, ihn zu verstehen, der Bart verwischte die Laute. »Ich bin Walter. Er lässt sich kaum noch halten. Der hat Hunger!«

Dann murmelte er etwas, das unterging. Aber Vater musste ihn verstanden haben, denn er sagte: »Das hab ich mir gedacht, dass man sie vor der Jagd hungrig werden lassen muss!«

Walter löste die Fußkette, und der Falke schwang sich empor, drehte ein paar Runden und zog im Aufwind in die Höhe.

»Er muss die Vögel nicht jagen, seine bloße Anwesenheit treibt sie in die Flucht.«

Vater nickte, sein Blick galt nicht Walter, sondern dem Vogel.

»Auf den Flugplätzen könnt ihr ihn nur in den Flugpausen in die Luft lassen«, fuhr Walter fort und sagte noch etwas, das ich wieder nicht verstand.

Der Falke war inzwischen nur noch ein dunkler Punkt über den Bergen. Vater reichte mir sein Fernglas und sagte: »Walter meint, Falken sind die schnellsten Tiere der Erde. Zweihundert km/h und mehr!«

Ich nahm das Glas nicht von den Augen. Der Falke stieg höher und höher, den Kopf gestreckt, plötzlich stürzte er mit angelegten Flügeln in die Tiefe, rasend schnell, um kurz vor dem Boden die Flügel auszustrecken und sich wieder aufzuschwingen und zu segeln, als wollte er uns seine Kunststücke zeigen.

»Das ist noch gar nichts«, sagte Walter. »Er jagt selbst im Tannenwald, im dichten Unterholz. Zwischen den Stämmen navigiert er problemlos hindurch. Ein Adler ist dagegen schwerfällig. Kein Tier ist wendiger. Der Falke ist der König der Lüfte.«

»Beeindruckend.« Ich hörte an Vaters Tonfall, dass seine Bewunderung echt war. »Wie viel?«

Walter schüttelte den Kopf. »Unverkäuflich.«

Ein Schweigen entstand. Ich konnte mir nicht vorstellen, dass Vater mit seiner Frage vorgeprescht war. Eile war nicht sein Modus. Ich setzte das Glas ab und musterte ihn. Aber in seinem Gesicht las ich weder Verwirrung noch sonst etwas. Er schaute in den Himmel, wie Walter in den Himmel schaute.

»Ein Tier aus dem Nachwuchs vielleicht …«, sagte Vater schließlich.

Ich setzte das Glas wieder an, aber ich konnte den Falken nicht mehr ausmachen. Ich suchte und suchte, aber der Himmel war leer.

»Schwierig«, sagte Walter. »Ich müsste nachfragen.«

Ich suchte weiter, über dem Tal, über den fernen Schneebergen, über den Kämmen, die das Dorf und seine Weiden und Wiesen in der Höhe abschlossen.

»Ich seh ihn nicht mehr«, sagte ich schließlich und reichte Bruno das Fernglas.

Walter zog einen Gegenstand aus seiner Tasche, ein Federspiel, das er in die Luft warf und an einer Schnur um sich kreisen ließ. »Er hält das für Beute. Ist noch ein junges Tier, aber so weit habe ich ihn schon abrichten können«, sagte er, aber nichts geschah. Das Federspiel entließ ein feines Surren in die Luft.

»Und?«, fragte Walter. »Siehst du ihn?«

»Nein, nichts.«

»Gib mal«, sagte Walter und nahm sich das Fernglas. Er suchte lange nach dem Vogel.

»Wartet einen Moment«, sagte Walter und stiefelte zu einem Schuppen. Der Wind ließ sein Haar auffliegen, das ihm grau und lang vom Kopf abstand. Er löste eine Klappe von der Schuppenwand, ein Ausflugsloch tat sich auf, und sogleich tauchte eine weiße Taube auf, die uns neugierig beäugte und davonflog.

»Eine genügt.« Walter schloss die Klappe wieder.

Die Taube umkreiste den Schuppen und das Haus, stieg flügelklatschend in die Luft.

»Das ist am Ende die letzte Möglichkeit«, sagte Walter, und ich hörte eine Unruhe in seiner Stimme. »Manchmal verschwinden Falken, es treibt sie weg in die Wildnis.«

Vater schwieg und reichte mir das Fernglas. Ich entdeckte

ihn sofort, den dunklen Punkt in der Höhe und das strahlende Weiß der Taube. Ob sie wusste, dass ihr Leben gleich vorbei sein würde? Dann, der Falke war über ihr, noch weit entfernt, witterte sie die Gefahr. Sie flog schneller, flog in Richtung der Berge, schlug Haken, und der Falke stürzte auf sie zu, jagte hinterher, machte jede Bewegung, jedes Manöver, jede Finte mit. Sie änderte die Richtung, flog um ihr Leben, raste mit peitschendem Flügelschlag auf den Schuppen zu. Die Flügel und der Rumpf blendeten hell auf, und dann schlug er ihr seine Krallen in den Rücken und fischte sie aus der Luft, flog weiter, hielt sie in den Fängen und landete zu unseren Füßen. Die Taube lebte noch. Ihre Augen öffneten und schlossen sich. Der Falke saß auf ihrem Rücken, schlug ihr den Schnabel in den Hals, rupfte, fraß an ihr bei lebendigem Leib. Stück um Stück riss er ihr aus Brust und Hals. Ein grauenvoller Tod.

So hatte ich mir das nicht vorgestellt. Ich fragte mich, ob Vater und Bruno sich im Klaren gewesen waren, wie ein Falke tötete, dass er seine Beute massakrierte und es Minuten dauerte, ehe der Tod eintrat.

Ich rannte auf den Falken zu, schlug in die Hände, schrie: »Hohoho.« Bruno preschte mir nach, riss mich zu Boden und drückte mir die Hand auf den Mund. Ich stieß ihn fort. Der Falke flog auf, flatterte durch die Luft, und Walter rief ihm hinterher, irgendeinen Lockruf, aber der Vogel jagte zurück in den Himmel, wurde zu einem kleinen Punkt und verschwand vollends.

»Das zahlt ihr mir«, sagte Walter zu Vater. »Das zahlt ihr mir, wenn er nicht wieder zurückkommt.«

Wir gingen vom Hof, und als ich mich umblickte, sah ich, dass Walter die tote Taube wie eine Monstranz über seinen Kopf hielt und der Falke aus dem Himmel zurückstürzte.

Als wir zum Auto abstiegen, sprach Vater kein Wort, und auch Bruno blieb stumm. Sie gingen nebeneinanderher. Ich blieb ein wenig zurück.

4

Das Holz ist geschlagen, die Wäsche gewaschen. Eine Fliege sirrt über das geschlossene Fenster. Sie wird warten müssen, bis ich das Fenster oder die Tür öffne. Ich kenne mich aus mit dem Warten. Ich warte seit mehr als zwanzig Jahren. Ein diffuses Gefühl. Ungreifbar. Eine Stimmung, die in mir hochkommt, wie an jenem Tag, als wir den Falkner verlassen haben und zum Auto abgestiegen sind. Vater und Bruno nebeneinander, ich dahinter, und es war nicht Eifersucht, was ich fühlte, sondern etwas anderes, etwas, das ich bis heute nur schwer ausmachen kann.

Ich ziehe die Regenjacke über, stiefele zum Steg und steige ins Kajak. Ich muss rüber zu Ranz. Ich weiß nicht, was ich ihm sagen werde, muss die richtigen Worte finden. Vater hatte ihm den Wald verkauft, als hier alles zu Ende ging. Den Wald, den wir gemeinsam gepflanzt hatten.

Das Boot schiebt sich übers Wasser. Die Wellen jagen gegen die Spritzdecke. Die Müdigkeit ist verschwunden. Wenn ich nicht arbeite, sollte ich auf den See rausfahren, ich muss mich in Form halten. Auch ein einfaches Leben ist nicht einfach. So viel weiß ich schon. Ich bin nicht untrainiert. Auf meinen Körper war immer Verlass. Das kann man nur von wenigen Dingen sagen.

Ich fahre in den hohen Ton der Säge. Am Himmel turnen Vögel. Sie jagen auf und nieder, reiten auf den Spitzen des Lärms. Jede Form des Untergangs ist eskortiert von einem Geräusch. Dann ein Wischen in der Luft, ein Schlag, als ein Baum fällt, in einen anderen hineinrauscht und ihn spaltet. Ranz sehe ich nicht. Ich paddele auf das Ufer zu, der Hof steht trüb im Licht, alle Farbe ist vom Balkon und dem Scheunentor abgeblättert. Am Ufer lagert Gerät, Frontladerschaufeln, ein Karren ohne Bereifung, eine ausgebaute Kurbelwelle, ein rostiger Ford Taunus, der noch dem alten Seiler gehört hat. Die Treppe zum Wasser hängt windschief in der Luft. Ich ziehe das Kajak die Böschung hinauf und lasse es im Gras liegen.

Ich stapfe auf den Hof zu. Eine Schar Gänse baut sich vor mir auf mit gestreckten Hälsen. Als ich näher trete, reißen sie die rot leuchtenden Schnäbel auf, schnattern, röhren, die makellosen Zungen scheinen auf. Ihre Hälse rühren durch die Luft. Spätestens jetzt muss Ranz von mir erfahren haben. Ich warte, lausche, aber die Gänse übertönen alles.

Ranz war ein blonder Junge mit großen Ohren, die ein wenig abstanden. Ein Junge, dessen Hosen geflickt waren. Hosen, mit denen er sich nicht beim Kirchgang blicken lassen konnte. Er wartete im Kirchhof, bis die Messe endete. Manchmal jedenfalls. Sobald wir herauskamen, war er einer von uns.

Seit ich an Land gegangen bin, ist kein Baum mehr gefallen. Kurz darauf setzt das Bellen ein, irgendwo am Hang, und als ich hinaufschaue und versuche, den Hund auszumachen, sehe ich Ranz hangabwärts stolpern, im Schlepptau des Tiers.

Das Bellen reißt über das Ufer, und ich eile zurück, schiebe das Kajak ins Wasser und mache zwei, drei Paddelschläge hinaus auf den See. Als der Hund durchs Holz bricht, sich ins Wasser wirft, die Ohren anlegt und auf mich zuschwimmt, weiß ich, dass ich ihm an Land nicht hätte begegnen dürfen. Ein Schäferhund mit dunkler Schnauze.

Ich halte ihn auf Abstand, paddele noch ein wenig weiter hinaus. Er folgt mir, unermüdlich, von seiner Wut getrieben. Ich schlage einen Bogen, er lässt nicht von mir ab, bis ein Pfiff ertönt. Der Hund wendet. Jetzt folge ich ihm zurück ans Ufer.

»Da bist du ja«, sagt Ranz und tritt aus dem Gebüsch, er hält ein Gewehr in den Händen.

»Ein Besuch. Von Nachbar zu Nachbar.«

Ich lege das Paddel über den Rumpf des Bootes. Das Kajak schaukelt, kommt langsam zur Ruhe. Der Hund trottet aus dem Wasser, Ranz legt ihn an die Leine, treibt die Gänse in die Scheune und wartet, dass auch ich an Land komme. Auf dem Hof schlägt ein Pfau ein Rad. Wieder ziehe ich das Kajak die Böschung hinauf, während Ranz am Hänger lehnt und raucht. Sein Hund lässt mich nicht aus den Augen.

»Lange nicht gesehen«, sagt Ranz. Seine Stimme klingt, als müsse er sich räuspern.

Ich nicke.

»Urlaub?«

»Kann man so sagen«, antworte ich. »Vielleicht auch mehr als das. Hab dich vorhin erst beim Rausgehen erkannt.«

Ranz schaut aufs Wasser, scheint nach Worten zu suchen. Unsere letzte Begegnung liegt zwanzig Jahre zurück. Er ist im Dorf geblieben, hätte wahrscheinlich nirgendwo anders leben können.

»Könnte Sturm geben«, sage ich.

»Glaub ich nicht«, antwortet er.

»Du legst hier einen Baum nach dem anderen um. So alt sind sie nicht, dass man sie schon fällen sollte!«

»Brauche Sicht. Ich muss atmen können.«

»Sind schöne Bäume. Die Espen, meine ich.«

»Ja, sind sie.«

Es ist aussichtslos, Ranz überzeugen zu wollen. Ein Windstoß erfasst die wenigen Espen, die noch stehen, lässt die Blätter flattern und aneinanderschlagen. Ein Wispern ist in der Luft. Ranz ist ein Fremder geworden. Die letzten Jahre habe ich immer weniger an ihn gedacht. Ihm geht es mit mir vielleicht genauso.

»Willst du 'nen Kaffee?«, fragt er, und ich höre, wie mühsam die Worte klingen.

Ranz löst sich von der Karre, nimmt die Leine auf und geht voraus. Wir kommen an den Schlittenhunden vorbei. Sie liegen auf dem Boden und dösen. Er stößt die Haustür auf. Der Glaseinsatz ist an einer Stelle mit Klebeband geflickt. Im Flur schon stößt mir ein Geruch entgegen. Säuerlich. Ranz lässt seine Stiefel an und stellt das Gewehr in den Schirmständer, dann betritt er die Küche. Die rotweiß karierten Übergardinen an den kleinen Fenstern nehmen der Küche das Licht. Er kippt Kaffeepulver in den Filter und Wasser in den Speicher, die Maschine röhrt auf, und der Duft lässt den Sauerfleischgeruch ein wenig in den Hintergrund treten. Er scheint allein zu leben. Der Abwasch steht in der Spüle, auf der Herdplatte daneben glänzt eine fettige Schicht, die Dielen sind bekränzt von Wollmäusen.

Ranz setzt sich an den Tisch, und ich tue es ihm nach. An der Wand hängen Fotos seiner Eltern, ein Bild eines großen Fendt-Traktors.

»Was machst du mit dem Holz?«

»Mal sehen. Die Stämme verkaufe ich an Zwoller. Von der Milch alleine kann ich nicht leben.«

Der Hund schlägt an, und in diesem Moment klappert ein Fuhrwerk über den Hof, in dem eine Frau sitzt, und kommt vor dem Küchenfenster zum Stehen. Ranz steht auf und geht nach draußen. Er nimmt ihr die Decke vom Schoß und legt sie auf die Deichsel. Dann schließt er die Frau in seine Arme und hebt sie herunter. Kurz darauf schiebt er einen Rollstuhl herein. Die Frau mag so alt sein wie wir, ihr Gesicht ist blass und die Haut aufgeworfen. Ihre Trainingshose ist ein wenig über die Hüften gerutscht, und ich sehe ihren mageren Bauch. Die Hände ruhen wie abgelegt auf den Armstützen. Ranz schiebt sie an den Tisch, stellt drei Tassen, eine Schale mit Zucker und eine Tüte Milch hin. Wortlos gießt er uns ein.

Die Frau hat auffällig blaue Augen. Sie beugt sich über den Kaffeebecher und führt ihn an den Mund.

»Jemand von früher«, sagt Ranz und zeigt auf mich.

»Jakob. Jakob Kilv.«

Sie hält inne, deutet ein Nicken an und trinkt.

»Kenn ich von früher«, wiederholt Ranz sich.

Auch er trinkt, und ich trinke, von draußen dringt das Schnauben des Pferds herein.

»Dein Hund ist nicht ohne«, sage ich.

»Man sollte ihm nicht alleine begegnen«, sagt die Frau. Ihre Stimme ist rau, als hätte sie lange nicht gesprochen, und die Melodieführung des Satzes ungewöhnlich. Sie steigt zum Ende des Satzes nicht an.

»Ich muss dann«, sagt Ranz, steht auf, streicht ihr über den Kopf, und sie schaut ihn an, als hätte er ihr die Worte von den Lippen genommen.

Im Flur nimmt Ranz das Gewehr aus dem Schirmständer und legt es draußen auf einem Stuhl ab, bevor er das Pferd aus dem Gestänge des Sulkys löst und es in einen Pferch zu einem zweiten Pferd führt. Bis zu den Hüften sind die Tiere verdreckt.

»Tut mir leid, das mit deiner Frau«, sage ich und schiebe den Sulky zum Gatter.

»Eine Nervenentzündung. Nennen es GBS.«

»Und das heißt?«

»Eben Nervenentzündung. Kam über Nacht. Erst Kribbeln in den Zehen, dann knickte sie in den Knien ein, Taubheitsgefühle in den Beinen und so weiter. Dann Rollstuhl. Jedenfalls die meiste Zeit.«

»Ist es …?«

»Ja, ist es! Sagen sie jedenfalls. Aber es hätte schon längst vorbei sein müssen.«

Ranz fasst ans Gatter, seine Fingerknöchel werden weiß, so heftig drückt er das Holz. Dann blickt er in die Ferne auf die umgelegten Bäume. Die Pferde stehen mit zitternden Flanken im Schlamm, ihre Rippen und Hüftknochen scheinen deutlich auf. Seitlich des Schweifs erkenne ich faustgroße Vertiefungen. Aus der Scheune ist das Schnattern der Gänse zu hören.

»Sehen nicht gut aus, die Pferde«, sage ich.

»Warten auf den Abdecker«, sagt Ranz. »Kann sie nicht mehr auf die Weide lassen. Sind zu schwach. In der Herde werden sie weggebissen.«

»Sind sie krank?«

»Alt sind sie. Will niemand mehr haben.«

»Lass sie doch auf dem Hof.«

»Das kostet. Medikamente. Spezialfutter, vor allem der Tierarzt. Irgendwann ist Schluss.«

Ihr Gang ist steif. Ich streichele ihnen Nüstern und Blesse und blicke in ihre trüben Augen. Das Fell um die Mäuler herum ist ergraut. Sie schnauben unter meiner Hand.

»Nimm du sie!«, sagt Ranz. Er tätschelt eines der Tiere am Hals.

»Ich?«

»Schenk sie dir.«

»Später, vielleicht«, antworte ich.

»Du windest dich raus«, sagt Ranz. »Machen alle. Deshalb der Abdecker.«

»Wer ist *alle?*«

»Hab rumgefragt. Keiner will sie haben, nicht mal Zwoller, war ja auch mal ein Pferdefreund, nicht wahr.« Er klingt bitter.

Damals trieb er sie mit Ranz zusammen auf die Weide, manchmal bis hoch zur Alm.

Er führt mich in einen Stall, vorbei an einem Schweinekoben, der mit frischem Stroh ausgelegt ist. Die beiden Tiere stellen sich auf zwei Beine, recken ihre Schnauzen über das Holzgatter. Ranz streichelt ihnen Hals und Schnauze. Sie sehen sehr sauber aus.

»Gib mir Zeit«, sage ich. »Ich überlege es mir.«

»Was?«

»Das mit den Pferden.«

Ranz nickt. Ich folge ihm den Hang hinauf. In der Luft der Duft frisch geschlagenen Holzes. Wir klettern über die Stämme, die kreuz und quer in der Landschaft liegen, ein Trümmerfeld, und weiter oben am Berg scheinen die grauen Maste des Lifts auf und steigen den Berg hoch. Das helle Band des Zuwegs kreuzt unter ihnen. Jetzt, da die Bäume gefällt sind, liegt alles offen und rückt an Ranz' Hof heran. Plötzlich bleibt er stehen, legt das Gewehr an. Ein Keckern und Kreischen ist in der Luft. Er wartet, und schließlich stiefelt er weiter, dorthin, wo Krähen in der Luft tanzen, bedächtig und bemüht, auf keinen Zweig zu treten. Die Laute werden stärker, und je näher wir kommen, desto höher steigen die Krähen. Ich sehe das Tier noch vor Ranz.

Es kauert in einem der gefällten Bäume. Ein Tier mit dichtem Fell, seltsam bucklig, das sich an den Stamm presst. Sein schwarz geringelter Schwanz ist blutgetränkt, auch aus der Schnauze blutet es.

»Ein Waschbär. Warte!«, sage ich. »Vielleicht kann ich ihm helfen.«

Ranz schüttelt den Kopf und läuft weiter. Dann bleibt er stehen. Der Waschbär richtet sich ein wenig auf, versucht davonzukriechen. Knickt aber in den Beinen ein. Ein leises Wimmern liegt in der Luft.

»Hilf mir doch. Der ist verletzt«, rufe ich.

Ich hocke mich hin, wage nicht, ihn zu berühren. Bis auf das Brechen der Zweige unter Ranz' Schuhen ist es still. Jetzt erst fällt mir auf, dass der Wind sich gelegt hat. Dass der Sturm nicht gekommen ist. Dass nichts sich bewegt außer Ranz. Als er mich erreicht, streicht er dem Tier über den Rücken, eine Bewegung, die am Fuß ausläuft. Das Tier ist tot.

»Ist besser so! Wir hätten nichts tun können. Sind eh eine Plage. Gehören hier nicht hin. Da bin ich mit Bruno ausnahmsweise einer Meinung.«

»Ist er hier?«

»Lange schon. Wohnt wieder im Haus seiner Tante. Macht jetzt einen auf Ranger.«

»Bruno?«

»Ja. Er ist kein Freund von Waschbären. Sie fressen, was sie kriegen können, auch seine heiß geliebten Vögel, vorzugsweise die Gelege. Gehen wir«, sagt er dann. »Waschbären haben, wenn wir mal ehrlich sind, bei uns nichts zu suchen, sind eingewandert, von Gott weiß, woher. Können sie nicht brauchen. Was die Bartgeier angeht, denkt Bruno anders. Von denen ist er besessen. Zieht wieder zwei auf. Macht viel Tamtam.«

»Will er sie auswildern?«

»Keine Ahnung. Letztes Jahr ist ihm die ganze Brut verreckt. Starkregen und Hagel. Die Falken hatten leichtes Spiel. Ziemlicher Reinfall, nachdem er all das Geld von den Unterstützern kassiert hat. Hat jetzt Hilfe. Ein Student oder so was, den er mit seinem Fimmel angesteckt hat. Ist schon genauso verrückt wie er.«

Ich zucke mit den Achseln, will mir nichts anmerken lassen. Offenbar wandelt Bruno auf Vaters Spuren. Immer noch. Hätte ich mir nicht vorstellen können. Er hatte immer seinen eigenen Kopf, seine eigenen Pläne, war viel eigenwilliger als wir anderen.

»Und jetzt? Lassen wir ihn hier liegen?«, frage ich.

»Kümmere mich drum«, sagt Ranz.

Ich nehme den Weg hinunter zum Ufer. Als ich mich noch mal umdrehe, ist er verschwunden.

5

Bruno tauchte nach dem Besuch beim Falkner häufiger bei uns zu Hause auf. Wann immer er Zeit hatte, saß er mit Vater im Arbeitszimmer. Sie studierten die topografischen Karten der Hohen Tauern, die Wiederansiedlungsgebiete der Bartgeier in den Westalpen, vorrangig in der Schweiz. Offenbar trat Bruno immer mehr in Vaters Fußstapfen. In ein paar Wochen würde er sein Studium in München beginnen. Vater riet ihm zu Biologie. Mir nicht.

Bruno gehörte mittlerweile fast zur Familie, und nicht nur Vater freute sich, wenn er zum Essen blieb. Auch Mutter.

Bruno war forsch, war eloquent, er hatte eine natürliche Begabung, die richtigen Worte zu finden. Er war sicher eitel, wusste um sein Aussehen, sein braunes, leicht lockiges Haar trug er lang. Um seinen Mund lag eine Spur von Spott. Vielleicht waren es auch seine Augen, die ihn so einnehmend machten. Sie hatten ein tiefes Grün, und manchmal blitzten sie auf, wenn etwas ihn beschäftigte, eine Idee, eine Frage, die er Vater stellte. Die Narbe über seiner linken Augenbraue war ein dünner blasser Strich. Ranz gab uns zu verstehen, dass sie von dem Unfall herrühren musste, jenem Unfall, bei dem Brunos Eltern umgekommen waren. Brunos Tante habe sich verplappert.

»Ein hübscher Junge, euer Bruno«, sagte Mutter. »Etwas speziell, aber auf jeden Fall anders als andere.«

Ich maß ihrem Satz keine Bedeutung bei. Warum auch.

Bruno war groß, fast so groß wie Vater. Ich war ein paar

Zentimeter kleiner, hatte Mutters Figur geerbt. Filigraner als Bruno, aber nicht zart. Mit Zartheit kommt keiner durchs Leben. Trainiert habe ich immer mit Picco. Wir ruderten auf dem See, stemmten im Schuppen Hanteln, machten Liegestütze. Bruno dagegen tobte sich am Sandsack aus. Schnelle, harte Schläge, die mühelos auf das Leder einprasselten. In seinen Schlägen lag Energie und etwas wie Wut.

Immer häufiger kam Vater zu uns in den Schuppen, wenn er von einer Wanderung heimkehrte, einer Expedition, wie er gerne sagte, Vogelbeobachtungen meistens, ausgerüstet mit Fernglas und Notizblock und *Pareys Vogelbuch*.

Manchmal stemmte er lachend selbst ein paar Hanteln, dann wandte er sich wieder Bruno zu. Verfolgte das schnelle Pendeln des Sandsacks, hörte das Klatschen, wenn Leder auf Leder traf. Etwas lag in seinem Blick.

Der Schuppen war längst unser Refugium geworden. Wann immer ich Zeit hatte, fuhr ich mit dem Rad raus. Zwoller hatte damals noch ein Leben neben seinem Job in der Sägerei. Sein Herz hing an einer anderen Säge, einer Kettensäge mit kurzem Blatt. Er konnte das Holz lesen, erkannte, aus welchem Stamm welche Figur zu sägen war. Figuren mit schiefen Mündern, eng stehenden Augen, Menschen, denen ein Lachen im Gesicht eingefroren war. Anderen schrieb er großes Staunen oder eine Qual ein. Skulpturen mit krummem oder steifem Rücken, mit Streichholzbeinen und spitzmaushaftem Kinn stellte er in die Welt hinein.

An diesem Tag, es war im September noch warm, doch über den Bergen lag bereits das klare Blau, wie es nur im Herbst aufzieht, pinselten Picco und ich ein paar der Skulpturen mit Klarlack ein, der das Holz glänzen ließ und die Konturen stärker hervortreten. Ich mochte den Geruch des Lacks. Zwoller schlug mit dem Beitel eine Nase aus dem Holz, und als das getan war, sägte er tiefe Schründe in die Züge, die uns sehen ließen, was hinter der Stirn gefühlt wurde, dass alles fragil ist, das Leben und das, was wir darüber dachten. Er schaffte es, dass man sich solche Gedanken machte, wenn man seine Skulpturen ansah. Wir alle bewunderten Zwoller. Ich glaube, auch Bruno tat das, obwohl er es nie zugegeben hätte.

An diesem Abend zog Zwoller einen Zettel aus der Tasche.

»Hier. Ich kann bei Bolltner ausstellen.« Niemand sagte etwas. Ich hörte Bruno und Ranz auf dem Spitzboden das Gewehr nachladen. Bolltner war nicht irgendwer. Wer bei ihm ausstellte, wurde gesehen. Er besaß ein großes Anwesen am Taleingang. Ein ehemaliger Gutshof, den er hatte restaurieren lassen. Baukitsch mit Stadelromantik und blau-weiß karierten Gardinen, daneben drei Holztürme, die Fichtenzapfen nachempfunden waren. Räume mit schwebenden, an den Decken befestigten Kaminöfen, unverputzten Betonwänden und breiten Glasfronten. Dorthin lud er seine Gäste aus der Kreisstadt, den Landrat und die Spitzen der Verwaltung. Im Garten ein großer Swimmingpool, ein Tennisplatz mit Flutlichtmasten.

»Würde ich mir gut überlegen«, rief Ranz zu uns runter. »Bolltner ist ein durchtriebener Hund, das weißt du.«

»Ranz hat recht«, rief Bruno. »Wir alle wissen von seinem unsäglichen Skiprojekt. Wenn ihr mich fragt, braucht er allmählich Gegenwind.«

»Du meinst, er braucht was auf die Schnauze, oder?«

Ranz' Worte standen im Raum. Zwoller zuckte mit den Schultern und steckte das Schreiben wieder ein. Er war niemand, der diskutierte.

Dort, wo unser Tal endete, öffnete sich am Joch des Weißkogels das Paralleltal, dort wollte Bolltner das Skigebiet vergrößern. Bald würden die Pläne dazu öffentlich ausliegen, sagte Vater. Er hielt uns darüber auf dem Laufenden. Offenbar wusste Vater mehr als wir. Und er war auf unserer Seite, ganz klar.

Was Bolltner vorhatte, würde alles in den Schatten stellen, was das Tal je gesehen hatte. Unser Dorf würde an eine Skischaukel angeschlossen werden, die die Kunden von einem Tal ins andere bringen sollte. Ski total. Sechzig Kilometer Zuwachs an Pistenkilometern. Das große Geschäft, nannte Bolltner das, für ihn, das Dorf und die gesamte Region. Seine Investition in die Zukunft. Er posaunte es heraus, wo immer er war, und er war überall. Bei der Tourismusbehörde, beim Landrat, in den Gasthäusern und ganz oben in München sowieso.

»Ranz hat recht, wir sollten endlich loslegen, nicht immer nur quatschen«, stimmte Bruno zu.

»Bringen wir das Dorf gegen ihn auf. Ihm muss klar werden, dass der Protest heftig wird.« Picco schaute in die Runde. Alle nickten. Etwas auf die Beine gestellt hatten wir bislang nicht. Bolltner tat in den Versammlungen, als wäre er der Besitzer des Tals. Um die zwei Skigebiete zusammenzulegen, wollte er die Kuppe des Weißkogels wegsprengen. Hundert Höhenmeter würden wegradiert werden und dabei einhundertneunzigtausend Kubikmeter Stein und Erde zu Tal donnern. Außerdem musste das neu entstehende Plateau zu einer befahrbaren Hangfläche ausgebaut werden, inklusive neuer Seilbahnen, Restaurants und Bars oben auf dem planierten, gerundeten und geschändeten Berg. Eine Straße entlang des Sees, dazu ein großer Parkplatz. Bolltner verwies auf die wirtschaftlichen Interessen der Dorfbewohner, meinte aber zuallererst sich selbst und seine Entourage aus Eltern, Schwestern, Vettern, Cousinen, Kindern und Freunden.

Vater kartierte das Vorhaben, ließ uns sehen, was Bolltner plante. Zwoller stellte zwei Modelle her. Der Berg, wie er war und wie er sein würde. Er glaubte nicht daran, dass viele im Dorf dagegen aufstehen würden.

»Was Bolltner sagt, gilt. Er ist derjenige, der den Leuten Arbeit bringt, allen, die hier sonst keinen Job finden. Wir werden ziemlich allein dastehen.«

»Und wenn schon«, sagte Bruno. »Für Bolltner müssen andere Zeiten anbrechen!«

6

Im Herbst hatte Vater Land gekauft. Eine große Parzelle Wald unterhalb des Weißkogels, die Ranz' Familie gehörte. Der alte Seiler brauchte Geld. Seinem Hof ging es schlecht.

Vater war Bolltner damit zuvorgekommen. Auch der hatte den Hang kaufen wollen, aber Vater hatte bei Schnaps und Bier den Vertrag unter Dach und Fach gebracht. Er wollte ein Zeichen setzen. Eine Sprache, die Ranz und seine Eltern verstanden.

Viele der Fichten in dem Gelände waren von einem Wintersturm gefällt worden, und jetzt, im März, wollte Vater es mit Mischwald versuchen und wiederherstellen, was zerstört worden war. Weißtannen, Bergahorn, Buchen und in Ufernähe eben Espen pflanzen. Allesamt Bäume, die in der Tiefe wurzelten und Stürmen eher widerstanden.

»Außerdem speichert Mischwald den Niederschlag besser«, erklärte Vater. »Herabfallende Nadeln halten kaum Feuchtigkeit. Sie verdunstet zumeist. Stammt die organische Auflage von Buchen und Ahorn, so entsteht Humus, und der speichert deutlich mehr.«

»Als ob es hier nicht genug regnen würde«, spottete Ranz. Er nahm sich vor niemandem zurück.

»Noch, mein Lieber. Aber die Dinge ändern sich.«

»Was denn? Es gibt Wasser im Überfluss.«

»Eines Tages nicht mehr. Glaub mir, du wirst es erleben.«

»Ich glaub, was ich sehe.«

»Vielleicht ist das das Problem«, sagte Vater.

Dennoch half Ranz mit. Er half immer mit, wo er anpacken konnte.

Zwei Tage lang hatte es geregnet. Der Boden war feucht und die Zeit günstig, befand Vater. Noch bedeckten kleine Schneeplacken das Gelände. Und bis ins Frühjahr hinein konnte es weiteren Schnee geben. Der Schnee würde die frisch gepflanzten Bäume vor Frost schützen.

Eines Morgens standen sie alle bei uns im Garten: Picco und Bruno, auch Mutter in Arbeitshosen und Handschuhen, dazu Körbe mit geschmierten Broten und Thermoskannen voller Kaffee. Mutter sah gut aus. Sie sei apart, sagten die Leute. Auch Bolltner, hatte Ranz mir gesteckt. Aber Ranz quatschte viel.

Sie hatte ihr dichtes blondes Haar hochgesteckt, was ihr Gesicht betonte. Die schmalen Ohren, die fein geschnittene Nase. Sie war nicht dürr, nicht der übertrieben sportliche Typ. Sie musste sich nicht gut kleiden oder groß herrichten. Mutter genügten im Winter ein paar Sonnenstunden, und schon verlor sie die Blässe. Anders als Picco, der oft blass war. Besonders dann, wenn sein Herz ihm zusetzte. Eine Blässe, die nicht auf, sondern in der Haut saß. Auch an diesem Morgen. Was genau es war, wusste ich nicht. Etwas am Herzmuskel, hieß es. Er selbst sprach darüber nicht.

Die Setzlinge hatte Ranz bereits am jenseitigen Ufer ausgelegt und getränkt. Zwoller hatte sie besorgt, aber an diesem Morgen würde er uns nicht begleiten können, in der Sägerei hatten sie einen Großauftrag.

Es war still, kaum ein Vogel sang. Damals besaßen wir schon das Ruderboot, das fünf, sechs Leuten Platz bot. Ich saß auf der vorderen Bank neben Picco, der zu frieren schien. Vater saß hinten. Vor ihm Mutter und Bruno, der mit Vater ruderte. Tiefe, satte Schläge, die Vater nicht aufnehmen konnte. Wie auch, Bruno war zwanzig. Aber Vater fehlte auch das Geschick. Das sah jeder. Manchmal drehte ich mich um und schaute Vater an. Er war entspannt, tat, was er tun konnte. Am gegenüberliegenden Ufer wartete Ranz schon mit seinen Haflingern.

Picco und ich luden die Pflanzen in die großen Packtaschen, die die Pferde umgeschnallt hatten. Ranz hatte sie so weit mit Wasser gefüllt, dass die Wurzeln der Setzlinge feucht blieben. Jedem händigte er einen Spaten und eine Haue aus.

»Wir beginnen oben und kommen dann Stück für Stück herunter«, sagte Vater. »So zertreten wir nicht, was wir angepflanzt haben.«

»Pflanzt dort, wo ich Pflöcke eingeschlagen habe«, ergänzte Ranz. »Immer fünf Pflanzen um einen Pflock herum, nach Möglichkeit. Wenn ihr auf Stein und Fels trefft, lasst ihr Bruno oder mich ran.«

Keuchend stiegen wir in dem steilen Gelände auf, benutzten Wildpfade oder vergessene Jägersteige. Ranz hatte die Pfähle dort gesetzt, wo Felsen, aus dem Boden gerissene Wurzelstöcke oder ein Restbestand an Bäumen den Setzlingen etwas Schatten boten. Wir verteilten uns im Gelände. Jeder arbeitete für sich, schlug mit der Haue Gras und Gestrüpp fort, grub ein Loch, in das er den Setzling steckte. Von unseren Setzinseln aus würde die Wiederbeforstung ihren Ausgang nehmen.

»Die Bäume helfen sich gegenseitig beim Überleben. Gerade die Buchen bilden ein Geflecht, eine Art Superorganismus«, schnaufte Vater. Seine Stimme hallte über den Hang.

»Da spricht der Experte«, entfuhr es Ranz und stach mit dem Spaten tief in den Boden.

Vater legte seinen Spaten zur Seite und fuhr fort: »Sobald ein Baum schwächelt, versorgen ihn die anderen über die Wurzeln mit Zuckerlösung, sie päppeln ihn wieder auf. Da funktionieren Bäume wie eine Familie.«

»Wer's glaubt, wird selig«, sagte Ranz.

»Es kommt noch besser: Es gibt Experten, die sprechen davon, dass Bäume ein Schmerzempfinden haben. Etwa, wenn Borkenkäfer über sie herfallen.«

Ranz schwieg.

»Er lagert dann Abwehrstoffe in der Rinde ein. Alle anderen Bäume in der Nachbarschaft tun das Gleiche. Sie sind von dem befallenen Baum vorgewarnt worden.«

Jetzt schaute Ranz auf. Jetzt schaute auch Mutter auf, und Bruno fing ihren Blick. Er lächelte. Über Vaters Schlauheit? Das war nicht Brunos Art. Auch Mutter lächelte. Aber nicht über Vater. Sie lächelte Bruno an.

Die Arbeit ging weiter. Picco pflanzte emsig vor sich hin. Niemand sollte sehen, wie schwer es ihm fiel. Der Krankheit gab er freiwillig keinen Zentimeter Raum. An diesem Morgen ließ sie ihn in Ruhe, schien es.

Ranz lief von einem zum anderen und prüfte, ob die Löcher tief genug waren und die Setzlinge fest eingesetzt. Immer wieder zog er einen mit zwei Fingern aus dem Boden.

»Zu locker, tiefer graben!«, rief er. »Was ich einfach so herausziehen kann, ist vor Rehen und Hirschen nicht sicher. Die wollen vor allem an die Wurzeln. Also legt euch ins Zeug!«

Wann immer jemand auf einen Widerstand stieß, kam Bruno und half mit der Spitzhacke. Manchmal holte er einen Stein oder ein Wurzelstück heraus, manchmal schlug er auf blanken Fels, und wir suchten nach einem anderen Platz.

Mutters Bewegungen hatten etwas Fließendes. Sie stieß den Spaten tief in die Erde, hob ein Loch aus und versenkte den Setzling, ohne den Wurzeltopf zu beschädigen. Ranz korrigierte sie nur selten. Die Arbeit ging ihr ziemlich leicht von der Hand, und sie schwitzte kaum, anders als Vater, den das Pflanzen anstrengte, auch weil sein linkes Bein etwas ungelenk und schwächer war als das andere. Damals brauchte er noch keinen Stock. Es war nur ein leichtes Hinken, ein Nachziehen, das nur auffiel, wenn man ihn genau beobachtete. Später zerstörte die nach dem Unfall einsetzende Arthrose das Kniegelenk vollends. Ich hatte Mutter manchmal beim Löten und Polieren ihrer Schmuckstücke zugeschaut, hatte die Mühelosigkeit bemerkt, die Dosierung in ihren Bewegungen. Hier war es nicht anders. Ihre Leichtigkeit ließ Vater älter aussehen, als er war. Älter als die neun Jahre, die sie trennten. Auch Bruno hatte das erkannt. Manchmal tauschte er Blicke mit Ranz. Etwas, das Vater nicht zu bemerken schien, wenn er stöhnend grub und pflanzte und schon Mühe hatte, nur im Steilhang zu stehen.

Immer wieder rutschte er ab. Mutter registrierte, wie Vater sich abmühte, sie sah Bruno herbeispringen und ihm helfen. Er nahm ihm den Spaten aus der Hand und grub für ihn, während Vater trank, durstig und erschöpft, und der Schweiß tropfte von seiner Stirn. Er zog die Jacke und den Pullover aus, um kurz darauf den Pullover wieder anzuziehen, weil er trotz oder gerade wegen des Schwitzens fror. Er setzte seine Mütze auf, um den klatschnassen Kopf zu bedecken. Ich fühlte mich unwohl, beobachtete etwas, das ich nicht sehen wollte. Das Fragile zwischen meinen Eltern, die fehlende Symmetrie. Dass im Geistigen, in dem, was man Bildung nannte, mein Vater sich überlegen fühlte, wusste ich. Aber das hier war schlimmer, weil es elementarer war. Wir sind Körper.

Mutter arbeitete vor sich hin, summte ein Lied. Etwas von Schubert, und Bruno lächelte wieder, was alles noch verschlimmerte. Hier am Berg war Mutter anders als zu Hause. Sie schien befreit. Von was?, fragte ich mich. Sie hatte oft etwas Zurückgenommenes, und ich wusste nicht, ob es mangelndes Interesse an Menschen oder doch eine im Hintergrund schimmernde Schüchternheit war, die so gar nicht zu ihrer Stimme passen wollte.

Vater sprach gerne und häufig. Bei Tisch, bei Wanderungen, vor dem Fernseher, bei der Lektüre der Zeitung, wo er jeden Artikel kommentierte. Ein steter Fluss der Wörter. Er sprach von der unglücklichen Koexistenz von Vögeln und Flugzeugen, von der missglückenden Wiedervereinigung von Ost und West, den ausbleibenden »blühenden Landschaften«, dem wiedererstarkten Nationalismus, dem Pogrom in Rostock-Lichtenhagen vor zwei Jahren, von Bolltners unseligen Plänen am Weißkogel. Wenn Vater redete, war er im Saft. Hier war er es nicht.

In der ersten Pause zog Vater sich hinter einem Busch um, wechselte Hemd, Unterhemd und Mütze. Wir standen beisammen, tranken Kaffee und aßen Brote. Bruno reichte Mutter eine Tasse, dabei berührte er ihre Hand, und für einen Augenblick setzte seine Bewegung aus, blieben Finger auf Finger. Mir wurde heiß im Nacken und an den Ohren. Auch Picco schaute Mutter an, dann zu mir, und ich erkannte, dass er gesehen hatte, was ich gesehen hatte. Aber mehr als die Berührung peinigte mich, dass Mutter dieses Lied sang, während sie die Arbeit wiederaufnahm. Und dass Bruno mitsummte. *In der Tiefe wohnt das Licht. Licht, das leuchtet und entzündet, wer das Licht des Lichtes findet, braucht des eitlen Wissens nicht.* Offener konnte Mutter Vater nicht vorführen, aber er schien es nicht einmal zu merken. Er lauschte, und als Mutter endete, klatschte er, stieg zu ihr hin und gab ihr einen Kuss.

Wir arbeiteten bis zum Mittag, und manchmal war das Singen der ersten Stare zu hören. Die Vögel saßen in den Espen am Ufer, ein kleiner Schwarm flog auf und strich über uns hinweg. Im Flug wirkten die Vögel mit ihrem purpurn glänzenden Gefieder sehr kompakt. Vater wies darauf hin, dass ihre Flugsilhouette dreieckig war, eine Seltenheit bei Zugvögeln. Wir blickten nur kurz auf und pflanzten weiter, bis zum Abend hatten wir noch fünfhundert Setzlinge in den Boden zu bringen.

»Stare sind nicht gerade originell.« Vater hörte auf zu graben. »Sie singen nach, was sie bei anderen Vögeln hören. Aber auch Klänge aus ihrer Umgebung bauen sie in ihren Gesang ein. Freilich nur kurze Sequenzen. Etwa das Quaken von Fröschen, das Bellen von Hunden. Sie sind Meister der Imitation. Die Weibchen finden diejenigen Männchen am attraktivsten, deren Gesang die meisten Motive enthält und die beim Singen Ausdauer an den Tag legen.«

»Ausdauer ist immer gut«, sagte Bruno.

Ranz grinste. Wieder suchte Bruno Mutters Blick. Vater musste das Zweideutige bemerkt haben, er stiefelte den Hang hinab, fort von Mutter und fort von uns.

Heute weiß ich, ein Krieg, der nicht erklärt wird, ist kaum zu gewinnen. Es ist schwer zu erkennen, wer der Gegner ist. Ich schaute oft hinunter zu Vater, der von diesem Moment an nicht mehr zu uns gehörte. Mutter dagegen schon, sie hatte sich bei uns eingereiht und suchte seine Nähe nicht – was sie hätte tun müssen.

Wir kamen gut voran. Von Vater hörten wir nichts mehr. Ranz kreuzte zwischen uns allen hin und her, schleppte Bruchholz, das er zu kleinen Wällen häufte, die als Lawinenbrecher wirken und Schneerutschungen verhindern sollten, die die Setzlinge weghobeln würden. Wo nötig, half Bruno ihm. Er schwang sich ins Astwerk einer abgestorbenen Weißtanne, legte in fünf Metern Höhe ein Seil um den Stamm, stieg hinunter, lief mit dem Seil in die Richtung, in die der Baum fallen sollte, und als Ranz einen Keil aus dem Stamm geschnitten hatte, zog er und sprang rechtzeitig zur Seite.

Was Vater antrieb, es ihnen nachzumachen, war jedem klar. Doch wir ließen ihn in sein Unglück treiben. Ranz hatte die Säge abgelegt, und Vater stieg dieses eine Mal noch zu uns hoch, griff nach Seil und Säge und begann, weit unten, an eine der großen Fichten, die der Sturm gespalten hatte, das Sägeblatt anzulegen. Ich hätte zu ihm rennen, hätte zumindest das Seil übernehmen können, aber Vater war schneller. Die Säge heulte auf, als er sie in den Stamm trieb. Dann verstummte sie wieder, und alle unterbrachen ihre Arbeit. Vater versuchte, in den Baum zu klettern, war aber nicht gelenkig und mutig genug, durch das dichte, trockene Astwerk in die Höhe zu steigen. Vor unseren Augen musste er aufgeben. Doch er wollte es kompensieren, und vielleicht war es genau das, was seine Schmach vergrößerte und das Unglück einleitete.

Er hätte die Säge beiseitelegen, er hätte den Spaten, das ganze Zeug in die Büsche werfen und sich einen Kaffee holen sollen, ein Brot essen, er hätte sich an den Stamm dieses verfluchten Baums setzen und eine Pause einlegen sollen, die ihn bewahrt hätte vor dem, was kam, was kommen musste.

Etwas lag in der Luft. Vielleicht hätte ich wirklich zu ihm laufen sollen. Vater ließ die Säge sich immer weiter in den Stamm hineinfressen, der Baum wankte leicht, ein Zittern erfasste ihn, ein Schwanken, ein Wippen, und gleich würde er ausschlagen, die Säge fuhr immer höher im Ton, und schließlich stoppte sie, und Vater versuchte, das Blatt aus dem Spalt zu ziehen, aber dort lastete jetzt das ganze Gewicht. Ein letztes Mal drückte Vater den Gashebel, es knackte, es ruckte, er ließ die Säge los, sprang zurück, flüchtete, der Baum fiel, fiel in Vaters Fluchtschneise, sauste durch die Luft, jagte Vater hinterher, der aus der Bahn sprang, Äste schlugen nach ihm, er kippte, wie der Baum gekippt war. Vaters rotes Hemd leuchtete unter dem Grün der Zweige und Äste. Er regte sich nicht.

Wir rannten zu ihm. Hatte der Baum ihn erschlagen? Picco war als Erster bei ihm, wollte ihn befreien. Mutter rief, er dürfe ihn nicht bewegen, Vater könne schwer verletzt sein. Ranz entfernte mit der Säge die Äste, die Vater auf den Boden zwangen, Bruno räumte sie fort. Das alles ging blitzschnell, und schließlich standen wir bei Vater. Mutter kniete sich zu ihm, wie man sich zu einem gefallenen Helden kniet, berührte seinen Kopf, fühlte den Puls am Hals, sie strich ihm vorsichtig über das kranke Bein und den Rücken, suchte nach einer Wunde. Sie bat Ranz und Bruno, ihn erst auf die Seite und dann auf den Rücken zu drehen, schob ihm ihren Pullover unter den Kopf. Vater sah unverletzt aus, er blutete nicht, bis auf ein paar Schrammen an der Wange, am Hals und an den Händen. Er schien zu schlafen oder zu ruhen, seine Augenlider flatterten, seine Finger bewegten sich. Ich nahm seine Hand, sie war kühl, aber nicht kalt.

Niemand wusste, was zu tun war. War Vater nun verletzt? Sollten wir Hilfe holen?

Dann schlug er die Augen auf, als wollte er einer falschen Entscheidung zuvorkommen. Er schaute in die Runde, rieb sich die Augen, streckte die Beine und stand auf, mühsam, etwas zittrig, aber er stand. Mutter und ich wichen zurück, ja, wir wichen von ihm, als wäre er ein falscher Kranker, ein Simulant, was vielleicht ein ganz und gar falscher Eindruck war, aber da er unverletzt war und doch recht lange liegen geblieben war, entstand der Eindruck, er hätte mehr daraus gemacht, als es war. Ein paar Zweige hatten ihn gestreift, mehr war es nicht, und jetzt rückte seine peinliche Aktion umso deutlicher in den Blick. Und weil er das spürte, sagte er mit dünner Stimme: »Machen wir einfach weiter. Ihr macht es besser als ich.«

Vater strich sich den Dreck von der Kleidung, nahm seinen Spaten auf und grub ein weiteres Pflanzloch. Wir pflanzten noch drei weitere Tage, dann war die Arbeit getan.

7

Einige Wochen später bat Vater Bruno und mich in sein Arbeitszimmer. Es war ungewöhnlich warm für April, die Fenster standen offen, und der Gesang der Vögel drang aus dem Garten zu uns herein. Auf dem Schreibtisch lag ein Vermessungsblatt. Vater hatte das Areal um den Weißkogel neu kartiert und unsere Parzelle eingetragen. Sie reichte bei Weitem nicht bis zur Kuppe, die Bolltner sprengen wollte.

Vater war in letzter Zeit oft außer Haus gewesen, als bräuchte man ihn an den Flughäfen dringender. Saßen wir zusammen am Tisch, verriet nichts, dass er womöglich irritiert war von Mutter, auch im Umgang mit Bruno hatte sich nichts verändert. Wann immer sie zusammen waren, wiederholte Vater sein Mantra: »Wir müssen endlich etwas unternehmen. Bolltner wird durchkommen mit seinen Plänen. Die Spatzen pfeifen es vom Dach.«

Ich wusste, dass er nicht aufgeben würde. Dass eine Art Sehnsucht, eine Besessenheit ihn trug.

»Bei einer Sprengung des Areals werden auch wir betroffen sein«, meinte er. »Durch den Schutt und die Felsen, die dann zu Tal stürzen, wie tief auch immer. Vielleicht haben wir damit etwas gegen ihn in der Hand, auch wenn die Rechtslage unklar ist.«

»Wir verlieren nur Zeit«, sagte Bruno. »Irgendwann wird er uns vor vollendete Tatsachen stellen. Die Behörden werden ihn durchwinken. Das Planfeststellungsverfahren ist bald gelaufen.«

»Ich weiß«, sagte Vater.

»Probieren wir, was wir noch probieren können, und reichen unsere Einwände und Unterschriftenlisten gegen das Verfahren ein«, sagte ich.

»Das bringt doch nichts.« Bruno widersprach mir heftig, und Vater nickte.

Mutter kam und brachte uns Tee. Nichts in ihrem Gesicht oder in ihrer Stimme ließ sich als Aufregung oder Befangenheit lesen. Sie ließ sich seit der Pflanzaktion kaum blicken, wenn Bruno bei uns war. Meist verschwand sie in ihrer Werkstatt. Nie sah ich, dass Bruno sie dort aufsuchte. Nie sprach Bruno in meinem Beisein von ihr. Je mehr Zeit verstrich, desto sicherer war ich mir, dass ich mich getäuscht hatte.

Bruno war an den letzten Wochenenden nicht mehr im Schuppen aufgetaucht. Jemand habe ihm einen Kontakt zu einem Netzwerk von radikalen Umweltschützern hergestellt. Eine Gruppe, die sich Earth First nannte. Mehr verriet er nicht, nur, dass sie spektakuläre Aktionen gegen Umweltzerstörungen initiierten: Sie ketteten sich an Bäume, demolierten Fahrzeuge, die beim Haus- und Straßenbau in ökologisch sensiblen Regionen eingesetzt wurden. Wir dagegen hatten Zwollers Modell des verwüsteten Bergs im Dorf herumgereicht. Auch Reiser hatten wir es gezeigt, der abwinkte und sagte, Fortschritt ließe sich nicht aufhalten. Wir stellten es sogar dem Pfarrer vor, der ein ernstes Gesicht machte und von der Bewahrung der Schöpfung sprach, aber in der Messe am Sonntag sagte er kein Wort. Da saß Bolltner irgendwo in den ersten Reihen, und nichts störte seine Sonntagsstimmung. Auch wir besuchten den Gottesdienst. Wir hatten uns extra in seine Nähe gesetzt. Mit seinem kurz geschnittenen Haar, dem gestutzten Bart, dem rosafarbenen

Hemd unter dem blauen Janker, den italienischen Lederschuhen und einem Teint, der von Sonne und Abenteuer sprach, schaute er aus wie die späte Jugend. Eine, die noch vieles vor sich hatte.

Bei der Wandlung kniete er wie wir alle, beim Vaterunser konnte ich seine angenehme Stimme hören. Bei der Kollekte während der Opferung hatte er sich nicht lumpen lassen, aber keineswegs zu viel Geld in den Korb gelegt. Einen Zehner. Mehr nicht.

Wir stellten das Modell auf dem Wochenmarkt in der Stadt aus, hatten einen Stand gemietet und sammelten Unterschriften. Immer wieder unterschrieb mal jemand. Andere drohten uns mit einem Tritt in den Hintern, die Arbeit von engagierten Bürgern zu behindern.

Anfang Mai reichten wir die Unterschriften bei der Planfeststellungsbehörde ein.

Wir warteten in einem engen Flur des Kreistagsgebäudes auf den Sachverständigen, einen Ingenieur, der zu prüfen hatte, ob das Feststellungsverfahren überhaupt eingeleitet werden sollte. Das Grau der Wände machte auch uns grau. Unser Modell verblasste, genauso wie die knapp zweihundert Unterschriften gegen die Sprengung des Bergs. Zwoller blätterte die Liste von Zeit zu Zeit auf, als wollte er sich damit wappnen für das Gespräch mit Dr. Moll. Hinter der buchenfurnierten Tür hörten wir ihn telefonieren. Die joviale Stimme eines nicht mehr ganz jungen Mannes. Ranz stierte an die Wand, manchmal rutschte er auf dem Stuhl hin und her, fuhr sich durch sein aschblondes Haar, das immer aussah, als würde er es nie kämmen. Picco trug sein dunkles Haar raspelkurz, er sah mitgenommen aus, früh gealtert.

Als sich nach einer halben Stunde die Tür öffnete und Dr. Moll uns hereinrief, da war es Picco, der voranschritt, direkt auf Moll zu, und ihm die Listen in die Hand drückte.

»So, also, das wären die Unterschriften. Prima«, sagte Moll und legte sie auf seinen Schreibtisch, der bis auf eine Tastatur und den Bildschirm leer war. Er war deutlich jünger, als wir gedacht hatten. Eine falsche Freundlichkeit schaute ihm aus dem Gesicht. »Gut, sehr gut«, fuhr er fort.

»Nichts ist gut«, sagte Picco. »Was passiert denn jetzt?«

»Nicht viel«, sagte Dr. Moll.

Ranz trat näher an ihn heran.

»Ich werde die Liste archivieren und den Landrat in Kenntnis setzen.«

»Und dann?«, fragte Ranz und rückte noch einen Schritt vor, und wir anderen stellten uns hinter ihn.

»Dann geht alles seinen Weg.«

»So«, sagte Ranz.

»Ja.« Molls Blick flackerte wie eine Glühbirne, die nicht fest eingedreht ist. »Die im Anhörungsverfahren eingegangenen Stellungnahmen und die rechtzeitig vorgebrachten Einwendungen Dritter werden in der Regel in einem gesonderten Termin, einem sogenannten Erörterungstermin, mit den Behördenvertretern und Einwendungsführern behandelt. Dieser Termin wird ebenfalls frühzeitig öffentlich bekannt gemacht. Ich betone, rechtzeitig, immer rechtzeitig.«

»Und das sind wir. Rechtzeitig. Am Telefon hat man uns die Frist genannt«, sagte Picco.

»Wer bitte? Haben Sie sich da einen Aktenvermerk gemacht?«

»Was gemacht?«, murrte Ranz.

Dr. Moll ging zu einem Schrank, fischte eine Akte heraus, blätterte.

»Die Frist endete am 2.5.« Er schaute in die Runde. »Jetzt haben wir den 3.5. Ganz knapp daneben. Das nenne ich Pech!«

Wir starrten ihn an.

»Aber man hat uns ...«

»Mit wem haben Sie gesprochen?«

»Mit einem Mann«, sagte Ranz.

»Ein Mann?«

»Ja. So ein Hornochse, der uns reingelegt hat.«

»Nur die Ruhe, wenn ich bitten darf.«

»Sie dürfen um gar nichts bitten!«, bellte Ranz und baute sich vor ihm auf.

»Vorsicht!«, sagte Moll. »Höchste Vorsicht! Das wird sonst ein Nachspiel haben.«

Aber da hatte Ranz ihm bereits eine Hand auf die Schulter gelegt, ihn mit der anderen Hand am Kragen gepackt und in die Höhe gerissen, dass der ganze Moll schief in seinem Anzug zu stehen schien.

»Lass gut sein«, sagte ich. »Wir gehen!« So kamen wir nicht weiter.

Als wir an der Tür waren, saß Moll schon wieder am Schreibtisch und hatte den Telefonhörer in der Hand.

8

Anfang Juni kam Liv ins Dorf. Sie kellnerte im Café, half ihrem Vater aus, der es gekauft hatte. Wir gingen nun häufig dorthin, warteten darauf, dass sie auftauchte und servierte, und sobald Bruno mit ihr sprach, spürte ich ein Flackern im Bauch, erst recht, wenn sie lächelte. Wir wären wahrscheinlich chancenlos, glaubte Ranz. Er und ich, und Picco sowieso.

Wir trafen sie am See, wenn sie schwamm und unsere Blicke nur eine Richtung kannten. Manchmal schwammen wir mit ihr raus. Ein Schwarm junger Männer und sie in unserer Mitte. Niemand sprach es aus, aber es war ein Wettkampf. Liv war eine gute Schwimmerin, und keiner von uns wollte sich blamieren oder auch nur Zeichen von Erschöpfung zeigen. Die Strecke zu der kaum bewachsenen kleinen Insel verlangte zumindest mir alles ab. Sobald wir ans Ufer kamen, ließen wir uns in den Sand fallen, ich legte mich auf den Bauch, um meinen pumpenden Atem zu verbergen. Auf dem Rückweg verfielen Bruno und Ranz in wildes Kraulen. Ich blieb zurück, wechselte in ein scheinbar unaufgeregtes Rückenschwimmen und kam lächelnd an Land.

Keiner von uns ging mit Liv aus. Bis auf Bruno. Er machte sich mit ihr auf in die Stadt, aber, dass er sie küsste oder umarmte, sah ich nicht. Ich glaubte nicht an Bruno und Liv. Manchmal fuhr sie mit irgendjemandem davon, der sie in einem teuren Wagen abholte, niemand, den wir kannten. Es versetzte mir einen Stich.

Ich radelte hinunter ins Moor, der Sand knirschte unter den Reifen. Ich fuhr bis zu der Kapelle auf dem Hügel. Sie war verschlossen und ich der einzige Besucher. Bis hierhin zogen die Bittprozessionen aus dem Dorf. Ich war schon oft hier gewesen, es war der Ort meiner Stoßgebete. Ich betete für alles Mögliche, war hemmungslos in meinen Wünschen. Mutter lächelte darüber, nachsichtig, wie über die Marotte eines Kindes. Meine Eltern waren keine Kirchgänger, ich war aus der Art geschlagen.

Das Deckenbild zeigte das Leben des Heiligen Georg, dem Ritter zu Pferde, der mit seiner Lanze den Drachen tötet. Als Kind war er mir der Liebste, auch wenn klar war, ein Georg war ich nicht. Ich war anders als Ranz und Bruno, ihren Mut, ihre Kaltschnäuzigkeit besaß ich nicht.

Über den Altwassern standen lichte Mückenschwärme, darüber kreisten Bussarde und Sperber. Aus der Fläche ragten kleine, bewaldete Erhebungen heraus, wie Halligen in einem Meer aus Gräsern.

Auf einen dieser Köchel hielt ich zu, schob das Rad den Pfad hinauf, ließ es dann auf halbem Weg stehen und machte die letzten Schritte zu einer Anzahl großer Lärchen, deren Stämme in einem warmen Orange leuchteten. Von hier oben sah ich die Kolke und Mooraugen, dort, wo kein Knüppelpfad mehr hinreichte. Wolken spiegelten sich in ihnen und der Flug eines Schwarzstorchpaars.

Ich wartete. Liv würde ein Geschenk auf Zeit sein, das ahnte ich und vergaß es doch immer wieder. Zu heftig war ich verliebt. Ich wollte sie unbedingt treffen, abseits des Dorfes, fern von den anderen. Ich lief auf und ab, mein Herz wurde klamm, ich hielt Ausschau, ob sie auf einem der Wege, die durch das Moor führten, zu sehen war.

Liv war frei, dachte ich. Frei für mich. Ich war viel zu

früh hier eingetroffen. Wie alle Anfänger hatte ich Angst, einen Fehler zu machen. Ich legte mich ins Gras, stand auf, setzte mich auf eine Bank, der Nachmittag zog vorüber. Das Laub der Büsche flammte auf, auch die Lärchen, die rostfarbenen Buchen, deren Kronen scharf in den Himmel gezeichnet waren. Es gibt diese windstillen Tage im Herbst, an denen kein Vogel mehr singt. Die einzige Bewegung war das Fallen der Blätter, vollkommen geräuschlos. Zwischen den Sträuchern spannten sich Spinnweben. Die Sonne sank bereits. Würde Liv kommen?

Ich hörte das Knarzen von Fahrradreifen auf dem Weg. Dann nichts mehr. Kurz darauf das leise Scheppern einer Klingel, als das Rad ins Gras flog, Liv warf mir einen Kuss zu, ich roch ihren Duft, als sie mich umarmte. Eine halbe Stunde sollte uns bleiben, eine, in der ich immer enger um sie kreiste, bis sie nicht mehr ausweichen könnte, denn das tat sie. Etwas Heiteres lag in ihrer Stimme, aber sie hielt Abstand, ließ mich reden und schweigen, sie schaute über das Moor, sah die Schatten wachsen, die Dunkelheit, die von den Bergen ins Land stieg. Dann eine rote Jacke und ein Rad, das näher kam, sie küsste mich noch einmal auf die Wange, stand von der Bank auf und warf die Arme in die Luft. In mir ein Vibrieren, mir war klar, wer den Hügel heraufkam, Liv rief seinen Namen. Es klang, als würde sie schäkern. Spöttisch vielleicht, aber mit viel Wärme in der Stimme: »Bruno!«

Er grinste, fuhr sich durch die Locken, musterte mich.

»Ihr zwei also«, sagte er und küsste Liv, wie jemand, der sie nicht das erste Mal küsste, wo der einzelne Kuss nicht mehr so viel zählte. Noch hätte ich gehen können, aber ich blieb. Die beiden begannen, Stöcke und Zweige zu sammeln und sie zu schichten, sodass ein kleines Feuer entstehen konnte, denn es wurde kalt. Und mir war es am kältesten. Ich verstummte, ließ Bruno das Feuer anzünden, ließ ihn parlieren und Liv einstimmen. Ich beneidete ihn um seinen Ton, leicht und unaufgeregt war er, und um mich kroch eine Enttäuschung, die man mir ansehen musste und die mich nur klein machte. Ich hatte verpasst zu gehen, harrte aus, hörte mich selbst Bemerkungen machen, die mir allesamt hölzern gerieten. Am Ende brachen wir auf. Bruno und Liv fuhren voraus, ich fuhr hinterher und war froh, endlich allein zu sein. Ich fühlte Scham. Alles war so misslungen, ich musste etwas falsch verstanden haben. Ich sah ihre Rücklichter auf den Waldwegen verschwinden, und als wir den See erreichten und weiter entfernt die Lichter des Dorfs aufschienen, ließ ich sie endgültig ziehen.

Ich konnte nicht wissen, wie Liv war, und ich hatte noch keine Ahnung, dass Bruno ein Tänzer auf vielen Seilen war.

9

Morgens fülle ich als Erstes frisches Futter in den Napf der Katze. Ich habe begonnen, sie im Wintergarten zu füttern, spreche mit ihr, erzähle von Bruno, Liv und mir. Ich will sie an mich gewöhnen. An diesem Morgen ist meine Stimme dünn, als hätten die Träume mir zugesetzt. Manchmal lässt sie sich streicheln. Im Nacken, nur dort. Ich hätte sie gerne im Haus, sie würde es beleben.

Ich muss die Dielen im Wohnzimmer abschleifen und neu lackieren. Ich muss den Fischteich säubern von Blättern, Zweigen und dem Morast, der knöchelhoch den Betonboden bedeckt. Ich muss die Hecke schneiden, habe deshalb Ranz wieder gefragt. Wer in der Nacht allein ist, braucht am Tag Menschen. Ich mache meine Runde zu Zwoller, zu Reiser, zum Café.

»Liv ist nicht da«, sagt Fred. »Macht noch Besorgungen in der Stadt.«

Ich lege mich ins Gras, in der Nähe des Bachs, der hier in den See mündet. Ich denke an Bruno. Nicht viele Menschen sind für unser Leben prägend, Bruno war es für mich. Irgendwann sollte ich zu ihm rausfahren. Wegen der Geier. Wegen Vater. Wegen damals.

Ich schließe die Augen und höre das Murmeln des Wassers, das Rauschen des Windes, den Flügelschlag der Vögel, ein Schwarm Tauben vielleicht, der über mich hinwegzieht, meinen Atem, das Pulsen des Bluts in meinen Ohren.

An jenem Tag war der Bahnhof verwaist, nur Bruno und Ranz saßen auf der einzigen Bank auf dem Bahnsteig. Sie hatten ihre Steinschleudern dabei, als wären sie noch Burschen von dreizehn, vierzehn Jahren. Eine letzte Wärme lag über den Gleisen, die Stare waren in diesem Jahr noch nicht in den Süden aufgebrochen, besetzten die große Linde vor dem Bahnhof. Der Baum war schwarz vor Vögeln. Ich lernte in meinem Zimmer für eine Mathe-Klausur und dachte an Liv. Ihre Stimme, ihr Gang, das Haar, das ins Brünette changierte, sobald das Licht darauffiel. Der schöne Schnitt ihres Gesichts und die dunklen Brauen. Ich mochte alles an ihr.

Ich brauchte eine Pause, verließ mein Zimmer und lief zu den beiden am Bahnhof. Ranz war aufgestanden und zielte auf die Vögel, in der Ferne war das Pfeifen des Zugs zu hören. Ich legte meine Hand an seine Zwille.

»Ist doch noch weit weg«, sagte er und drückte mir unvermittelt die Schleuder in die Hand. Ich wusste, worauf er anspielte.

»Sei kein Feigling, schieß«, sagte er.

»Schieß«, sagte auch Bruno.

Aber ich rührte mich nicht, ließ den Zug einfahren, versteckte die Zwille hinter meinem Rücken. Die Fahrgäste stiegen aus, unter ihnen auch Vater, der wieder einmal von einer Dienstreise zurückkehrte. Er kam zu uns, strich mir durchs Haar, der Zug fuhr wieder an, und Vater verabschiedete sich. Der Bahnsteig leerte sich. Über uns in der Luft stand ein Habicht. Dann knallte etwas, ein Scheppern, ein Splittern. Ein Tablett vielleicht, das zu Boden schlug. Die Stare stoben aus dem Baum auf, und der Habicht stürzte dem Schwarm hinterher, der bereits Tempo aufgenommen hatte, und hinderte ihn daran aufzusteigen. Er zerfaserte, verlor seine Ordnung, die Vögel schienen panisch zu werden. In diesem Moment fegte der Habicht zwischen sie, sie wichen aus, suchten eine Lücke, versuchten, zwischen den Waggons hindurchzuschießen, flirrende, flatternde Leiber, die in letzter Sekunde hochzogen, in jenen Spalt, der sich auftat zwischen dem Blech der Waggons und dem Raubvogel. Nicht alle schafften es, wir hörten den Aufprall. Dutzendfach knallten sie gegen das gewölbte Dach, federten scheinbar unverletzt zurück, taumelten durch die Luft und fielen zu Boden, dunkle Federhaufen entlang des Gleises, japsend, auf- und zuklappende Schnäbel, der Blick starr, aber auf den Federn noch ein grünes Schillern. Da stand Vater schon neben uns, und das, was von dem Schwarm übrig geblieben war, jagte in die Berge.

Vater ging in die Hocke, nahm einen der Vögel hoch. Der Kopf des Tieres war abgeknickt.

»Genickbruch«, sagte Vater. »Sie werden es kaum gespürt haben.«

Er legte den Vogel in den Gleisschotter. Von uns sprach keiner ein Wort, zu traurig hörte Vater sich an. Ich fühlte mich schäbig. Kleinlaut standen wir auf, aber niemand tat etwas.

»Geht jetzt«, sagte Vater.

Er nahm schon einen weiteren Vogel in die Hand, die Flügel bewegten sich noch, ein langsames Auslaufen einer Bewegung. Vater strich ihm liebevoll mit dem Daumen über den Kopf, wir hörten ein leises Knacken, und dann bettete er auch ihn auf die Steine.

»Geht«, wiederholte Vater.

Bruno und Ranz folgten seiner Anweisung und verschwanden. Ich aber drehte mich noch mal um, ging zurück.

Neben ihm stand Liv. Sie musste den Zug als eine der Letzten verlassen haben.

»Was tun Sie da? Lassen Sie das!«

Vater schaute sie an, verständnislos, wie mir schien. Liv strich sich das Haar aus dem Gesicht. Vater zeigte auf die toten Vögel, ließ Liv stehen und legte den nächsten Vogel ab. Sie trat zu ihm, hob einen weiteren auf und reichte ihm den toten Vogel. Vater deponierte ihn bei den anderen, woraufhin Liv ihren Rucksack leerte und begann, die toten Tiere aufzusammeln. Da erst bewegte ich mich zu ihnen, half, um Liv nahe zu sein. Keiner der Vögel regte sich mehr, sie waren betäubt oder tot. Vater sagte nichts, aber in seinem Blick las ich, dass er mich durchschaut hatte. Es war mir egal. Ich wollte meine Chance nutzen.

Hinter den Gleisen befand sich eine Wiese. Liv holte einen Spaten, ich nahm ihn ihr aus der Hand und grub, ohne aufzuschauen.

»Langsam, Junge«, sagte Vater schmunzelnd. »Wir haben Zeit. Warum legst du dich so ins Zeug?«

Ich fühlte mich ertappt durch seine Worte, aber ich bremste mich nicht. Jetzt das Tempo zu verlangsamen würde bedeuten, mich kleinlaut zu zeigen.

»Hört zu! Wir wissen nicht, ob noch einer lebt. Sie müssen raus aus dem Rucksack, je eher, desto besser«, sagte ich, und der Satz veränderte alles. Ich übernahm das Kommando.

»Ja, stimmt«, sagte Liv, und ich sah auf und schaute sie an. In meinem Blick sollte nichts liegen, ich wollte alles verbergen. Meine Verliebtheit und meine Faszination, die sich nach unserem missratenen Treffen vor ein paar Wochen nur noch gesteigert hatten.

Liv beugte sich über den Rucksack und holte einen Vogel nach dem anderen heraus, und Vater blieb nichts anderes übrig, als ihr zu helfen. Die Augen waren tot, die Schnäbel standen offen. Ich grub weiter, und als ich fertig war und Liv begann, die Stare in die Kuhlen zu betten, nebeneinander, dann übereinander, kniete ich mich neben sie und machte mit.

Schließlich warf ich die Löcher wieder zu, während Liv und Vater hinter mir standen und nichts zu tun hatten, außer mir zuzuschauen.

Als ich fertig war, riss ich mich zusammen. Ich durfte nicht auf ein Wort von ihr warten, und so sagte ich: »Das war's. Ich muss los.«

Ich ging, ohne mich umzudrehen. Gibt sich der Kandidat der Liebe zu offensichtlich zu erkennen, verliert er jeden Reiz.

10

Die Wanderer, die von den Bergen ins Dorf kommen, tragen farbige Regenjacken, die sie im Dämmerlicht markieren. Sie suchen im Café Schutz vor den Böen. Ein paar von ihnen spannen Schirme auf, die der Wind ihnen aus den Händen reißt und die Hügel hinaufträgt, bis sie an einem Weidezaun hängen bleiben, eine Zeit lang surren und knattern und dann fortgerissen werden.

Der Bus bringt wie jeden Abend diejenigen zurück, die talauswärts arbeiten, und nimmt die anderen auf, die ihre Wanderungen und Kajaktouren beendet haben. In beide Richtungen eine Handvoll Leute.

Ich mische Hefe, Mehl und Wasser zusammen, salze und rühre, bis ein zähflüssiger Brei entsteht, den ich für ein paar Minuten an die Heizung stelle. Dann kippe ich die Masse auf den Küchentisch. Ich knete lange und spüre, wie das Gemisch konsistenter wird, dass es einwilligt und zu Teig wird. Ein Teig, der duftet, der sich formen lässt. Ich lege ihn in die Schüssel, bedecke sie mit einem Tuch und lasse ihn ruhen.

Ein anderer Bus kommt, fährt durch bis zum Café. Leute mit Gitarrenkoffern und Geigenkästen steigen aus. Aus dem Bauch des Busses, wo sonst die Taschen und Koffer gelagert werden, ziehen sie Kisten und Kabeltrommeln. Das Konzert, morgen. Sie hatten es plakatiert. Ich weiß, Liv und Fred wollen Leben ins Dorf bringen.

Die Böen werden heftiger, ein Ächzen entfährt den Balken unterm Dach. Es knarrt gewaltig, und dann sausen ein Brett und ein paar Ziegel zu Boden, schlagen vor dem Wintergarten auf. Ich gehe nach draußen, ein Stück der Traufe ist abgerissen, und unter dem First klafft ein Loch. Ich renne in die Waschküche, nehme Eimer und Schüsseln und spurte zum Haus zurück. Im Wohnzimmer tropft es bereits durch die Decke, ein gleichmäßiges Tropfen, das in die Schüsseln patscht. Aus dem Anbau hole ich die Leiter und steige hoch, decke die fadenscheinige Folie auf und sehe, dass mehrere Dachlatten und zwei Sparren abgesackt sind. Der Sturm hat offengelegt, was lange schon im Argen gewesen sein wird. Ich laufe zurück, finde Dachpappe, sie wird mehr als zwanzig Jahre alt sein. Damals hat Ranz meinem Vater bei der Reparatur geholfen. Ich werde nicht darum herumkommen, ihn um das Gleiche zu bitten. Doch jetzt muss ich schnell sein, schneide die Dachpappe zu und nagele sie an die intakten Sparren und Dachlatten. Für den Moment kann ich nicht mehr tun. Zurück im Haus höre ich dem Tropfen zu, das unvermindert anhält, als wäre alles umsonst gewesen. Ich setze mich an den Wohnzimmertisch, leere jede Stunde eine Schüssel und lese. Was sonst sollte ich tun?

Am nächsten Morgen streicht das Schnauben der Pferde zu mir ins Zimmer. Islandponys. Sie leben den ganzen Sommer hier draußen. Ab und zu schaut Ranz nach ihnen, er fährt ein Moped, man hört ihn kilometerweit. Heute tönt das Bellen seiner Schlittenhunde auf. Ich mache mich auf zur Koppel, füttere die Pferde mit alten Möhren und Apfelschalen. Der Himmel ist wie blank gefegt, die Berge stehen scharf gezeichnet in der Sonne. Das Bellen wird immer lauter, darin eingewoben Rufe, Kommandos, das Knallen einer Peitsche, und dann biegt Ranz mit dem Schlitten um die Ecke. Ich hatte ihn gebeten zu kommen, hatte es gestern Abend Reiser gesagt, der es ihm ausgerichtet hat, Ranz hat kein Telefon. Er lässt mich aufsteigen, und wir fahren die paar Meter bis zum Haus, wo er die Hunde ausspannt.

Wir beginnen sofort mit der Arbeit, sägen ein neues Brett für die Traufe, das Zwoller mir mitgegeben hat.

Anschließend steigen wir aufs Dach, decken einige Quadratmeter Ziegel ab, entfernen die Folie und die morschen Latten, bevor wir die Sparren austauschen, die Zwoller auf einem Handkarren bringt. Ich spüre, wie leicht mir die Arbeit fällt, jetzt, da ich sie nicht allein tue. Zwoller schaut uns vom Gartentisch aus zu, manchmal gibt er uns einen Tipp, den Ranz wortlos quittiert, aber ausführt. Fehlt nur Vater, sonst ist es wie früher.

Die Hunde liegen auf dem Rasen und dösen. Gegen zehn Uhr mache ich Kaffee. Wir stehen nebeneinander und schweigen.

»Schön, dass du zurück bist«, sagt Ranz schließlich, da ist der Kaffee schon halb getrunken. »Besser für dich. Nach allem, was passiert ist.«

Zwoller schaut auf den See. Ich weiß, woran er denkt.

Wir hatten uns nach dem Brand nicht mehr gesprochen. Ich hatte das Dorf kurz darauf verlassen, ob die anderen jemals darüber geredet haben, weiß ich nicht. Irgendwann werde ich auch Bruno treffen müssen, es lässt sich nicht vermeiden.

»Waren viele schuld. Mehr, als manche zugeben wollten«, sagt Ranz, seine Stimme ist belegt.

»Mag sein«, sage ich. Was genau meint er, frage ich mich.

Zwoller stiefelt über den Rasen davon, winkt uns, ohne sich umzudrehen, mit einer Hand. Wir schauen ihm nach.

»Erzähl«, sage ich, aber Ranz schüttelt den Kopf.

»Ist ein schöner Morgen, Jakob. Und das soll auch so bleiben.«

»Du scheinst mehr zu wissen als ich, Franz.«

Ich erschrecke. Franz ist er schon lange nicht mehr.

»Nicht jetzt. Irgendwann, vielleicht.«

Er stellt die Kaffeetasse auf den Tisch und klettert wieder aufs Dach. Es wird warm werden heute, wie angekündigt. Wir arbeiten wortlos weiter. Ranz hat recht, man kann zu früh sprechen, viel zu früh und viel zu spät. Ich vermisse Vater. Ich vermisse Mutter.

»Ist immer noch ein schönes Haus«, sagt Ranz irgendwann, als ich auf dem First sitze und über das Dorf schaue. Ich sehe Liv, die den Leuten auf der Terrasse Kuchen und Kaffee bringt. Ihr Gang federt. Ranz sitzt in der Nähe der Traufe auf dem Sparren.

»Mein Vater hat es immer gut in Schuss gehalten.«

»Er war speziell«, sagt Ranz. »Wirklich speziell. Deine Mutter auch.«

»Lassen wir das«, antworte ich. »Dass sie fortging, hat niemand geahnt. Ich am wenigsten.«

»Wir schon«, sagt er leise, aber laut genug.

»Wer ist wir?«, frage ich, aber er beginnt, eine Dachlatte festzunageln.

Ich bleibe, wo ich bin, sehe, wie sie das Schlagzeug aufbauen und die Mikroständer, wie Fred und Liv die Tische und Stühle ordnen und arrangieren, was zu arrangieren ist für das Konzert.

Gegen Mittag füttern wir die Hunde, lassen sie aus den Schüsseln trinken, in denen ich das Regenwasser aufgefangen habe. Sprechen tun wir nicht mehr viel. Als ich Ranz später bezahlen will, lehnt er ab.

»Du bist doch kein Fremder, Jakob«, sagt Ranz. »Machen wir es wie früher und halten zusammen. Hier ist alles komplizierter geworden.«

»Eine Hand wäscht …«

»… und so weiter. Genau. Ich sag dir, die Leute sind anders geworden. Wir müssten wieder zusammenhalten, statt in allem herumzufuhrwerken und es auf den Kopf zu stellen«, sagt Ranz und spannt die Hunde an.

»Meinst du immer noch Bolltner?«

»Ja. Nein.«

»Bruno?«

»Vielleicht auch ihn. Die Geier sind nun mal ausgestorben. Von mir aus müssen die bei uns nicht wieder auftauchen. Natur ist Natur. Da kommt nicht jeder durch.«

»Das ist von gestern, wenn du mich fragst, Ranz, von ganz gestern.«

»Unterstell mir nichts. Mir ist Bruno zu abgedreht. Als ob die Geier das Wichtigste wären. Mehr will ich gar nicht sagen.«

»Okay«, antworte ich.

»Früher konnte man mit ihm saufen. Jetzt isst er nicht mal mehr Fleisch und trinkt Bier ohne Alkohol. Ich hoffe, du bist anders.«

»Wie sagten wir früher? Mit einem Kasten Fanta kann man keine Party feiern.«

»Richtig.«

»Aber sag nicht, Bruno packt sich in Watte, das glaub ich nicht.«

»Was weiß ich, aber weichgespült ist er schon. Vielleicht sind es die Leute, mit denen er sich umgibt. Die Wanderfreaks, die er regelmäßig in die Berge führt, um Adler und irgendwelche anderen Viecher zu beobachten. Alle mit GPS und so was ausgerüstet. Geräte, die jeden Schritt vorher ansagen. Wer in die Berge geht, muss auch bereit sein, sich den Hals zu brechen, oder?«

»Mag sein.«

Es gibt kein Abenteuer ohne Wagnis. Das wusste Vater, und das wusste Bruno.

»Die Leute sehnen sich nach etwas, Ranz. Nach etwas Authentischem.«

»Die spielen doch nur rum. Ich sehe sie bei Liv sitzen und stundenlang die Wetterberichte auf ihren Handys lesen und Karten studieren. Haben Angst vor bösen Überraschungen und vereiteln die paar schönen gleich mit, oder? Aber genug, ich muss jetzt los. Muss mit Irina in die Stadt.«

Ranz packt seinen Hammer und die Stichsäge ein.

»Die Pferde ...«, sagt er. »Was ist mit den beiden Pferden? Willst du sie haben oder nicht?«

»Irgendwann, vielleicht.«

Die Hunde kläffen, dann jagt er davon.

11

Ich bin früh dran, nehme in einem der Sessel Platz, die über dem Bahnsteig verteilt stehen. Die Musiker richten ihre Geräte noch auf der Bühne ein. Ich bin der einzige Gast, Fred stellt mir einen Rotwein hin. Auf dem First des Cafés sitzt eine Singdrossel, variiert zwischen zwei Melodien. Irgendwo in einem Baum am Ufer muss ein zweiter Vogel sitzen und antwortet. Wehmütig. Und dann singt ein dritter seinen Part. Auch das Rufen der Turteltauben ist zu hören. Es legt sich über die Worte der Musiker, über das Hin und Her aus Fragen, Antworten und Kommentaren. Reiser kommt, setzt sich zu mir, er hat Haar und Bart geschnitten, schaut besser aus. Ihm fehlt das Schmuddelige.

»Was ist mit Ranz?«, frage ich. »Kommt er? Hab vergessen, ihn zu fragen.«

Reiser zuckt die Schultern: »Das hier ist nix für Ranz.«

»Würde ihn auch freihalten. Wegen der Hilfe am Dach.«

Weitere Gäste treffen ein, nehmen Platz in den Clubsesseln oder an den Biertischen. Manche kenne ich, Leute von den Höfen, ich sehe sie auf den Wiesen, wenn sie Heu machen, auf der Straße, manchmal sitzen sie im Café. Auch andere, aus der Stadt, rücken an, man erkennt sie an der Kleidung, an den Blicken, den Frisuren, den Schuhen. Von den Dörflern und ihrer Welt haben sie sich längst verabschiedet. Sie kommen hierher, wie sie auch irgendwo in Afrika oder in der Mongolei auftauchen, es ist ihnen bei uns fremd genug, um sich nicht zu langweilen.

Alle Tische sind besetzt. Es ist wie damals, als der Ort

noch zu tun hatte, als es den Weg zum Gletscher noch gab, der heute nicht viel mehr ist als ein Schneefeld in einer öden Moräne.

Fred bringt uns einen Obstler, den Reiser bestellt hat. Zwoller kommt in Begleitung einer Frau, die zierlich wirkt neben ihm. Er hat sich fein gemacht, trägt ein dunkles Jackett und ein weißes Hemd. Er führt sie an einen Tisch, grüßt uns, schiebt den Sessel vom Tisch und lässt seine Begleitung Platz nehmen. Dann erst setzt er sich. Er nimmt ihre Hand, beugt sich über den Tisch und sagt etwas. Sein Gesicht leuchtet. Ich erkenne ihn kaum wieder.

»Er hat Glück gehabt«, sagt Reiser. »Das ist hier eine gottvergessene Gegend, wenn nicht gerade Saison ist. Und du, bist du verheiratet?«

»Nein«, sage ich.

»Warst du es?«

»Nein, war ich nicht.«

»Ich schon«, sagt Reiser. Sein Blick zieht wieder zu Zwoller.

»Geschieden?«, frage ich.

»Lange schon«, sagt er, ohne mich anzusehen.

»Tut mir leid.«

»War besser so. Wir waren keine gute Kombination. Man muss nicht halten, was nicht zu halten ist.«

Ich trinke einen Schluck.

»Zwoller wird sie im Internet kennengelernt haben«, fährt Reiser fort. »Hab das auch versucht.«

»Und?«

»Schwierig. Bin mit meinem Laden nicht gerade ein Volltreffer. Schwer vermittelbar.« Reiser grinst.

»Und Ranz?«

»War auch schwer vermittelbar. Hat lange allein gelebt.

Vor ein paar Jahren dann hieß es, er hätte geheiratet. Eine Frau aus Kasachstan. Irina kam quasi mit der Post.«

»Eine Russlanddeutsche?«

»In dem Prospekt hieß es, sie sind bodenständig und zuverlässig. Und vor allem keine Emanzen.«

»Dafür leidenschaftlich, nehme ich an.«

»Ganz genau. Es gibt Agenturen. Hab ich auch probiert, aber für mich war das nichts. Ziemlich sonderbar und extrem scharf aufs Geld. Zuhälter im Schlips. Ranz wird mit ihnen vielleicht klargekommen sein.«

Liv kommt mit den Musikern auf die Bühne. Sie trägt ein grünes Sommerkleid, kündigt die Band an. Sie spricht mit einem dunklen, warmen Timbre. Sie fasst sich ins Gesicht und an den Hals, während sie spricht. Sie schaut mich an. Sie schaut alle Gäste an, aber mich intensiver und länger, will es mir scheinen. Mache ich mehr daraus, als es ist? Jeder hat eine Liebe, die eine Wunde zurücklässt, was nicht weiter schlimm ist. Schlimm ist nur, wenn man nichts hat. Keine Wunde, keine Erinnerung.

Die Sängerin gibt ihrer Stimme einen melancholischen Zug. Das Klavier spielt schräg, die Gitarren sind rau. Nichts klingt nachgespielt, aber es mag daran liegen, dass ich seit ein paar Wochen nur auf den See blicke und auf den Seiler-Hof, auf Fensterläden und Türrahmen, immer in der Gegenwart der Vögel, den echten und denen in Vaters Artikeln.

Liv sieht noch immer jung aus, sie war die Schöne, die keiner vergisst, die bleibt. In den Träumen. Und doch habe ich Mühe, Stimme und Person zusammenzubringen, als würde der Klang nicht mehr zum Gesicht passen, als wäre etwas anders geworden.

Ich warte, und anders als Reiser weiß ich, worauf. Ich

spüre ein Flattern in mir, nur der Wein hilft, es in Grenzen zu halten.

In der Pause schwirrt Liv zwischen den Tischen umher, begrüßt auch Zwoller. Sie hat zwei Gläser in der Hand, kommt an unseren Tisch. Eines ist für mich. Ein Cuba Libre. Ihre Ohrringe klackern, als sie sich zu mir beugt: »Schön, dich zu sehen. So viele Jahre!«

Wir stoßen an. Ich hatte ihren Duft vergessen.

Einen Moment lang ist da etwas in ihrem Blick, etwas, das sie nicht kontrollieren kann. Dann verabschiedet sie sich wieder, kehrt zurück in die Menge, wo man sie umschwärmt, an der Theke, vor der Bühne, all die Männer.

»Du kanntest sie ziemlich gut, wenn ich mich recht erinnere«, sagt Reiser und grinst blöd.

»Liegt lange zurück.«

Reiser hatte damals nicht zu uns gehört. Er half seiner Tante im Geschäft oder arbeitete bei Bolltner am Lift. Im Herbst unterstützte er ihn bei den Instandsetzungsarbeiten, reparierte Seile und inspizierte die Masten. Reiser hatte nichts gegen Bolltner, er hatte auch nichts gegen uns. Wir waren ihm egal.

Die Sängerin singt *Don't let me be misunderstood*. Es ist eher ein raues Sprechen. Kein Klavier, keine Gitarre, nur zwei Streicher. Es ist eine Spur zu viel, könnte man meinen. Ich ahne, was kommt, dass sie den Song verbiegen und zerschlagen wird, dass sie ihn den Leuten um die Ohren haut, spätestens, als das Harmonium einsetzt, nicht pastoral, sondern schräg. Sie dehnt die Wörter, schruppt ihnen das Süßliche weg, bringt eine Mischung aus Unschuld und Verdorbenheit auf, dahinter eine Ironie, und das alles für Reiser, für mich, für jeden, der hier sitzt.

Eine weitere Pause. Ich stehe auf und lasse Reiser zurück, wechsele in einen Sessel in einem der Gartenzimmer unter dem Ahorn. Ich schließe die Augen. Der Abend ist warm, und die Nacht wird es auch. *Where have you been? Where did you go? Those summer nights seem long ago*, spielt die Jukebox, die man aus dem Café hinaus auf den Bahnsteig geschoben haben muss. Ich spüre eine Hand sich auf meine Schulter legen. *My fathers love was always strong. My mothers glamour lives on and on*. Ich rühre mich nicht. Liv beugt sich über mich, küsst mich auf die Wange.

»Du bleibst?«

»Mal sehen.«

»Das Haus, nicht wahr?«

»Das Haus, eine zerbrochene Liebe, die Arbeit, alles.«

»So schlimm?« Sie lächelt, und alles will wieder zurück, alles, was zwischen uns gewesen ist, eine Art Code, der gespeist wird aus Erinnerungen.

»Schwer zu sagen. War Zeit, heimzukehren. Und du?«

»Ich bin eigentlich nie fort gewesen. Jedenfalls nie für lange Zeit.«

Was ich wirklich fragen will, frage ich nicht.

Sie nimmt meine Hand und sagt: »Auf bald.« Sie lächelt wieder. Es ist ein trauriges Lächeln, eines, das ihr Gesicht nur tiefer und schöner macht. Es klingt wie ein Versprechen. Vieles, was Liv tat, klang wie ein Versprechen.

12

Im Frühjahr '95 war Vater oft nicht zu Hause. Er hatte auf ein paar Flughäfen neuartige Systeme zur Vogelabwehr installieren lassen und musste nun ihre Wirksamkeit in Augenschein nehmen. Er war häufiger unterwegs als in den anderen Jahren, schien mir. Eine Leere tat sich im Haus auf, die Mutter allein nicht schließen konnte.

An einem dieser Tage, Vater war in Nürnberg, saßen wir im Wintergarten. Mutter hatte eine Quarktorte zubereitet und Kaffee gekocht. Die Sonne stand über den Espen. Ein leichter Wind ging, und im Radio spielten sie Sinead O'Connor – *Nothing Compares to You*.

Ich mochte es, mit ihr allein zu sein. Sie summte die Melodie leise mit, schnitt die Torte, und als sie mir ein Stück auf den Teller legte, sagte sie: »Ich glaube, ich sollte wieder in einen Chor eintreten.«

Sie lächelte, und das Sonnenlicht, dem die Bäume das Grelle nahmen, lag auf ihrem blonden Haar und ließ es noch heller erscheinen. Ihr Haar stand in Kontrast zu den braunen Augen, es gab ihrem Gesicht eine ungewöhnliche Note.

»Eine Chorleiterin aus München wird den Chor übernehmen und neuen Schwung reinbringen. Hat Franz dir noch nichts erzählt?«

Ich legte die Gabel zur Seite.

»Ranz?«

»Ja. Er ist auch schon beigetreten.«

»Und Bruno?«, fragte ich.

»Im Café liegt eine Anmeldeliste aus, sein Name steht drauf.«

»Er war schon ein paar Wochen nicht mehr bei uns im Schuppen. Wird bei seinen neuen Freunden von Earth First sein.«

»Dann hat Franz ihn vielleicht eingetragen.«

»Schön«, sagte ich knapp. Fast hätte ich gefragt, was Vater dazu sagte, aber ich schwieg, aß ein Stück von der Torte und schaute auf den Rasen, auf die blühenden Fliederbüsche.

»Ich werde es langsam angehen lassen, nichts überstürzen!« Mir kam Bruno in den Sinn, und vielleicht ergänzte sie deshalb sofort: »Ich muss abwarten, wie meine Stimmbänder reagieren nach der langen Pause.«

Sie beugte sich zu mir und legte mir noch einen Klecks Sahne auf den Teller. Ich roch ihr Parfum. Es musste neu sein.

»Heute Abend geht es los.« In ihrer Stimme ein winziges Hüpfen, das sie aber sofort wieder einfing.

Wie gut kannte ich Mutter? Ihre Sehnsüchte? Ich musste mir eingestehen, ich wusste nichts darüber. Vater sprach ununterbrochen über sich. Er saß im Zentrum meiner Aufmerksamkeit. Mutter war Vaters Schmuck, vielleicht auch seine Trophäe. Kamen seine Kollegen oder Freunde aus Schul- und Studienzeiten zu uns an den See, dann war sie es, der die Blicke galten. Ich hatte früh vermocht, das zu lesen. Das Scharwenzeln und die Komplimente, die sie großzügig verteilten, der Säuselton in ihren Stimmen, das Lächeln, die schwingende Satzmelodie und die sich verändernde Tonlage. Mutter wehrte sie ab, nachsichtig lächelnd, und der Glanz in Vaters Augen gab ihr zu verstehen, dass er am meisten in sie verliebt war. Lange jedenfalls.

Sie hatten sich auf einer Fähre von der dänischen Nordküste hoch nach Norwegen kennengelernt. Auf dem Achterdeck, als Vater mit einem Fachbuch Seevögel bestimmte. Sie war auf dem Weg nach Oslo zu einer Freundin. Sie liebte das Meer, und zu einem Leben hier im Dorf hatte er sie nur überreden können, da der See sie ein wenig ans Meer erinnerte. Außerdem war da noch das Haus: weiträumig, mit großen ornamentierten Fenstern und holzgetäfelten Räumen, der Garten, die alten Bäume, die Werkstatt, der Blick in die Berge. Das ganze Dorf war damals noch intakt und auf eine unaufgeregte Art schön.

»Komm doch heute Abend mit«, sagte Mutter. »Schau es dir an. Vielleicht ist es auch was für dich.«

Sie wusste ganz genau, dass mich Chorgesang nicht interessierte. Der Satz sollte allem den Anstrich der Harmlosigkeit verleihen. Sie wollte mich glauben machen, dass allein die Musik sie lockte.

»In Ordnung«, sagte ich und trank den Kaffee aus. Eine weitere Tasse wehrte ich ab. Und dann senkte sich ein Schweigen über uns, von dem ich in der Rückschau sagen muss, es hat uns nie mehr ganz verlassen.

Als Mutter und ich das Café betraten, winkte Alfons uns durch zum Nebenraum. Liv konnte ich nirgendwo entdecken. Ranz war wirklich unter den Leuten, die auf die Chorleiterin warteten. Auch Reiser war da.

»Hätte nicht gedacht, dass du hier auftauchst«, sagte Ranz.

»Das Gleiche kann ich über dich sagen«, erwiderte ich.

»Er ist mein Aufpasser«, sagte Mutter und errötete dabei etwas.

Sie musste gespürt haben, wie verunglückt der Satz geriet, sagte er doch mehr, als sie sagen wollte, umso mehr, als in diesem Augenblick Bolltner den Raum betrat. Einen Moment stutzte er, als er Ranz und mich sah, dann bekam er sich wieder in den Griff. In seinem Schlepptau eine Frau, etwa so alt wie Mutter, schlank und noch mehr als Mutter der nordische Typ. Sie lächelte, stellte sich in die Mitte des Raums, und die Leute postierten sich um sie herum. Sofort war sie das Zentrum. Ihre blauen Augen strahlten. Mutter löste sich von mir, stellte sich dazu, ich wandte mich zur Tür, blieb jedoch im Rahmen stehen, als Bolltner anfing zu sprechen.

»Das ist Greta Schober. Ich freue mich, sie für den Chor gewonnen zu haben. Ich hoffe auf eine gute Zeit. Seid fleißig. Euren ersten Auftritt konnte ich ja schon lancieren.« Bolltner lächelte, Ranz kniff mir ein Auge. Was suchte er hier?

»Würde mich freuen, Greta und euch auf meinem Fest hören zu dürfen«, säuselte Bolltner.

»Welches Fest?«, fragte ich.

»Nun, mein Geburtstag, und wenn's gut läuft, wird's auch ein Fest für das ganze Dorf, weil dann nämlich die Genehmigung für den Ausbau des Skigebiets vorliegen wird. Die Österreicher sind da schon weiter. Sie denken einfacher und präziser.«

»So?«, sagte Ranz.

»Der heutige Abend geht auf mich. Viel Erfolg und viel Vergnügen«, ebnete Bolltner die Fragerei ein.

Alle lächelten. Auch Ranz, aber es war ein schiefes Lächeln.

Bolltner legte seine Hand auf Greta Schobers Schulter.

»Legen wir los«, sagte sie.

Bolltner stellte sich neben mich und verlor kein Wort.

»Die Stimme ist ein empfindliches Instrument. Sie ist abhängig von Körperstatik, von Emotionen und vom Denken. Manche behaupten, eine Gesangsausbildung dauere zehn Jahre. Erst dann beherrsche man die eigene Stimme.«

»Ich fürchte, so viel Zeit haben wir nicht«, sagte Reiser. Alle lachten.

»Richtig. Drum sollten wir keine Zeit verlieren. Beginnen wir mit der Körperarbeit. Wir besitzen nichts anderes als unseren Körper, und der gerät beim Singen in Schwingung. Ohne einen schwingungsfähigen Körper kann die Atmung nicht tief genug gehen.«

Das hörte sich richtig an, auch wenn ich nicht genau verstand, was sie meinte. Vielleicht ging es allen hier so.

»Also lockern Sie sich zunächst. Kreisen Sie mit den Schultern vor und zurück.«

Alle begannen mit der Übung, es sah aus wie in einem Gymnastikkurs.

»Machen Sie sich weit«, fuhr sie fort. »Der Brustraum sollte sich öffnen. Schauen Sie, so. Dort brauchen wir Volumen.«

Sie dehnte ihre ausgestreckten Arme weit nach hinten und schob den Brustkorb nach vorne. Alle machten es ihr nach, und sie ging nun von Teilnehmer zu Teilnehmer und korrigierte, wo es etwas zu korrigieren gab. Sie legte ihre Hand auf Mutters Stirn und berichtigte ihre Kopfhaltung. Ich hatte genug. Bei so einer wollten Ranz und Bruno in den nächsten Wochen und Monaten ihre Zeit verschwenden? Das passte nicht zu ihnen. Was ging hier vor? Hatte ich etwas nicht mitbekommen?

Ich nahm an einem der Tische Platz, wollte auf Ranz und vielleicht auch auf Mutter warten. Bolltner legte einen Hunderter auf den Tresen.

»Ab nächstem Monat dann ordnungsgemäß per Überweisung und mit Rechnung«, sagte er.

Alfons strich das Geld ein und schob ihm ein Bier zu.

»Wird kein schlechtes Geschäft für dich sein. In Chören geht es zünftig zu. Wer singt, der trinkt, hab ich mir sagen lassen.«

»Wird dich einiges kosten, die Dame. Sie sieht irgendwie besonders aus.«

»Greta Schober kriegt nicht jeder in so ein Nest wie unseres. Gute Presse und gute Geschäfte, Alfons«, sagte Bolltner laut. Ich sollte es wohl hören.

»Scheinst zum Wohltäter zu werden.«

»Wird auch Zeit. Fürchte, es gibt ein paar Spinner, die den Ausbau des Skigebiets allzu kritisch sehen. Ich muss da ein wenig vorbeugen, was die Stimmung angeht.«

Jetzt drehte Bolltner sich zu mir um.

»Ich sag es, wie es ist«, sagte er in meine Richtung. »Ganz offen und transparent. Kein Gemauschel an Theken. Ich will das Skigebiet, und das Dorf wird davon profitieren.«

»Frau Schober und der Chor sind schon im Preis inbegriffen, nehme ich an«, sagte ich und hörte Greta Schobers etwas samtige Stimme zu uns herausdringen, die jede Beugung und Dehnung kommentierte.

»Ja. Alles ist Kalkül. Jede noch so schöne, dem Wohl der Leute verpflichtete Handlung. Da will ich euch nichts vormachen. Ich weiß, dein Vater und ihr denkt anders. Willst du auch ein Bier?«

Ich hätte es angenommen und ihn weiterreden lassen, wäre in diesem Moment nicht Vater zur Tür hereingekommen. Vater, der eigentlich in Nürnberg hätte sein müssen. Er stellte sich etwas atemlos neben Bolltner an die Theke, und erst jetzt klangen die Stimmen im Nebenzimmer auf, zunächst noch summend wie ein Schwarm Bienen, dann eine eingängige Melodie, beschwingt und freudig. Auf Vaters Gesicht war diese Freude nicht zu finden. Nur Bolltner, der grinste. In sein eigenes Spiegelbild hinein, das im Glasbesatz des Buffets aufschien: »Schon schön der Gesang, und deine Frau wird wie immer bezaubernd sein. Da wird es keine zweite Meinung geben.«

Vater lachte nur auf. »Beinahe wäre ich selbst eingetreten, nachdem ich gehört habe, dass du den Chor sponserst.«

»Du?«, fragte Bolltner. »Ein Singvogel bist du also auch noch.«

Es klang abfällig, und ich wäre ihn gerne angegangen, aber dazu war ich nicht der Typ. Also machte ich mich auf den Weg nach Hause und ließ Vater zurück. Und es kam mir vor, als ließe ich auch Mutter zurück. Bei Bolltner und Greta Schober und vielleicht mit der Sehnsucht nach einem anderen Leben, von der ich noch nichts wusste.

13

Wochen vor der Zeugnisausgabe begann Picco, an seiner Rede zu schreiben. Instruiert wurde er dabei von Vater. Er kam an einem Sonntagnachmittag in den Schuppen und meinte, Picco solle über Mao sprechen.

»Mao?«, fragte Picco.

»Ja, und damit indirekt über Bolltner und was beide gemeinsam haben.«

Picco schaute ihn ungläubig an und drehte den Kugelschreiber in seinen Fingern.

»Konzentriere dich auf Maos irrsinnigen Krieg gegen die Spatzen. Schildere das pointiert und lass es für sich sprechen. Alle werden darin eine Anspielung auf Bolltner sehen.«

Picco überflog den Text, den Vater ihm reichte, und machte sich Notizen. Ein Artikel, den Vater im *Spiegel* gefunden hatte. Weiter wurden wir nicht eingeweiht.

»Lassen wir Bolltner ins offene Messer laufen, sollte er sich aufregen, und ich sag dir, das wird er tun.«

Picco grinste. Die Rede vor den Eltern, den Lehrern, der ganzen Schulgemeinde würde ihn ins Licht treten lassen. Ich wusste, genau darauf wartete Picco schon lange. Als der Rektor gefragt hatte, wer auf der Abiturfeier reden möchte, da war er in der Aula aufgestanden und hatte gesagt: »Ich!« Und dieses »Ich« hatte unumstößlich im Raum gestanden – wie ein Versprechen oder eine Drohung. Strobl musste das geahnt haben, denn er nickte nur. Picco war keiner seiner Lieblinge. Er brachte Strobls Geschichtsunterricht durch seine Fragen und Anmerkungen ins Schlingern. Picco wusste über den Dreißigjährigen Krieg und über den Vormärz samt der Revolution von 1848 Bescheid. Fürst von Metternich war für ihn mehr als eine Sektmarke. In seinem Referat beschrieb er den österreichischen Staatskanzler als die maßgebliche Figur repressiven Herrschens und Denkens im Europa nach Napoleon. Zugleich schilderte er dessen Verdienste um den europäischen Frieden und zitierte, ohne vom Blatt abzulesen, Heinrich Heine, der an Metternich schätzte, dass er nie in nationalistische und antijüdische Demagogie verfallen sei.

Niemand außer Picco hätte also besser über Mao sprechen können und Bolltner meinen.

Picco kam an jenem Tag als Letzter auf die Bühne, da saßen wir von der Schülerband schon an unseren Instrumenten, da hatte Strobl sich nach seiner langatmigen Begrüßung bereits auf seinem Platz in der ersten Reihe niedergelassen. Er schaute erwartungsfroh, so sollte man seine Mimik lesen, auf Picco, der sich ans Rednerpult stellte und gegen das Mikro klopfte. Ein hoher, klarer Ton flog durch die Aula, dann senkte sich Ruhe über uns. Vater hatte weit vorne Platz genommen, Mutter neben ihm. Bolltner saß direkt vor ihnen, und als er meine Eltern begrüßt hatte, legte sich ein Glanz auf sein Gesicht.

Warum dieser Glanz, fragte ich mich an meinem Schlagzeug. Wegen Vater? Wegen Mutter? Ich wusste, dass sie nur lose miteinander verkehrten. Meine Eltern spielten Tennis. Bolltner auch. Etwas in der Art, wie Mutter aufgestanden war, zögernd, fast linkisch, verwirrte mich. Was wusste sie von Vaters und unseren Plänen? Sie strich sich das Haar von der Schulter und wieder auf die Schulter herauf, und in

Vaters Gesicht saß etwas anderes, das ich nicht lesen konnte. Ich glaube, so war es gewesen.

Picco sagte, er wolle über Mao Zedong sprechen. Alle erwarteten vermutlich einen linken oppositionellen Ton, etwas verdruckst Hymnisches. Die Verbrechen des limitierten Poeten waren noch nicht weithin bekannt.

»Es ist das Jahr 1958.« Alle Blicke lagen auf ihm. »Fünf Uhr in der Früh. Mikhail Klochko, ein sowjetischer Wissenschaftler, schreckt aus dem Schlaf auf. Auf dem Dach des Anbaus direkt neben seinem Hotel schlägt eine Frau eine Trommel. Sie schreit aus voller Kehle, schreit wie eine Furie, mit der Inbrunst einer Irren. Und sie bleibt nicht allein. Zu ihr gesellen sich Zimmermädchen, Kellner, Rezeptionistinnen, sein Übersetzer, ja, der Hoteldirektor selbst. Sie alle halten eine Trommel, einen Topf, ein Blech in den Händen und schreien und lärmen. In ganz China ist ein Krieg ausgebrochen. Der ›Große Vorsitzende‹, Mao Zedong, will das Land nach vorne bringen, er will die Zeit des Fortschritts einläuten und hat den ›vier Plagen‹ den Krieg erklärt. Stechmücken, Fliegen, Ratten und Spatzen sind ab sofort Volksschädlinge. Sie bringen Krankheiten und stehlen Nahrung, meint Mao. Sie müssen vernichtet werden. Und was Mao sagt, ist Gesetz. Der Fortschritt ruft. Niemand soll sich ihm in den Weg stellen. Besonders im Visier: der Spatz. Er frisst den Menschen die Haare vom Kopf, plündert die Ernte auf den Feldern und stiehlt das Saatgut aus den Scheunen. Die Dichter im Land posaunen auf ihre Art. Einer dichtet: ›*Spatz, du bist ein Mistvogel, ein Verbrecher seit Tausenden Jahren. Heute rechnen wir mit dir ab. Wir schlagen dich und zerstören deine Nester. Am Ende werden wir dich verbrennen. Wenn du und alle vier Übel vernichtet seid, ist die Welt wieder in Harmonie.*‹

Es beginnt ein Krieg zu Wasser, auf der Erde und in der Luft. Drei Tage ertrinkt das Land im Lärm. In jedem Dorf, in allen Städten werden die Spatzenjäger auf ihren Standorten postiert. Die Arbeit in den Betrieben ruht weitgehend. Man trommelt auf allem, was sich betrommeln lässt. Man pfeift auf allem, dem sich Töne entlocken lassen. Erschöpft oder vor Schreck fallen die Spatzen tot vom Himmel. Als Nächstes werden die Nester zerstört. Was sich noch in der Luft bewegt und an einen Spatzen erinnert, wird mit Gewehren und Zwillen beschossen. Es regnet Spatzen. Wagenladungen toter Vögel werden abtransportiert. Nach drei Tagen ist der Spatz in China so gut wie ausgestorben. Ein Massaker. Mit siegreichem Ausgang? Nicht ganz. Die sechshundert Millionen Chinesen haben die Schlacht gewonnen, ja. Den Krieg aber werden sie verlieren.«

Hier hielt Picco inne, ließ seinen Blick streifen – über die Lehrerschaft und die Eltern bis hin zu Bolltner, dessen blonder Schopf seltsam leuchtend zwischen den Geladenen aufschien. Auf ihm blieb Piccos Blick liegen wie eine Wolke, die sich an einem Berg verfängt, ihn umhüllt und schließlich beregnet. Und das tat Picco. Er machte Bolltner nass, indem er schwieg und ihn anschaute. Sekunden vergingen, die wirkten wie Minuten. Gemurmel setzte ein, Bolltner ruckte sich auf seinem Stuhl zurecht, fuhr sich durchs Haar, lächelte verkrampft, Strobl hüstelte, wollte Picco über die Hürde helfen, die keine Hürde war. Dann fuhr Picco fort: »Schon bald zeigte sich, dass in ökologischen Fragen die Wissenschaft der bessere Ratgeber ist. Besser als eilige Prognosen, pseudowissenschaftliche Statements, Gutachten windiger Experten, besser als Machbarkeitsstudien, besser als das Glumpern in Wirtshäusern und Pagodenhöfen, besser als die Vetternwirtschaft unter Gspusis und Amigos. Denn …«

Wieder verharrte Picco, und ich schlug die Trommel, ließ ein Tremolo erklingen wie im Zirkus, Picco starrte Bolltner an. Tusch! Bolltner konnte sich nicht wehren und verwahren gegen Piccos Blicke, den Pranger, er konnte den Eklat in diesem feierlichen Moment nicht wagen. Ich schlug einen weiteren Trommelwirbel, da zappelte Mutter schon, Vater saß seelenruhig da.

»Denn …«, hob Picco wieder an, »die Folgen für das ökologische Gleichgewicht waren fatal. Der Spatz pickt zwar tatsächlich Körner von den Feldern, der Hauptbestandteil seines Speiseplans aber sind Insekten, Heuschrecken etwa. Sie ahnen es, liebes Auditorium, liebe Lehrer, liebe Eltern. Die Heuschrecken vermehrten sich in Abwesenheit ihres geschicktesten Fressfeindes. Es kam somit im ersten spatzenlosen Sommer Chinas zu apokalyptischen Szenen, die wir, die wir alle zum Christengott beten, aus dem Katechismus kennen. Der Himmel verdunkelte sich. Ein Brausen erfasste die Luft und das Land, als die Heuschreckenschwärme sich näherten. Ein Schwirren und Summen in den Ohren der Dichter und Übersetzer, der Rezeptionistinnen und Kellner und des großen Vorsitzenden selbst. Die Heuschrecken ließen sich auf den Feldern nieder, eine wogende, bebende grünbraune Decke aus Millionen Leibern. Sie fraßen und fraßen, und als alles gefressen war, zogen sie weiter, von Feld zu Feld, von Region zu Region.«

Wieder Trommelwirbel, ein wenig lauter als vorhin. »Ganze Ernten wurden vernichtet. Es kam zu einer Hungersnot biblischen Ausmaßes. Bis zu fünfundvierzig Millionen Menschen verhungerten. Maos ›großer Sprung nach vorn‹ wurde zu einem der dunkelsten Kapitel der Menschheit.«

Pause. Picco ließ die Worte wirken, ließ sie noch beim Begriffsstutzigsten keimen.

In diese Stille hinein machte Picco seine Verbeugung, bevor alle aufsprangen, die Lehrer, Strobl, die Eltern und Bolltner mit seiner ganzen Stuhlreihe, seinen Freunden und Spezis, deren Söhne und Töchter auch gleich ihre Abiturzeugnisse empfangen würden. Ich aber, ich schlug den Trommelwirbel ein viertes und letztes Mal, bevor mir die Musiklehrerin die Stöcke aus der Hand riss.

14

In der Nacht höre ich den Schrei eines mir unbekannten Tiers. Blitze leuchten durchs Fenster, zucken von Wand zu Wand, und für einen Moment zeigt der Spiegel mein Gesicht, als wäre eine zweite Person im Zimmer.

Am Morgen werde ich vom Gurren einer Turteltaube geweckt. Früher saßen sie auf jedem Dach, diese schlanken Vögel mit den schwarzen Schulterfedern und den rostbraunen Federrändern. Sie seien vom Aussterben bedroht, schrieb Vater schon vor zwanzig Jahren: Ein Erreger, Trichomonas gallinae, befällt den Kropf- und Rachenraum, sorgt für Entzündungen, knopfartige gelbliche Veränderungen der Schleimhaut. Die Tiere erbrechen, bekommen kaum Luft. Am Ende befällt der Erreger die inneren Organe, die Vögel verenden. Die Betreiber der Flughäfen freute es. Weniger Turteltauben – weniger Vögel, die in die Triebwerke der Flugzeuge gerieten.

Vater beschrieb die epidemiologischen Wege des Erregers in der Fachzeitschrift *Vogel und Luftverkehr.* Eine Übertragung auf den Menschen schloss er aus. Aber was, frage ich mich, lässt sich im Leben ausschließen. Die Ansteckung von Singvögeln jedenfalls nicht. Vor allem Finken sind betroffen. Sie infizieren sich an Futterstellen und Vogeltränken, all das Zeug, das die Leute in ihren Gärten aufhängen und aufstellen, im Glauben, etwas Gutes zu tun. Unsere Welt wird ärmer, wird karger durch jede Art, die stirbt. Ich fühle mich in Vaters Aufsätzen aufgehoben, als würde die Wissenschaft ein Leben konservieren können:

Von den Vogelarten, die um 1800 auf der Erde lebten, sind achtzig Prozent verschwunden. Der schwarze Emu, der Elfenbeinspecht, die Rosenkopfente. Die Turteltaube würde schon allein von der Schönheit ihres Namens in diese Liste passen. Mehr werden nur wir Menschen. Der Harlekinfrosch und der Dodo, ein flugunfähiger Vogel, der nur auf Mauritius lebte, schrieb Vater, sind ebenso für alle Zeiten ausgestorben wie die Stellersche Seekuh, ein zahnloses Säugetier von acht Metern Länge und vier Tonnen Gewicht. Der Quagga, ein Verwandter des Steppenzebras, und der Klang seines Namens kaum weniger geheimnisvoll als das Mondnagelkänguru, verendete 1883 im Amsterdamer Zoo, ohne dass jemand auf die Idee gekommen wäre, die Art zu retten, die in freier Wildbahn gnadenlos gejagt worden war. Wer weiß davon? Ich nicht, besäße ich nicht Vaters Aufsätze, die er in Ordnern verwahrt. Ordner, die meine Zeit füllen.

Es fällt mir schwer, aus dem Bett zu steigen. Eine Traurigkeit umfängt mich, diffus und so leicht gewebt, dass ich sie nicht zu fassen kriege. Als wäre das Bett ein Kokon, der verlangt, dass ich diesem Gefühl Raum und Zeit lasse, wie man jedem Schatten, der auf einen fällt, seine Zeit lassen muss.

All die Jahre hatte ich nichts von Liv gehört. Als ich das Dorf verließ, verließ ich auch sie, wobei sie mich schon vorher verlassen hatte. Ich muss da ehrlich sein. Ehrlich vor mir selbst.

Nach dem Frühstück beginne ich mit der Arbeit. Die Rosen und der duftende Sommerflieder schmiegen sich an die Ostseite des Hauses. Ich binde sie zusammen, biege sie von der Wand fort und befestige die Gebinde an einem Baum, damit mich die Pflanzen nicht stören, wenn ich die Fugen ausbessere. Mit einem Fugenkratzer säubere ich sie, so gut es geht, anschließend bepinsele ich den Spalt mit Tiefengrund. Der Stein ist porös, er saugt die Grundierung auf.

Später bin ich bei Zwoller auf einen Kaffee. Wir sitzen auf unseren Stühlen, schauen stumm auf die Stämme, die Zentimeter um Zentimeter auf das Sägeblatt zufahren, neben uns der Hund. Von Zeit zu Zeit stellt Zwoller seine Kaffeetasse ab und ruckt mit einem Eisen einen Stamm zurecht, der nicht in der richtigen Bahn auf die Säge zufährt. Ich höre mich in den Rhythmus ein, der vielleicht schon meinen Herzschlag und mein Atmen beeinflusst. Ich sehe die Baumstämme sich in Bretter verwandeln, rieche das Harz und den Kaffee. Zwoller sagt, er erkenne am Geruch, um welche Holzart es sich handelt. Föhren und Lärchen würden stark nach Harz duften. Die Zirbe sei ihm die liebste. Nicht süß, nicht herb, etwas dazwischen, für das er kein Wort habe, sagt er.

Manchmal fällt mein Blick auf den Vorplatz, wo die Stämme liegen, und von dort wandert er über die Wiesen, über das sommerliche Blau, das zurückgekehrt ist. Das Tal ist menschenleer. Eine entvölkerte Landschaft, wie nach einer Katastrophe. Eine Landschaft, die ich mir fremd machen kann. Ich könnte mir einreden, ich wäre ein anderer, jemand, der hier ein neues Leben beginnt. Aber es gibt kein neues Leben einfach so. Niemand wird sich selbst los, ohne sich fremd zu werden, las ich irgendwo.

Nachdem ich von Zwoller zurückkehre, hacke ich Holz und schaue den bergwärts ziehenden Kühen zu. Ich kann das Kajak nehmen, über den See rudern und Lebensmittel in der Marktgemeinde einkaufen. In den Rucksack passen Vorräte für drei bis vier Tage. Ich könnte mit dem Auto fahren.

Aber ich ziehe es vor, zu Reiser zu gehen. Kaufe Äpfel, Rosinen, Weizenmehl und Hefe.

»Willst du backen?«, fragt Reiser, als ich alles auf den Tresen lege.

»Einen Versuch ist es wert.«

»Du hast Zeit.«

»Ich habe Zeit. Richtig.«

»Übrigens«, sagt Reiser. »Ranz war hier. Du hast ihn wohl beeindruckt. Er hat dich zuerst für ein Weichei gehalten.«

»Ich bin ein Weichei«, sage ich. »Jedenfalls meistens.«

»Glaub ich nicht. Glaubt auch Ranz nicht. Warst du früher auch nicht!«

»Mag sein«, antworte ich und kann ein Lächeln nicht unterdrücken.

Als ich später ins Café gehe, liegt ein hartes, klares Licht auf den Bergen, wie es sich bei Ostwind einstellt. Der Hang drüben bei Ranz ist eine kahle Fläche, die zeigt, wie steil das Gelände ist. Eine Wunde, die vom Hof aufsteigt in die Region des Weißkogels, in die die Liftanlage weiter östlich und der Zuweg breite Schneisen geschlagen haben. Die Masten klimmen den Berg hinauf, und dort, wo einmal die Kuppe war, blinkt die Fensterfront des Restaurants auf und spiegelt über das Tal.

Fred sieht übernächtigt aus. In seinem Haar klebt ein Sahnerest. Auf der Jeans und der Strickfleecejacke sind weitere Flecken. Was hat ihn so derangiert?

Liv kommt, sie trägt ein Sommerkleid mit Blumenmuster und Joggingschuhe, in ihrem Haar ein gelbes Band. In der Hand hält sie einen Rucksack. Am Tag ist sie genauso schön wie in der Nacht. Das Licht nimmt ihr nichts. Ich gehe zu ihr, und bei jedem Schritt glaube ich, ein Knistern zu hören, als würde sich zwischen den Füßen und den Dielen eine Spannung aufbauen.

»Ich muss noch mal fort«, sagt sie. »Ein, zwei Tage.«

»Keine Ahnung, wo sie hinwill«, sagt Fred, als sie zum Auto geht.

Ich nehme einen Wein und einen Obstler. Nichts hat sich zwischen Liv und mir verändert, und doch alles. Noch ist es zu früh für etwas Neues zwischen uns. Zu früh für alles. Ich bin gerade erst frei von meinem alten Leben, sage ich mir. Ich sage es mir immer wieder, damit ich mir selbst glauben kann.

Denke ich an die Jahre, in denen ich nicht hier war, denke ich grob, so grob, dass alles deutlich wird. Die großen Linien interessieren mich, nicht die Wirrnis der Details. Ich mache es mir so einfach wie nötig, damit ich alles hinter mich bringe und Raum schaffe für ein Leben, das es jetzt zu leben gilt. Ein einfaches Leben, wenn man so will. Eine Pause, eine Zwischenzeit, ein Neuanfang am Ort meiner Kindheit, was weiß denn ich.

Das kehlige Schnattern der Graugänse tränkt die Luft, es schwillt an und verstummt erst, als die Tiere in den Feuchtwiesen landen. Sie fressen, dösen, werden über Nacht bleiben und sich im ersten Licht davonmachen. Getrieben von einer Art Sehnsucht nach einem anderen, noch besseren Ort.

Der Abend ist schwer. Stunden vergehen, in denen ich nichts tue. Ich schaue hinüber zu Ranz, wo ein Feuer brennt und das Kläffen der Schlittenhunde nicht enden will. Etwas drückt mir auf den Magen, etwas, das nahe am Herzen sitzt, das unruhig schlägt. Ich schaue in die Dunkelheit, die durchbrochen ist von den Lichtern der Höfe und Hütten, und dann ist da noch der Schimmer, den das Café auf den See wirft. Am Abend ist es geschlossen, aber Fred lässt das Licht brennen. Unter dem Dach das Geraschel einer Maus und das flüchtige Klopfen eines Nachtfalters am Fenster. Manchmal der Regen. Manchmal der Wind.

15

Ein paar Tage nach der ersten Chorprobe und Piccos Rede kam Bruno wieder in den Schuppen. Wirres Haar, kreuz und quer war es geschnitten worden. Der Friseur musste betrunken gewesen sein. Sein Gesicht war gerötet, als hätte er es lange in den Wind gehalten. Er trug eine dunkle Lederjacke, ein breitkragiges Hemd und Plateauschuhe.

»Kaffee?«, rief Picco zu ihm rüber.

Auf dem Tisch standen Aschenbecher und Bierflaschen vom Vorabend. Picco schob sie zusammen, schaffte Platz für die Milchtüte und drei Tassen und machte sich dann an der Kaffeemaschine zu schaffen. Sein Gesicht wirkte alt, vielleicht waren es die trüben Augen. Auf seinen silbrig gefärbten Haaren lag das Licht des Sommers, der in diesem Jahr grell und heiß geriet. Er war blass, wie immer, die Finger blutleer und blau marmoriert. Jeden Morgen nahm er seine Herztabletten ein. Ich war viel mit Picco zusammen, wir spielten Schach, hörten Musik, streiften im Dorf umher. Besorgten uns Bier, tranken es am Ufer.

Bruno aß ein paar Stullen und eine Bratwurst, die wir noch übrig hatten. Sein Schweigen hatte etwas Abweisendes und Geheimnisvolles zugleich.

»Ich schlaf heute hier«, sagte er schließlich.

Im Hinterraum lagen ein paar Matratzen auf dem Boden. Bruno holte seinen Schlafsack aus dem Rucksack und breitete ihn aus. Dann fischte er noch ein Buch heraus: *The monkey wrench gang*. Ich hatte nie davon gehört und beachtete es nicht weiter.

Am Mittagstisch hatte Vater gemeint, wir müssten nun, da Bruno bald zurückkehre, gegenüber Bolltner endlich eine andere Gangart an den Tag legen. Mich überraschte, dass er von Brunos Rückkehr zu wissen schien. Vater und er waren, was den Protest gegen Bolltner anging, ein gutes Team, und zuletzt waren unsere Aktionen ziemlich eingeschlafen.

»Wir müssen umdenken, andere Optionen prüfen«, sagte Vater, als er im Schuppen eintraf, ein paar Runden auf den Sandsack eindrosch und sich dann ein Bier nahm, bevor er mit den Hanteln trainierte, was er in letzter Zeit kaum ausließ.

»Sie nehmen uns nicht für voll. Etwas anderes muss her. Bei Earth First wird man genauso denken, Bruno, oder?«

Bruno nickte und rückte näher an Vater heran.

»Bolltner muss spüren, dass wir nicht nur zahme Umweltfreunde sind«, fuhr Vater fort.

Bruno nickte wieder.

»Hätte ich Ihnen nicht zugetraut«, sagte Bruno. »Aber Sie haben recht. Wir müssen Bolltner Angst einjagen, und zwar massiv. Es muss wehtun, versteht ihr?«, sagte Bruno. »Das ist es doch, was Sie meinen, nicht wahr?«, wandte er sich an Vater.

Vater antwortete mit einem Achselzucken, aber in seinen Augen las ich etwas anderes. Er sprach seinen Gedanken nicht aus. »Schön langsam«, sagte er stattdessen. »Nichts überstürzen! Wir sollten gut planen.«

Seine Stimme klang alles andere als gemäßigt. Sie war forsch. Oft, wenn Vater in den Schuppen kam, hatte sie diese Färbung, erst recht, wenn wir etwas tranken und nach seinen Boxeinlagen und dem Hanteltraining zusammensaßen.

»Bolltner ist ein Menschenfänger. Er wickelt die Leute um den Finger. Er weiß, wie der Hase läuft«, sagte Picco.

»Unsere Unterschriftenaktion war für den Arsch«, schnaubte Ranz.

»Es gibt andere Methoden. Aber die sind nichts für brave Bürger. Taten statt Worte!«, sagte Bruno.

Zwoller schüttelte den Kopf.

»Das will ich sehen.«

Welche Taten, fragte ich mich. Etwas, wie Greenpeace es machte? Sie hatten vor ein paar Wochen die Brent Spar besetzt und sich mit Shell angelegt, forderten, dass die Öl-Plattform nicht im Meer entsorgt werden sollte. Für Greenpeace lief es gut, die Zahl der Unterstützer stieg von Woche zu Woche.

»Heftig, aber vorerst gewaltfrei«, sagte Vater, und jetzt lagen die Blicke auf ihm. Ich spürte, dass er es genoss und dass die missglückte Aktion am Hang ihm immer noch zusetzte. Er glaubte, etwas wiedergutmachen zu müssen. Niemand von uns hatte ihn je auf den Vorfall angesprochen.

»Dachte, wir kämen endlich zur Sache«, sagte Ranz. »Gewaltfrei bringt doch nichts!«

»Greenpeace macht doch vor, was man erreichen kann«, widersprach ich.

»Greenpeace? Viel zu zahm. Ranz hat recht«, sagte Picco.

»Schon richtig«, meinte Vater. »Immer nur zu protestieren hat etwas Unterwürfiges.«

»Abwarten«, sagte Bruno. »Steigern kann man es immer noch.«

Vater grinste und schlug Bruno jovial auf die Schultern. »Genau. Steigern kann man es immer. Trinken wir was.«

Er kippte seinen Schnaps runter und goss uns nach. Dann schnappte er sich wieder die Handschuhe und schlug auf den Sandsack ein. Schnelle Salven, die den Sack tanzen ließen. Vater wirkte jünger, wenn er boxte. Nicht in den Beinen. Man sah, dass die Bewegungen nicht richtig geschmeidig waren, wenn er auf den Zehenspitzen tänzelte, dass sein Knie ihm zusetzte, aber in den Armen hatte er an Kraft gewonnen. Manchmal dachte ich, dass Vater heimlich trainierte. Zu Hause oder wo auch immer. Er trug sein Haar an den Seiten und im Nacken sehr kurz, was ihm etwas Modisches und irgendwie Kämpferisches gab. Am Abend fuhr er immer häufiger mit dem Boot hinaus, in Sportklamotten, scheinbar ziellos, als ginge es ihm allein ums Training. Er hielt auf den Seiler-Hof zu, wendete sich dann nach Westen, ruderte mit voller Kraft zum Ufer, verschnaufte dort, wo auf einem Plateau über dem See das Haus von Brunos Tante lag, und schloss seine Runde bei uns am Haus. Manchmal empfing ich ihn am Ufer. Schwer atmend und schwitzend stieg er aus dem Boot, und nicht immer konnte er die Düsternis, oder war es Verbissenheit, aus dem Blick nehmen. Ein Blick, den ich sonst nicht von ihm kannte. In Mutters Werkstatt brannte bisweilen noch Licht, die Musik drang nach draußen, und manchmal sang sie mit. Zeilen aus der Vertonung des »Wunderhorn«-Liedes, *Das himmlische Leben*, Glücksphantasien aus der Romantik, die sie sehr gefühlvoll sang. Dann hielt Vater einen Moment inne, schaute hinüber zur Werkstatt und stapfte wortlos ins Haus. Er hatte Mutter oft ermutigt, wieder mit dem Singen anzufangen, und sie hatte gelächelt, aber seine Komplimente abgewehrt, mit der Begründung, es sei zu spät und ihre Stimme sei, wenn man es nüchtern betrachte, ruiniert. Dass sie jetzt wirklich sang, im Chor und mit Greta Schober, dass sie ihn beim Wort nahm, musste ihn überrascht haben.

16

Bruno verbrachte auch den nächsten Tag bei uns im Schuppen, ohne dass er sich zu seiner Tante aufgemacht hätte. Das System sei gewalttätig, dozierte er. Nicht, dass wir an seinen Lippen hingen, aber wir hörten ihm zu. Weniger wegen der Worte, die waren altbekannt, sondern wie er sprach, war neu. Diese Abgeklärtheit plötzlich, die etwas Kühles hatte.

»Gewalt äußert sich nach wie vor, trotz aller Reformen, in ungleichen Machtverhältnissen und Lebenschancen. Die strukturelle Gewalt des Staates müssen wir mit Gegengewalt beantworten. Ich denke, ihr versteht das.«

Bruno schaute in die Runde. Wir nickten schwach.

»Gewalt? Was meinst du mit Gewalt?«, fragte Zwoller.

Ich blickte auf die Flinte, die Bruno in einem alten Schrank im Schuppen lagerte.

»Unsere wichtigsten Gegner sind staatliche und wirtschaftliche Einrichtungen, die verantwortlich sind für Völkermord, Kriegseinsätze, Waffenlieferungen, Abschiebungen von Flüchtlingen oder den Bau von Atomkraftwerken und großflächige Rodungen. Bürgerinitiativen sind schön und gut, aber wir müssen die Speerspitze sein. Vor allem gegen Rechtsextreme und Umweltzerstörung. Und was uns durch Bolltners Plan blüht, liegt auf der Hand.«

»Richtig«, rief Ranz. »Verdammt richtig. Sie zerstören unsere Heimat, und wir sammeln Unterschriften auf dem Wochenmarkt. Wie doof sind wir eigentlich?«

Am Nachmittag brachen wir auf, verstauten das Gewehr in Brunos Seesack, schossen jenseits des Bahnhofs in einer leer stehenden Werkhalle auf Büchsen und Flaschen. Jeder hatte drei Schüsse. Dann stiegen wir aufs Dach, legten uns an die kniehohe Brüstung, zielten auf die Wipfel der Bäume.

Während wir schossen, redete Bruno weiter, sprach von der alltäglichen Umweltzerstörung hier und überall auf der Welt. Wer bei Greenpeace und anderen Organisationen Widerstand leiste, werde nicht ernst genommen. Earth First sei radikaler und deshalb wirksamer.

»Die Boulevard-Presse macht uns zu Spinnern und Kriminellen. Und was lesen die Leute am meisten? Ist doch klar! Ökologisches Denken ist nach wie vor nicht in der bürgerlichen Mitte verankert. Aktivisten werden stärker denn je diffamiert, bedroht und kriminalisiert.«

Ich schwieg. Die anderen auch.

»Die Verharmlosung und Vertuschung von Umweltzerstörung haben Tradition in diesem Land.«

Was hätte ich ergänzen können, was er nicht schon selbst erwähnt hatte?

Sobald das Schießen vorbei war, ließen wir das Gewehr verschwinden, wir wollten es nicht durch die Gegend tragen, versteckten es unter einem Holzstapel im Keller des Gebäudes.

Abend für Abend verließen wir von da an den Schuppen, stromerten zur Werkshalle und legten das Gewehr an. Irgendwann brauchten wir ein anderes Ziel. An jenem Abend robbten wir auf allen vieren übers Dach und ließen uns an einer Stelle nieder, von der wir einen Blick auf ein paar Autos hatten, die am Straßenrand abgestellt waren, direkt vor dem Café. Es war ein Freitag, und Ranz und

Bruno fehlten beim Chor. Es würde auffallen, aber sie schienen sich darum keine großen Gedanken zu machen. Unter den parkenden Wagen war auch Bolltners Auto, ein schwarzer Jaguar. Eine teure, extravagante Karre, die er nur selten aus der Garage holte. Meist fuhr er einen Volvo mit Allrad. Ranz zielte auf die Scheiben, drückte ein paarmal ab, aber sie blieben unversehrt. Bruno schoss auf die Reifen, was genauso wirkungslos war. Dann legte er auf die Fahrertür an. In seinem Blick ein großer Ernst, dann ein Feixen in den Gesichtern, als das Plingpling der Bleikugeln zu hören war und mit jedem Schuss der Lack aufspritzte. Bruno schoss ein Muster, das entfernt an ein Kreuz erinnerte.

Wir hätten gehen und unser Glück nicht überreizen sollen. Die Gunst der Stunde ist die Gunst der Stunde, nicht der Stunden.

»Und du, Jakob? Was ist mit dir?«, fragte Bruno irgendwann.

Er reichte mir das Gewehr. Auch ich zielte auf Bolltners Wagen, hatte den Finger am Abzug, hinter den Fenstern tauchten Silhouetten auf. Ich erkannte Mutter und Greta Schober. Dann Bolltner. Alle standen an der Theke. Ich schoss, traf ins Leere, schoss ein zweites Mal und erwischte Greta Schobers Wagen, das Bremslicht zersplitterte. Nicht, dass ich darauf gezielt hätte. Ich wollte Bolltners Wagen treffen. Ich rollte mich vom Dachrand fort. Wir warteten, legten uns auf den Rücken, verschränkten die Arme hinter dem Kopf und schauten in die anbrechende Dunkelheit. Das Gewehr in Reichweite. Schließlich hörten wir Stimmen. Wir drehten uns auf den Bauch, robbten zurück, schauten auf die Straße hinunter. Kajakfahrer. Das Licht ihrer Taschenlampen schnitt einen dürren, flackernden Kegel aus der Dunkelheit. Sie trugen ein Boot zu einem der Autos, hievten es auf den Dachgepäckträger. Bruno griff nach dem Gewehr, zielte. Er würde nicht schießen, nur so tun, als ob. Ein kleiner Nervenkitzel, ein Spiel. Der Finger lag auf dem Abzug. Erst, als er den Finger krümmte, einatmete und ausatmete, ein zweites Mal und ein drittes Mal, beschlich mich die Angst. Beim vierten Mal schoss er. Die Taschenlampen erloschen, vom See her drang ein heftiges Paddeln und Schlagen zu uns hoch. Bruno zog den Lauf zurück.

»Kommt«, flüsterte er.

Ich rieb das Gewehr mit meinem Pullover ab, den Schaft, den Lauf, warf das Munitionsdöschen in den See. Schließlich auch das Gewehr. Es klatschte auf dem Wasser auf, drehte sich um die eigene Achse und ging unter. Bruno hatte sich ohne ein Wort aus dem Staub gemacht. Wir hörten ihn die Treppe hinuntereilen, sahen ihn über das Gleis stürzen, beinahe in Bolltners Arme und dreier weiterer Männer, die nur uns im Blick hatten.

Bruno entkam unbemerkt. Die Kajakfahrer stiegen fluchend aus den Booten. Sie wiesen in unsere Richtung. Wir duckten uns, rannten die Treppe hinunter bis zum Keller, drückten uns an die Wand. Bolltner und die anderen Männer würden uns weiter oben vermuten, hoffte ich. Und dass sie uns eigenhändig zur Minna machen wollten und nicht auf die Polizei warteten. Dass die Wut sie trieb. Sie preschten in den ersten, dann in den zweiten Stock. Wir warteten. Ihre Schritte wurden leiser.

Wir schlichen die Treppe hinauf und ins Freie, drückten uns am Gebäude entlang und von dort in die Büsche, um wenig später am Ortseingang auf die Straße zu treten. Schlendernd und ohne Eile, laut sprechend und diskutierend über dies und das, damit alle uns hörten. Es war Piccos Plan gewesen. Wir gingen immer weiter, das Herz hämmerte mir in der Brust, meine Kehle brannte, wir erreichten Bolltners Wagen. Dort stand auch Liv. Sie schüttelte den Kopf und grinste.

»Was ist denn hier passiert?«, rief Picco.

»Ja, was ist passiert?«, fragte Ranz. »Hat hier jemand rotgesehen?«

Mutter stand neben Greta Schober. In ihrem Gesicht kochte die Wut, was selten geschah.

»Ich krieg euch dran«, zischte Bolltner Picco an.

»Wir dich auch«, sagte Picco.

Ein dünnes Lächeln schob sich über Bolltners Gesicht. Dann gingen wir, standen am Ufer. Niemand sprach ein Wort.

Als Mutter an diesem Abend heimkam, setzte sie sich zu uns an den Tisch, goss sich Wein ein, den Vater aufgemacht hatte. Ich drehte verlegen das leere Glas in den Händen. Ich sah, wie aufgebracht sie war.

»Das ist zu viel. Ihr dreht durch.«

»Habe ich ihm auch schon gesagt«, sagte Vater. »Dümmer kann man sich nicht anstellen. Bolltner wartet doch nur auf solche Aktionen.«

Mutter rückte den Stuhl vom Tisch, verließ das Haus und ging in ihre Werkstatt. Kurz darauf hörten wir die Musik bis zu uns dringen. *Das himmlische Leben.* Vater und ich sahen uns an. Ob er das Gleiche dachte wie ich? Dass plötzlich der Chor und Greta Schober und mit ihr auch Bolltner bei uns am Tisch saßen. Und dass wir Mutter nicht in ihre Arme treiben sollten. Je mehr wir gegen Bolltner initiierten, desto weniger schlimm und unsympathisch mochte er den Leuten vorkommen. Uns aber schaute die Fratze von Fanatikern aus dem Gesicht. Wir würden zukünftig in ihrer Gegenwart über unsere Pläne schweigen müssen.

Ich ging ins Bett, und am meisten befremdete mich, dass auch Vater ins Schlafzimmer ging und nicht noch einmal nach Mutter schaute.

In der Nacht schlug ein Fensterladen im Wind auf und zu. Es musste unten bei der Werkstatt sein. Eine Zeit lang versuchte ich, es zu ignorieren, hoffte, dass Vater oder Mutter aufstanden, aber niemand regte sich. Also machte ich mich auf, lief schlaftrunken durchs Haus, an Vaters Arbeitszimmer vorbei, wo Licht durch den Türspalt auf den Flur drang.

Ein paar dünne Wolken zogen über den Himmel, vom Mond hinterleuchtet. Ich roch das frisch geschnittene Gras, das auf den Wiesen neben dem Haus trocknete. Ein Geruch, der immer ein Wohlgefühl in mir auslöste. Ich hörte Klaviermusik, das *Impromptu Nr. 3* von Schubert, dazwischen Mutters aufgebrachte Stimme, als wäre sie in ein Wortgefecht verstrickt, es klang, als würde sie telefonieren. Ich legte den Bügel vor den Laden, und kurz darauf endete das Gespräch. Sie hatte über Bolltner und uns gesprochen, so viel hatte ich verstanden. Aber mit wem?

Ich fror in meinem Schlafanzug, war unschlüssig, ob ich zurück in mein Zimmer gehen sollte. Ich wusste, Bolltner würde die Schüsse auf sein Auto nicht einfach hinnehmen. Er wusste, wer dahintersteckte, doch noch schonte er uns, vielleicht, weil er die Wasser nicht aufpeitschen wollte, auf denen er seinem Ziel entgegentrieb, den Berg zu sprengen. Schlechte Presse konnte er nicht gebrauchen, keine Nachrichten über Krawalle, Proteste, Anschläge, wie auch immer die Vokabeln sein würden. Es musste still bleiben, so still, wie es nun wieder war. Bis auf die Musik, die ich noch immer hörte.

Ich ging zurück ins Haus. In Vaters Arbeitszimmer brannte kein Licht mehr, jetzt erst packte mich die Unruhe. Er war also wach gewesen, musste das Schlagen des Fensterladens auch gehört haben und war nicht hinausgegangen. Aber was hatte ihn gehindert?

Lange horchte ich in die Nacht, schließlich stand ich wieder auf und zog mich an. Das Haus war dunkel, in Mutters Werkstatt war es ruhig, ich ging hinunter zum See, unser Boot war nicht an seinem Platz. Ich lauschte, ob vielleicht Vater hinausgefahren war und ich die Ruderschläge hören konnte, aber ich hörte nur das Plätschern der Wellen. Ich blickte zurück, alles war wie immer, eine Sommernacht, aber etwas stimmte nicht, das Haus wirkte verlassen, unbelebt und wie erloschen, als wären die Eltern fort. Nicht nur für diese Nacht.

Ich vernahm das leise Schnauben der Pferde, die auf der Weide standen. Von ihnen ging Trost aus, vielleicht, weil sie auch noch wach waren. Ich lief am Ufer entlang, hielt auf den Verschlag zu, den die Pferde bei schlechtem Wetter aufsuchten. Ich stieg über den Zaun, schnalzte mit der Zunge. Ich sprach leise zu ihnen, und nach ein paar Minuten kamen sie aus der Dunkelheit, schnaubten nun lauter, ich streichelte ihnen über den Rücken und den Hals, sie drückten ihre Schnauzen gegen meine Schultern. Kam der Mond hinter den Wolken hervor, leuchteten ihre Augen. Schließlich hatten sie genug und gingen davon. Ich spürte die Müdigkeit. Im Verschlag stand eine Bank, auf die ich mich legte. Das Holz knackte. Immer wieder schlief ich für kurze Zeit ein, es roch nach Stroh und Holz.

Ein erstes Schimmern schob sich über die Berge. Ich sah der Dämmerung zu, dem blassen Schein im Osten, und schließlich hörte ich Ruderschläge, schwach, dann deutlicher. Ich sprang von der Bank auf. Sie näherten sich aus der Richtung, in der das Haus von Brunos Tante lag. Ich stellte mich hinter einen Weidenbusch und sah Mutter, die über den See heimkehrte und auf unser Haus zuhielt. Das war beunruhigend genug. Schlimmer aber war, dass sie direkt auf Vater zutrieb, der seltsam gebeugt und müde am Ufer stand. Mutter sagte nichts, und Vater sagte nichts, als das Boot anlegte und Mutter es an einem Pfahl festzurrte. Sie lief zum Haus, und Vater blieb stehen. Zum zweiten Mal rührte er sich nicht. Ließ Mutter gehen. Ich ahnte, wo sie gewesen war.

Vater stieg ins Boot und ruderte hinaus. Die Ruderschläge waren matt und kraftlos und verstummten schnell. Das Boot lag still auf dem Wasser. Er hatte die Ruder in den Händen und tat nichts, als müsste er ausruhen oder nachdenken, und um ihn herum war eine Einsamkeit, wie er dasaß, mit krummem Rücken, als wäre er ein anderer geworden. Einer, der keine Worte mehr hatte. Nicht einmal, um zu fragen, wo Mutter gewesen war, als hätte er die Antwort gekannt.

17

Ich lese in Vaters ornithologischen Schriften. *Das Liebesleben der Vögel.* Ich lese die Notate mit Bleistift, die akkurate Schrift am Seitenrand. Die Schrift eines Buchhalters. *Schwalbenmännchen stoßen, kommen sie zum Nest und finden ihr Weibchen nicht vor, einen Feindruf aus, als würde eine Katze sich dem Nest nähern. Der falsche Alarm bewirkt, dass das Weibchen schnell zurückkehrt. Mit diesem Trick wollen die Männchen die Schwalbenweibchen vom Seitensprung abhalten.* Vater hat den Passus rot umrandet und mit einem Notat versehen: *Gewusst, wie!* Ich sehe ihn schmunzeln.

Er schreibt, dass die Wiederansiedelung der Bartgeier in den Ostalpen endlich gelingen müsse, in der Watzmannregion, am Königssee und darüber im Steinernen Meer, einer abgelegenen Karstfläche – wie geschaffen für die Geier.

Vater fotografierte die Vögel, die sie im Rauriser Tal ausgewildert hatten, Jungvögel mit unscheinbarem braunen Gefieder. Er arrangierte eine Ausstellung im Landratsamt, zeigte zum Vergleich Fotos von ausgewachsenen Tieren, deren Gefieder am Kopf, an der Brust und am Bauch sich allmählich weiß färbt. Die Oberseite der Flügel konturiert sich dagegen grau-schwarz mit einzelnen weißen Strichen, der Schnabel ist kräftig, die Augen sind stechend und rot umrandet – eine ringförmige, knöcherne Verstärkung rund um die Iris, der Skleralring, der bei Aufregung sehr stark durchblutet ist und knallrot aufscheint. Bartgeier können erröten. Zwischen Augen und Schnabelwurzel verläuft ein dunkler Federstreifen. Er setzt sich unter dem Schnabel fort und bildet einen Busch, der an einen Bart erinnert. Deshalb der Name. Der Kehlbereich ist bräunlich bis rötlich gefärbt.

Ich finde Akte um Akte, lese zu Verbreitung, Fortpflanzung, Ernährung, Körperbau und Auswilderung des Bartgeiers.

Der Zitronenzeisig hat es ihm ebenfalls angetan. Ich stoße auf einen handschriftlichen Entwurf, eine Studie zu den Beständen im Alpenraum. Die Zitronenzeisige halten sich nach Vaters Beobachtungen in lichten Bergwäldern auf, vorwiegend an der Waldgrenze, gerne auch in der Nähe von Waldwiesen. Vater hat in einer Geländeskizze die Sichtungen mit gelben Punkten kartiert. Sie befinden sich weit oberhalb des Hauses von Brunos Tante und ziehen sich vereinzelt hoch zum Weißkogel. Auf halbem Weg ist mit Bleistift ein Kreuz eingezeichnet. Die Legende sagt: eine Hütte. Ich kenne sie nicht. Dort sind die meisten Punkte eingetragen, woraus ich schließe, dass es ihn immer wieder dorthin zog. Er beobachtete mehrmals ein Männchen mit einer zitronengelben Unterseite und einer ähnlich kräftig gefärbten Stirn. Im dunklen Flügel stechen, was außergewöhnlich zu sein scheint, drei gelblichgrüne Flügelbinden heraus. Eine Anomalie? Vater konnte sich dem Vogel wohl bis auf wenige Meter nähern. Was hat ihn so zutraulich gemacht? Erschöpfung? Vater fragt sich, ob das Tier allein lebt und ob es einen zweiten Vogel dieser Art gibt. Je länger ich lese, desto mehr frage ich mich, ob Vater nicht ein glückliches Leben hatte. Weil Vögel keine Menschen sind.

Ranz' Moped knattert in der Ferne auf. Der Morgen zeichnet die Ufer klar. Der Seiler-Hof und die Berge rücken näher ans Dorf heran. Die Grate und Bergspitzen sind überscharf markiert. Wer sich nicht auskennt, wird glauben, dass es

Föhn gibt. Das Boot nähert sich. Ranz kommt von der Landseite, hält neben mir. Es gibt niemanden mehr hier, der so ein Moped fährt.

Ein paar Wanderer steigen vom Boot aus an Land.

»Ludwig«, ruft Ranz und winkt, und ein junger Mann kommt auf uns zu, gibt Ranz die Hand, dann mir. Er lächelt.

»Ich soll dich hoch zu Bruno bringen.«

Ludwig nimmt hinter Ranz Platz. Er ist kräftig und sein Rucksack groß.

»Noch so ein Vogelverrückter.«

Wieder lächelt Ludwig.

»Kommt seit drei, vier Jahren zu uns. Wohnt unten in Rosenheim. Ist ein Neffe vom Pfarrer. Erst kehren die Vögel im Frühjahr zurück aus Afrika, dann geht Ludwig hier an Land. Da kann man fast die Uhr nach stellen.«

Ranz startet den Motor. Eine kleine Wolke aus Abgasen steigt auf.

»Ich helfe Bruno, damit die Geier hier Fuß fassen«, sagt er, als der Motor aufheult, aber das Moped schiebt sich nur quälend langsam über den Splitt.

Ranz hätte die Hunde nehmen sollen, das Moped kommt zum Stehen. Er flucht.

»Ich fahre euch«, rufe ich ihnen zu.

Ich habe es lange hinausgeschoben, Bruno zu sehen. Irgendwann muss es sein. Die beiden steigen ab, Ranz tritt vor Wut gegen das Chassis, und das Moped fällt um.

»Scheiße«, sagt er.

Wir fahren durchs Dorf, vorbei am Café, vorbei an Reisers Laden, wo ein Bulli parkt, aus dem zwei Männer in blauen Overalls steigen. Reiser steht hinter der Theke, er winkt, und wir winken zurück.

»Die Geologen«, sagt Ranz. »Offenbar geht es wieder los.«

»Was?«

»Bolltners Berg.«

»Was ist damit?«

»Soll ganz oben auseinanderbrechen, behaupten sie. In letzter Zeit kommt halt immer mal was runter. War auch früher schon so.«

»Steinschlag?«

»Steinschlag, hin und wieder ein Erdrutsch. Nichts Wildes, aber sie sagen, die Flanken würden instabil werden, der Kitt, der Permafrost taut in der Region am Weißkogel weg. Kann gut sein, dass sie wieder übertreiben.«

»Wieder?«

»Die kommen alle naselang. Bringen selten gute Nachrichten. Hab das Gefühl, sie machen sich wichtig. Früher ging mir Bolltner auf den Zeiger, jetzt diese Typen, die kommen und sagen, dass die Welt untergeht. Sie stecken die Leute an mit ihrem Kram.«

»Wen? Zwoller? Reiser?«

»Reiser nicht. Bruno, ja! Zwoller sagt nicht viel, das weißt du.«

Wir fahren den Weg zur Alm ein Stück hoch, auf etwa halber Höhe parke ich den Wagen. Den Rest gehen wir zu Fuß, weil der Weg mir zu steil wird und ausgewaschen ist. Ludwig läuft voraus. Sein Schritt federt trotz des Rucksacks. Ich spüre, dass meine Handflächen feucht werden, ich habe Bruno zwanzig Jahre nicht gesehen.

Er muss das Haus frisch geweißelt haben. Es leuchtet. Kastanien überspannen das Haus und den Schuppen. Aus dem Stall dringt Klaviermusik, etwas holprig. Darunter mischt sich das Blöken von Schafen. Wie helle Tupfen stehen sie im Gras an den Hängen. Ranz schüttelt den Kopf.

»Hat es immer noch nicht aufgegeben, das Spielen.«

»Die Musik war doch auch mal deine Sache«, antworte ich.

Ranz dreht sich weg, als sei es ihm peinlich. Über den Bergen formieren sich Quellwolken, pilzartige Formationen, die sich zu Gewitterwolken auswachsen könnten.

Ein leises Läuten ist zu hören. Wie von einer Kapelle, irgendwo weit oben in den Bergen. Ich muss mich täuschen. Es gibt dort keine Kapelle. Ludwig stellt den Rucksack ab und nimmt auf der Bank vor dem Haus Platz, Ranz und ich bleiben stehen. Bruno wird uns nicht bemerkt haben, er spielt weiter. Manchmal stoppt die Musik, setzt dann wieder ein. Ranz tritt von einem Bein aufs andere, dann geht er in den Stall. Brunos Stimme tönt auf. Er klingt nicht, als wäre er beunruhigt, auch wenn Ranz ihn gerade darüber aufklärt, dass ich hier draußen stehe.

Schließlich kommt er, in Gummistiefeln und Arbeitsjacke, eine graue Schlägerkappe auf dem noch immer dunklen Haar. Er umarmt Ludwig, dann wendet er sich mir zu.

»Deine Geier interessieren Jakob«, sagt Ranz.

»Das ist neu«, sagt Bruno. »War früher anders.«

»Früher war vieles anders«, sage ich, der Spruch gerät mir ein wenig zu schroff, er verrät meine Anspannung.

»Komm, wir schauen sie uns an«, sagt Bruno. Er führt uns in den Schuppen, ein scharfer Geruch nach Urin und nassen Federn liegt in der Luft. Die Voliere füllt die Hälfte des Schuppens aus, steigt bis unters Dach, ein paar Felsen liegen verstreut auf dem betonierten Boden. Die beiden Geier, die etwa doppelt so groß wie Krähen sind, sitzen auf einem Brett hoch oben im Dach und beäugen uns. Ihr Gefieder ist struppig und feucht. Bis auf die stechenden Augen und den großen hellen Schnabel schauen sie unscheinbar aus. Nichts erinnert an die farbenprächtigen Vögel in Vaters Archiv.

»Ziemlich mickrig, die Viecher«, sagt Ranz.

»Es braucht ein paar Jahre und eine mehrmalige Mauser, bis sie aussehen wie ihre Eltern.«

»Und du hast wieder das Gleiche vor wie letztes Jahr?«, fragt Ranz.

Bruno blickt zu Ludwig.

»Wir werden sie bald beringen und mit einem Sender ausrüsten, dann geht's in die Berge«, sagt Ludwig.

»Wir müssen nur noch einen geeigneten Platz finden, um einen Horst für sie zu bauen, wo sie bleiben, bis sie flügge werden«, sagt Bruno. »Wär eine Aufgabe für dich, Ranz.«

Ranz hebt abwehrend die Hände. »Ist dein Geschäft! Von mir aus bleiben die Viecher, wo sie sind. Ich muss sie hier nicht haben.«

»Von den Geiern profitieren alle.«

»Du und ein paar Hotels.«

»Jetzt hab dich nicht so, Ranz.«

»Ich sag nur, du weißt schon, wie man Wind macht. Die ganze Geierlobby.«

»War früher nicht anders, nicht wahr, Jakob?«, sagt Bruno.

»Kann schon sein.« Ich spüre den Stachel in Brunos Worten. Er hat sie nicht zufällig gewählt. Will er, dass ich mich ihm anschließe, wie ich mich ihm immer angeschlossen habe, oder will er auf Vater verweisen? Weiß er, dass ich mit ihm um Vaters Anerkennung konkurriert habe? Vater war unempfindlich für solche Gefühle, er wusste nicht, was es in mir auslöste, wenn er Bruno in alles einweihte, was die Vögel anging. Da bin ich mir sicher. Aber zuletzt hatte es diese besondere Allianz zwischen ihnen gegeben, als wir gegen Bolltner vorgingen. Auch mit Ranz gab es diese Verbindung, wenn sie zusammen arbeiteten.

»Die Geier werden uns jedenfalls auf Trab halten. Da sie noch nicht ausfliegen, werden wir sie mit Schlachtabfällen und Knochen versorgen müssen. Ranz, da kannst du uns einiges zusammensuchen. Absturztiere. Gerne Gämsen. Du kannst auch ein paar Rehe schießen.«

Ranz schweigt. Vielleicht spürt er, dass Bruno um ihn wirbt. Vielleicht spürt er aber auch, dass es nicht seine Person ist, die Bruno interessiert, sondern das, was er für ihn tun kann.

»Ich bin dabei«, sage ich. »Ich habe Zeit. Vater hätte es gefreut, Bartgeier hier zu sehen. Manchmal ist man jemandem etwas schuldig, glaube ich.«

Der Satz rutscht mir raus. Er besagt mehr, als ich sagen will. Er lässt alle aufhorchen. Er bringt mich hierher zurück, ins Dorf, zu Bruno und zu Vater.

»Du?«, fragt Ranz. »Seit wann interessieren dich Vögel?«

»Immer schon«, antworte ich.

Bruno grinst.

»Trinken wir was.« Bruno holt einen Obstler. Einen Marillenbrand, den er in Wassergläser einschenkt.

Mein Herz ist seltsam treu, den Dingen wie den Menschen gegenüber. Ich komme nicht von ihnen los. Man kann es auf diesen Satz verkürzen. Deshalb bin ich hier. Es ist noch nicht vorbei.

18

Wir brachen in der Morgendämmerung auf. Picco, Ranz, Bruno und ich. Zuletzt kam Liv. Sie hatte das Haar zusammengebunden, trug eine Mütze und Handschuhe. Im Schuppen war sie nie aufgetaucht, als gingen sie unsere Pläne nichts an. Woher wusste Liv, was wir vorhatten? Wer hatte sie eingeladen? Es konnte nur Bruno gewesen sein.

Über dem Wasser lag ein gazeartiger warmer Nebel, der die Geräusche der Paddel schluckte. Ranz dirigierte uns vom Bug aus, die schlechte Sicht machte ihm nichts aus. Er war in seinem Element. Was wir geplant hatten, war ganz nach seinem Geschmack. Bruno saß im Heck und rauchte. Neben ihm Liv. Der Rauch seiner Zigarette verlor sich im Dunst.

Tags zuvor hatten Forstarbeiter die Areale markiert, in denen sie heute fällen würden. Vater hatte das Rodungsgebiet in die Karte eingetragen. Von dort, wo wir an Land gehen würden, zog es sich den Berg hinauf bis auf fast zweitausend Meter Höhe. Eine weitere Schneise, die vom Fuß des Bergs bis zum Talanfang führte, hatte Bolltner bereits roden lassen. Dort sollte die Erschließungsstraße verlaufen. Je näher wir dem Ufer kamen, desto deutlicher roch ich den Duft der gefällten Bäume. Terpenoide, hatte Vater erklärt, dienten Bäumen als eine Art Kommunikationsmittel, etwa um Artgenossen vor gefräßigen Insekten zu warnen. Vor Bolltners Sägen war alle Warnung umsonst.

Vorsichtig lotste Ranz das Boot in eine Bucht. Das Rätschen eines Eichelhähers war zu hören. Wir zogen das Boot ans

Ufer, banden es an eine Weide. Ranz gab den Weg vor, wir folgten ihm, bis wir schließlich zu einem Traktor kamen, einem grasgrünen Steyr mit Frontlader und rostiger Schaufel, in dessen Kabine Ranz und Bruno gleich kletterten und sich mit Messern an irgendwelchen Kabeln zu schaffen machten.

»Beeilen wir uns«, sagte Bruno und sprang vom Traktor

Wir stiegen über die gefällten Weißtannen und Fichten, die noch nicht entastet waren, Zwoller legte seine Hand auf einen Stamm. Als er sie wegzog, war sie überzogen von Harz.

»Die haben noch voll im Saft gestanden. Niemand fällt einen Baum im Sommer. Das macht man im Herbst oder im Winter, wenn der Saftfluss ruht.«

»Bolltner hat es eilig«, sagte Bruno.

Nach ein paar Metern endete der Einschlag. Rote Fahnen markierten die Parzelle, mit der sie heute weitermachen würden. Ranz riss die Fahnen aus dem Boden. Bruno setzte sie wieder ein.

»Sie sollen nicht direkt merken, dass etwas nicht stimmt«, sagte er und gab jedem von uns Stahlnägel und einen Hammer. »Schlagt sie in einem Abstand von zehn, zwanzig Zentimetern ein, etwas versetzt, etwa in Wadenhöhe. Dann arbeitet ihr euch bis auf Kopfhöhe vor. Leicht schräg in den Stamm reinschlagen, und dann klebt ihr etwas Rinde darüber, damit die Köpfe nicht zu sehen sind.«

Zwoller reichte uns Leimtuben.

»Los!«, sagte Bruno.

Bald war ein dumpfes Hämmern zu hören, wir kamen schnell voran. Jeder schlug in seinem Rhythmus. Liv arbeitete weiter oben in Piccos Nähe. Von Zeit zu Zeit gab Bruno einen Pfiff ab, wir hielten inne und horchten. Es blieb still.

Wir durften uns nicht erwischen lassen, Bolltner hatte uns bislang nicht angezeigt wegen des Wagens. Das Tree Spiking würde alles verändern. Vater war eingeweiht, manchmal schien es mir, wäre er am liebsten einer von uns gewesen, aber er musste zum Flughafen nach Salzburg.

Gegen sechs Uhr hatten wir zahlreiche Bäume gespikt. Der Nebel hatte sich gelichtet, gegen sieben würden die Forstarbeiter kommen. Nie ist der Wald so schön wie am frühen Morgen. Es ist das Licht, es ist der Duft. Er paart sich mit der Nachtkühle, die der Wald speichert. Ich setzte mich ins taunasse Moos, lehnte mich an eine Tanne, spürte plötzlich die Müdigkeit. Bruno war ganz in der Nähe und nagelte weiter. Ohne ihn wären wir nicht hier. Bruno war unser Kopf, er kannte die richtigen Worte, er wusste uns anzufeuern. Und er hatte uns die Anleitung von Earth First kopiert, in der beschrieben war, wie Traktoren und Lastwagen beschädigt und unbrauchbar zu machen waren. Ich hatte die Seiten in Mutters Werkstatt unter einer losen Holzdiele versteckt. Irgendwann würde ich sie sicher brauchen.

In der Ferne klang das Tuckern eines Schiffsmotors auf. Wahrscheinlich wurden die ersten Wanderer zum Café gebracht. Niemand von uns nahm groß Notiz davon. Es wurde lauter, verebbte schließlich, und dann erst hörten wir den Wagen, der sich über die Schneise im Wald näherte. Alle hielten inne, Ranz und Bruno schauten sich an. Wir packten ein, was einzupacken war. Stimmen kamen näher, und uns war klar, dass wir nicht zum See und zum Boot zurückkonnten. Ich war schnell, holte Picco und Liv ein, die beiden anderen hatte ich aus den Augen verloren, sie mussten sich quer zum Hang in den Wald geschlagen haben. Wir rannten weiter, immer höher, manchmal blieben wir stehen, hörten Äste knacken, aber wir sahen niemanden, niemanden, der uns verfolgte. Unter uns immer noch die Stimmen. Wir wurden langsamer, nutzten die Deckung der Bäume, gingen in die Hocke und horchten. Picco verschwand in einer Tannenschonung. Ein paar Männer in grüner Arbeitskleidung und roten Warnwesten tauchten auf der Parzelle auf und stellten Rucksäcke und Benzinkanister ab. Wir stiegen ein paar Meter bis zu einem Felsband, das das Gelände durchschnitt und eine fast senkrecht fallende Geländestufe bildete. Dort waren wir verborgen. Als wir bis an den Rand der Felsklippe robbten, konnten wir die Männer sehen, die ihre Helme aufgesetzt hatten und Kettensägen mit großem Blatt in den Händen hielten.

Ich spürte Livs Körper nehmen mir. Ihre Hüfte, ihre Schultern, ich roch ihr Haar. Wir hätten uns aufmachen und außer Gefahr bringen müssen, aber ich sagte kein Wort, und auch Liv blieb stumm, und während die erste Säge aufknatterte, rückte sie noch näher an mich heran. Es war nicht allein die Angst, die sie das tun ließ, es war mehr. Etwas, das ich nicht erwartet hatte. Als weitere Sägen aufheulten, legte sie ihre Hand neben meine, strich mit dem Finger darüber. Die Sägen drehten höher, drei, dann vier, sie fuhren in die Stämme, und fast zeitgleich hörten wir ein hohes metallisches Singen, ein Jaulen und Kreischen und schließlich ein Scheppern und Splittern. Die Sägen wurden den Männern aus den Händen gerissen, schlugen zu Boden. Zu früh, viel zu früh, dachte ich, ich wollte die Berührung mit Liv auskosten, jetzt mussten wir abhauen, aber Liv rückte nicht von mir fort. Ihr Finger hielt auf meinem Handrücken inne, blieb liegen. Mein Herz schlug schneller, ich spürte den Blutstrom unter der Haut, dort, wo ihr Finger war. Ich sah, dass die Ketten gerissen waren, lose von den Sägen herunterhingen. Die Männer tobten, und mein Puls klopfte mir in den Ohren. Hatten sie sich verletzt? Es sah nicht danach aus. Sie brüllten herum und liefen von hier nach da, ein Chor der Wut, der noch zunahm, als einer von ihnen auf einen Baum wies, in den sie noch nicht gesägt hatten. Mir war klar, was sie entdeckt hatten. Liv glitt vom Felsrand zurück. Wir stiegen höher, in der Luft lag der Duft des Walds und Livs Duft und eine winzige Spur von Benzin.

Wir waren im offenen Gelände, tappten zwischen den Blaubeersträuchern umher, kamen nur schwer voran, stiegen in direkter Linie den Berg hinauf, was anstrengend war. Ein Pfad würde uns schneller hinaufbringen. Manchmal konnte ich Picco zwischen den Stämmen der Weißtannen sehen. Das Grün seiner Jacke leuchtete auf. Auch Picco kannte keinen besseren Weg. Wir liefen eine Stunde, querten Bäche, schmale Schuttrinnen, das helle Gestein leuchtete in der Sonne. Immer wieder waren die Gipfelregion und das schmale Eisfeld zu sehen, darunter die Hochfläche und der Karst.

Es gab eine Hütte, in der ich einmal mit Vater gewesen war, unterhalb des Passes, hinter dem das nächste Tal begann. Dorthin wollte ich. Sie würden uns nicht folgen, sie hatten genug mit ihren Sägen zu tun.

Schließlich tat sich ein Wildpfad auf. Er zog zwischen den Blaubeeren hoch in die Felsregion. Ein großer Vogel kreiste unter dem stahlblauen Himmel. Sobald wir auf den Schotter traten, wurden unsere Schritte laut, gelangten wir zurück in den Wald, wurden sie von den Tannennadeln gedämpft. Unter den Bäumen stand das Licht, als besäße es eine Gestalt. Von Zeit zu Zeit horchten wir, aber es blieb ruhig.

Wir überquerten ein Bachbett, stießen auf eine Quelle,

die aus einem Hang austrat. Wir tranken aus der hohlen Hand, setzten uns in den Schatten eines Baums, streckten uns im Gras aus, hörten das Gurgeln des Wassers und spürten, dass eine große Ruhe über dem Flecken lag. Ich war erschöpft, schloss die Augen, döste immer wieder mal ein.

Ein Rascheln weckte mich. Die Sonne stand im Zenit, der Mittag lag schwer auf den Bäumen, die Felsen strahlten in der Hitze. Ich stand mühsam auf, sah einen Schatten im Wald verschwinden. Picco vielleicht. Oder ein Wolkenschatten. Ich fröstelte, meine Muskeln schmerzten, ich hatte Mühe, auf den Beinen zu bleiben. Vor dem Schläfchen hatte ich mich gut gefühlt, jetzt war es, als wäre etwas über mich gekommen, vielleicht lag es am Wasser, das wir getrunken hatten. Liv schlief. Ich folgte dem Schatten in den Wald. Hinter ihm bildete sich ein Wirbel in der Luft, eine Spindel bleicher Luft. Ich stieg bergan, in ein Dickicht aus Sträuchern und Gräsern, die auf den Lichtungen zwischen den Stämmen wuchsen. Ich lief eine Schneise entlang, eine Windspur im Gras. Ich stieg und stieg, die Mittagsluft schien talwärts zu fallen wie ein Föhnwind, der Schweiß lief mir in die Augen. War es, weil mein Blick nicht klar war, oder weil ich wirklich krank war und halluzinierte, vor einem Felsen im grellen Licht stand jemand, dessen Umrisse ich nur erahnen konnte. Sicher nicht Picco. Oder doch? Dann meinte ich, es hätte Vater sein können. Er rührte sich nicht, schaute nicht mal in meine Richtung. In seinen Händen ein Fernglas. Wen beobachtete er? Bolltners Leute? Oder jemand anderen? Vater war doch in Salzburg. Oder war er in eigener Mission unterwegs? Plötzlich war er verschwunden. Nur ein Fels und die Äste einer Tanne blieben, die den Felsen überspannten. Ich musste mich getäuscht haben.

Ich stand in der Hitze, dachte an Liv, dachte an eine

Liebe, auf die ich warten würde. Das Licht an jenem Mittag ließ in mir eine Sehnsucht zurück, die ich wieder fühlen kann, heute, da ich zurückgekehrt bin ins Dorf.

Ich machte mich auf. Liv lag immer noch ausgestreckt im Gras, beschattet von den Ästen einer Lärche, die Lippen leicht geöffnet. Als sie erwachte, setzten wir den Weg fort. Es war drückend heiß.

Wir erreichten die Hütte am Nachmittag. Sie war schon lange nicht mehr bewirtschaftet. Wir rissen die Läden auf, öffneten die Fenster. Ein feiner Regen ging nieder und ließ den Wald duften. Wir hätten bis zum Anbruch der Nacht ins Dorf absteigen können, aber wir blieben, aßen, was wir noch zu essen hatten. Die Berge warfen ihre Schatten auf den Wald, das Tal und das Dorf, wo die Kirchenglocke schlug.

Wir holten eine Matratze aus dem Schlaflager, legten sie auf den großen Tisch, der vor der Hütte stand, auch eine Decke fanden wir. Der Wald schwieg, es wurde dunkler und dunkler, aber es war immer noch warm, und wir hörten den Regen leise fallen. Wenn ich die Augen schloss, spürte ich Liv neben mir, ihre Hand, die meine fand. Mehr geschah nicht.

Schließlich Stimmen, Bruno und Ranz, nicht weit entfernt. Liv legte einen Finger auf die Lippen. Wir trugen die Matratze zurück in die Hütte, schlossen die Tür, schoben den Riegel vor, hörten sie näher kommen und weiterziehen, und schließlich verloren sich ihre Stimmen über uns am Berg. Liv sagte leise etwas, ihre Lippen dicht an meiner Wange. Dann küsste sie mich auf den Mund, ein erstes Donnergrollen war zu hören, und kurz darauf begann es, heftig zu regnen. Die Tropfen prasselten auf das Dach, Liv löste sich von mir, rannte hinaus. Als ich nach draußen kam, schlug mir der Regen ins Gesicht, rann vom Hals abwärts den Rücken und die Beine hinunter, kam an den Hosenbeinen wieder heraus, in den Bäumen war ein Knarren und Ächzen zu hören, das lustvoll klang, als hätten sie lange auf den Regen gewartet. Liv stand regungslos da, und ich stellte mich neben sie. Wir sahen im Licht der Blitze die silbrig helle Wasserwand, die in der Schwärze wieder unsichtbar wurde. Mit einem Schlag wurde es kalt. Ich wusste, dass ich es aushalten musste, wollte ich bei Liv sein. Nur die Blitze fürchtete ich.

Dann machte es einen Schlag in einen der Bäume zwei-, dreihundert Meter entfernt, eine Lichtsäule schoss empor, der Baum brannte sofort, und ich jagte zurück in die Hütte, Liv folgte mir. Und noch während sie rannte, zog sie ihr T-Shirt aus und in der Hütte die Hose, sie rannte hoch ins Bad, und ich trat an den Ofen, öffnete die Tür, legte ein paar Holzscheite auf den Rost und schob ein paar Zeitungsblätter darunter, die im Korb daneben lagen. Ich suchte nach Streichhölzern, aber ich fand keine, und als Liv wieder zu mir herunterkam, hatte sie sich eine Decke umgeworfen und schien zu frieren.

»Warte.«

Ich kramte in den Schubladen der Anrichte, fand ein paar Kerzen, aber keine Streichhölzer.

»Macht nix«, sagte Liv und lachte. »Wäre auch zu schön gewesen.«

Ich gab nicht auf, lief in die Küche, riss jede Schublade, jede Schranktür auf, aber ich fand nur Töpfe und Besteck.

»Machen wir es anders«, sagte Liv und begann, sich mit der Decke abzurubbeln. In großen Schwüngen, die etwas Wärme auf die Haut zurückbringen sollten.

»Hilf mir.«

Vorsichtig begann ich, ihr den Rücken abzurubbeln, schließlich fand ich das Tempo und die Kraft, die nötig war, sie warm zu bekommen, ohne dass in meinen Bewegungen mehr lag. Ich wusste nicht, was angemessen und was zu viel war. Ich ahnte nur, dass ich es Liv überlassen sollte, das zu bestimmen.

»Was ist mit dir?«, fragte sie.

Ich zog mich aus, und sie warf mir ihre Decke zu, und ich rieb mich ab, den Rücken ließ ich Liv, und als ich warm war und sie wieder kalt sein musste, warf sie die Decke über uns beide, und einen Moment standen wir dort in der dunklen Küche, Schulter an Schulter, dann Bauch an Bauch, ich sah, als es blitzte, die gelblichen sternartigen Sprengsel in ihren Augen, darum ein dunkles Braun, ich spürte ihre Hand, ihren Mund, und ich spürte, was zwischen meinen Beinen geschah, und dachte plötzlich an das Bord über dem Spülstein, dort würden die Streichhölzer sein, aber dafür war es nun zu spät.

Lange lag ich noch wach, horchte in den Wind, der ums Haus strich, roch den Wald, die Feuchtigkeit, manchmal zuckte noch ein Wetterleuchten am Himmel und warf einen Lichtschein zu uns hinein, zeigte Livs dunkles Haar auf dem Kopfkissen, die Decke auf dem Dielenboden, die es uns leicht gemacht hatte, mit dem zu beginnen, von dem ich wünschte, dass es lange blieb zwischen Liv und mir. Damals ahnte ich nicht, was geschehen würde.

19

Gegen Mittag trafen wir im Dorf ein. Liv küsste mich und lief zum Café. Alles in mir sang. Ich stolperte ins Haus, ging in mein Zimmer, legte mich aufs Bett, sprang wieder auf, blickte aus dem Fenster, ob ich Liv vor dem Café sehen konnte, so schnell schon war die Sehnsucht groß. Ich lief hinunter in die Küche, um etwas zu essen, um irgendwas zu tun. Niemand war dort. Ich rief bei Picco an.

»Er ist kurz was einkaufen«, sagte seine Mutter.

Ich war erleichtert. Das bedeutete, dass er zurückgekehrt war. Er möge zu mir kommen, sobald er zu Hause ist, ließ ich ausrichten.

In der Hütte hatte ich nicht mehr an ihn gedacht. Zu sehr hatte Liv meine Gedanken eingenommen.

Aus der Werkstatt drang leise Mahlers 4. Sinfonie zu mir in die Küche. Mutter hörte sie oft. Ich mochte sie auch, vor allem den vierten Satz. *Das himmlische Leben.* Die Stelle mit den Kontrabässen, ganz leise, die mochte ich besonders, weil die Töne noch lange nachklangen. So stellte ich mir inneren Frieden vor. Dann die Sopranistin, in deren Gesang Mutter einstimmte, bis die Streicher plötzlich scheppernd mit ihren Bögen auf die Saiten schlugen, worauf die Schellen einsetzten, auch an der Haustür schellte es. Ich öffnete sie einen Spalt, da flog Bolltner herein, während die Celli ganz ruhig und erhaben klangen und Bolltner mir an den Hals ging.

»Das könnt nur ihr gewesen sein«, brüllte er.

»Was denn?«, keuchte ich.

Er drängte mich an die Wand, drückte seine Hände

um meinen Hals. Ich bekam kaum noch Luft, krächzte um Hilfe, versuchte, ihn zurückzustoßen, trat ihm gegen das Bein. Bolltner war schlicht stärker als ich. Mir wurde schwindlig, und plötzlich war da diese Angst, diese Luftnot, ich hieb mit der Faust in seinen Nacken, aber das nützte nichts, und immer noch spielte Mutter Mahler. Ohne die Musik hätte sie mich gehört, den Tumult, alles, was sich in der Küche abspielte. Stühle kippten, Tassen und Teller schlugen vom Tisch. Aber drüben bei Mutter regte sich nichts. Die Klarinetten schrillten, dann grätschten Bratschen und Celli rein, Bolltner war kirschrot gewesen vorhin, jetzt wurde sein Gesicht blass, als würde auch ihm der Kampf zusetzen, sein Jackett riss an den Achseln ein, einen Moment verringerte sich der Druck seiner Arme, als hätte dieses Geräusch ihn abgelenkt, und ich drückte ihn von mir weg, aber er sprang sofort wieder auf mich zu, ich hechtete zur Seite, Bolltner stieß mit voller Wucht gegen den Tisch, und der letzte Rest Geschirr, die Gläser und Weinflaschen, das Besteck pfefferten zu Boden. Teller und Gläser brachen in Stücke, die Scherben funkelten im Sonnenlicht, Bolltner rappelte sich wieder auf, und ich sprang zur Tür hinaus.

Ich erinnere mich, Mahler lief weiter, und jetzt ging auch die Werkstatttür auf, Mutter trat heraus, und hinter ihr Bruno, der ein Notenblatt in den Händen hielt, als hätten sie gerade noch etwas durchgesprochen. In mir tobte es, da stob eine Stimme durch meinen Kopf, dass ich mich nicht täuschen lassen durfte und alles nicht so harmlos war, wie es aussehen sollte. Eine andere Stimme sprang ihr in den Weg, sagte, dass ich mir alles nur einbildete, dass ich überinterpretierte, eben noch malträtiert von Bolltner, der aus der Küche kam, auf Mutter zuhielt. Er rieb sich den Nacken, während Bruno auf meinen Hals starrte, an der die Würgemale zu sehen sein mussten, während Bolltner schon begonnen hatte, auf Mutter einzureden, ein Stakkato an Sätzen, wie kriminell wir seien, bösartig, alle Sägen seien hinüber, es hätte Gott weiß was passieren können.

Mutter legte ihm eine Hand auf den Arm, und einen Moment lang kam Bolltner zur Ruhe.

Vater war außer sich, als er zurückkehrte, aber er unternahm nichts.

»Ruhig bleiben. Warten wir ab, was Bolltner macht, ob er in die Vollen geht.«

Jeden Tag war Vaters erster Gang der zum Briefkasten. Aber eine polizeiliche Vorladung wegen der Nagelaktion oder der Schüsse blieb aus. Ob Vater in den Bergen gewesen war, als wir die Bäume genagelt hatten, fragte ich ihn nicht. Irgendwas ließ mich davor zurückschrecken.

»Hör zu«, sagte Vater. »Das ist jetzt kein Spaß mehr. Bolltner unternimmt nur deshalb nichts gegen uns, weil er den Ball flach halten will. Außerdem hat er selbst Dreck am Stecken, vor allem jetzt, da er dich gewürgt hat. Er wäre also selbst dran, sollte das publik werden. Nicht gut für seine Kampagne. Aber ich bin sicher, dass er es nicht auf sich sitzen lässt. Vielleicht ist es besser, du hältst dich ab jetzt aus allem raus.«

Ich erzählte Vater nichts von Bruno und Mutter. Was auch hätte ich sagen sollen? Vermutungen äußern, mich auf seine Seite schlagen? Etwas lostreten, das sich vielleicht von allein erledigen würde. Es war alles zu vage. Hin und wieder ging ich zu Alfons, stellte mich an die Theke, trank ein Bier, hörte dem Chor zu, und hinterher kamen Mutter und die Schober, Ranz, Bruno und all die anderen in den

Schankraum. Wer Augen hatte, bemerkte, dass Mutter oft in Brunos Nähe stand, dass er scherzte und sie einstimmte in seine gute Laune, seine Aufgedrehtheit und ihn mit dem Ellbogen in die Seite stieß, wenn eine seiner Bemerkungen ihr besonders gut gefiel. Aber auch Greta Schober suchte Mutter, spendierte ihr einen Wein, beugte sich zu ihr, und sie steckten an der Theke die Köpfe zusammen.

Einmal, als Mutters und meine Blicke sich trafen, schaute sie mich aus fremden Augen an, und sie klang auf eine falsche Art heiter, als sie sagte: »Na, Jakob, schon wieder hier? Am besten, du trittst gleich selbst in den Chor ein.«

»Jakob scheint eher der passive Genießer zu sein, singen will er nicht, dabei sein schon«, quatschte Greta Schober.

»Stimmt, singen ist nicht seins«, sagte Mutter. »Ganz und gar nicht.«

Es kam wie aus der Pistole geschossen, schroff und ein wenig wütend, als hätte sie sagen wollen: »Hau ab. Lass mir das hier für mich!« Sie fuhr fort: »Da ist er wie sein Vater!« Und damit sperrte sie mich aus, sperrte mich zu Vater. Ich habe keinen Zweifel daran, dass genau das ihre Absicht war.

Ranz nahm mich zur Seite. »Jakob, hör zu. Bruno und ich machen nur Theater. Das merkst du! Es geht uns nicht um den Chor. Es geht um Bolltner. Wir brauchen eine Eintrittskarte zu seinem Fest, oder glaubst du, er würde uns einladen. Und für Picco, Zwoller und dich finden wir auch einen Grund, damit ihr ja nichts verpasst.«

Dann lachte er, rau und boshaft, und mir gefiel, wie er lachte. Bei Ranz wusste ich, woran ich war.

»Da habe ich wohl was nicht mitgekriegt, was euer Singen angeht. Wessen Idee war das?«

»Kam von Bruno und deinem Vater.«

»Mein Vater?«

»Was Bolltner angeht, sind sie ein Herz und eine Seele!«

Der Schlag saß. Bruno und Vater. Und ich war außen vor.

Jemand hatte die Musik im Café lauter gedreht. *Candle in the Wind* von Elton John. Süßlich und bieder. Mutter und Bruno schunkelten, und auch andere hakten sich ein. Ich war Ranz dankbar, dass er sich nicht hinreißen ließ, dass er blieb, wo er war. Neben mir. Wir schauten in den Spiegelbesatz des Buffets und drehten ihnen allen den Rücken zu, sie sahen so nah und vertraut aus, waren so inbrünstig. Ich hätte es nicht überstanden, das Aufreißen der Münder, die geschlossenen Augen beim Refrain, immer wenn *like a candle in the wind* wiederholt wurde, in jeder Strophe. Alleine hätte ich trotzig an der Theke gestanden, mich nicht eingereiht oder eben doch, was noch schlimmer gewesen wäre, und anschließend hätte ich mich vor mir selbst geschämt. Und man hätte es mir angemerkt.

20

Eine große Schläfrigkeit und Hitze liegen über dem Tal. Das Dorf ist wie ausgestorben. Die Sonne brennt auf die Häuser herunter, heizt die dunklen Holzfassaden auf. Bei Reiser ist die Markise heruntergekurbelt, wirft eine Schatteninsel auf das Trottoir, in der eine Katze döst.

Ich habe das Bett im Wohnzimmer aufgestellt, wo ich leichter in den Schlaf finde. Im Regal stehen noch Tolkiens *Herr der Ringe* und Austers *Moon Palace*, das wir im Englischunterricht gelesen haben. Durch das offene Fenster dringt das Gebell von Ranz' Hunden. Er biegt in unsere Straße ein und jagt zum Café, wohin auch ich mich aufmache. Ich finde Ranz auf der Terrasse. Liv bringt uns Kaffee und hat zwei Stücke Erdbeerkuchen dazugelegt.

»Wirst ja richtig verwöhnt hier«, sagt Ranz.

»Du doch auch«, antworte ich.

Liv hat im Sommer einen dunklen Teint. Ihre Nägel lackiert sie in einem hellen Rostrot. Alles an ihr erinnert an den Süden. Sie bringt den Fischern Brote hinunter an den Landungssteg. Als sie zurückkehrt, sagt sie: »Ich erwarte eine große Gruppe Paddler. Es fällt so viel Arbeit an. Könntest du uns aushelfen?«

Sie setzt sich zu uns.

»Nur für ein paar Tage.«

Ich weiß, dass, das, was zwischen uns war, wieder beginnen könnte. Ich weiß auch, dass jeder Start in eine Affäre einen Moment der Verzögerung, des Aufschubs benötigt, damit die Kräfte sich sammeln können – die Sehnsucht und das Verlangen. Dass nichts ans Ziel kommt, was sofort zum Ziel will.

Am Nachmittag aber decken Liv und ich schon die großen Tische an den Fenstern und der Regen zieht über den See, verwischt das Türkis in ein dunkles Petrol. Er klatscht auf den Bahnsteig, pocht an die Scheiben, er schwächt nicht ab. Aus den Bergen strömen Wasserfälle, weiß, schäumend und laut. In langen Bändern fallen sie in den See. Die Luft rauscht, mein Ohr auch.

Liv brät Fisch. Ich bin der Handlanger, schmiere Brote und wasche Salat und das Gemüse. Fred backt Blaubeer- und Himbeerkuchen und serviert den Leuten.

Als die Gäste gegangen sind, sitzt Liv am Fenster, schreibt die Bestelllisten für morgen, in denen sie einträgt, was Fred oder sie einkaufen müssen. Ihr Blick flieht immer wieder in die Berge, als gäbe es dort etwas zu sehen, das nur sie sieht. Ich bringe ihr ein Glas Wein, der Abend ist fortgeschritten, und die Berge werfen lange Schatten ins Tal. Manchmal treffen sich unsere Blicke, bevor ihr Blick zurückfindet auf die Listen.

Am nächsten Tag lege ich den Pinsel früh beiseite und gehe wieder rüber ins Café. Das Haus kann warten. Ich berühre Liv bei der Arbeit nicht. Vielleicht nur einen Finger, der auf dem Tellerrand liegt und über den ich mit dem Daumen streiche, wenn ich den Teller, den sie mir reicht, entgegennehme. Einen Moment hängt der Teller zwischen uns in der Schwebe. Ich umschließe mit meiner Hand ihre Hand, und ihr Gesicht glänzt ein wenig wie von einer Politur. Später stehe ich am Steg und zähle die eintreffenden Kajaks, überschlage die Zahl der Passagiere auf Bolltners Schiff und rufe

Liv die Anzahl der Gäste zu, dann kommt sie raus, legt für einen Moment ihren Arm um meine Schultern.

Sobald die Gäste fort sind, stapele ich die Kajaks auf einem Anhänger, damit das Wasser herauslaufen kann. Die Paddel legen wir in den Schuppen. Ich putze den Küchenboden nass aus. Wenn die Gläser abgetrocknet sind und im Buffet stehen, der Müll in die Container hinter dem Café geleert ist, die Tischdecken von den Tischen gezogen sind und ich meine Handschuhe abstreife und Liv das gelbe Haarband löst und das Haar ihr auf die Schultern fällt, sie die Schuhe gewechselt hat und die Bluse, essen wir zusammen. Manchmal. Wenn sie Zeit hat und niemand auf sie wartet, sagt sie.

»Wer ist *niemand?*«, frage ich, aber sie lächelt bloß.

Sie wird jemanden haben. Liv hatte immer jemanden. Abends verschwindet sie oft. Ich denke an Bruno, an seine Selbstsicherheit, seine Gelassenheit. Wenn er irgendwo hinzutrat, richteten sich Teilchen wie in einem Magnetfeld neu aus.

Aber nie betritt jemand das Café und holt Liv von der Arbeit ab. In den Abendstunden zu Hause denke ich, dass Liv frei ist und dass es sinnlos ist, sich viele Gedanken zu machen und mein Herz wieder an sie zu binden.

Ich warte, dass die Nacht endlich aufzieht, damit der Schlaf kommt, ein scheuer Besucher. Auf dem See liegt ein Goldton, der nicht verblassen will. Spät erst tritt der Wald in die Dämmerung, wird zu einer dunklen Wand, über der ein paar Sterne stehen. Das Scheinwerferlicht eines Autos streift über das Wasser und die Ufer. Der Wagen biegt auf den Parkplatz ein. Es ist Liv. Sie war den ganzen Abend fort, kehrt wahrscheinlich aus der Stadt zurück. Sie steigt aus und hält eine Flasche Wein in den Händen. Sie schaut rauf zu mir, sieht mich am Fenster stehen und winkt, und ich winke zurück.

Liv nimmt auf dem Sofa Platz, und ich öffne den Wein, nehme zwei Gläser aus dem Regal. Wir trinken einen Schluck und stellen die Gläser auf dem Boden ab. Sie sitzt mir gegenüber vor den Wandornamenten, den Reben und dem Bachlauf. Der Mond wird die Farben ins Licht holen. Livs Silhouette ist mir vertraut, fast ist es wie früher. Ich weiß, wie sie das Haar von der Schulter streicht, auf welche Art sie das Glas an den Mund führt und trinkt, beides etwas bedächtig, kleine Schlucke, nur ein Nippen, das nicht zu ihr passt. Sie ist nicht dieser Typ Frau, der sich zurücknimmt. Ich erkenne diesen Blick wieder, ein Schwimmen der Augen, bevor sie mich küsst. Ich streiche über ihren Rücken, er ist fest, muskulös, wie er immer war. Alles vertraut, eine Art Heimkehr, als besäßen meine Fingerspitzen ein Gedächtnis. Und doch zögere ich. Ist es das, was ich will? Eine Nacht mit Liv, die alles wieder anwirft, wo ich doch gerade erst sicheren Boden unter den Füßen gewinne. Ein Schiffbrüchiger, der schon wieder anheuert, geht das? Ich bin gut im Beginn, bin es vielleicht auch im Abschied, mache keine Szenen, aber auf der Langstrecke, wo man Ausdauer zeigen muss, versanden meine Kräfte, meine Liebe zehrt sich aus.

Livs Berührungen sind innig, sie fordert nichts, und ich lasse es geschehen. Ich spüre, dass ihre Hände am Rücken innehalten, dort, wo die Narbe sich über die Schulterblätter wirft. Ich kenne diesen Moment des Innehaltens, des Prüfens, ob es weitergeht, das Streicheln, ob die Begierde stärker ist als das Erschrecken, vielleicht auch die Spur Ekel, ich habe mir eingestehen müssen, dass jemand so empfinden kann. Liv streicht darüber hinweg, vorsichtig, sie hat die Narben nie gesehen, nie gefühlt. Meine Narben sind sichtbar, das unterscheidet mich von Bruno, Ranz und Zwoller. Sie küsst meinen Nacken, die Bäume rauschen, das Licht einer Mondnacht liegt auf dem weißen Bauchgefieder und den schwarz-grün oszillierenden Flügeln der Kiebitze. Sie küsst meinen Rücken, jene Stelle, die das Feuer verschont hat, ein breiter Streifen abwärts der Schulterblätter.

Ich weiß, dass jedes Wort den Zauber zwischen uns zerstören würde. Man muss nicht alles ans Licht holen. Den ganzen Schmerz, der sich in uns versteckt und das Leben einfärbt auf eine schleichende Art, wie ein Gift. Ich empfinde keine Wut, keinen Hass, dass es ausgerechnet mich erwischt hat bei Bolltners Fest. Ich weiß, ich muss mich davor schützen, zu viel daran zurückzudenken, was nicht einfach ist, alles hier im Dorf weist auf mein damaliges Leben hin. Ich habe das unterschätzt. In Erinnerungen kann man eintauchen, aber auch untergehen. Sie sind Glück und Verhängnis zugleich.

Bei Tagesanbruch stehen wir auf, fahren in die blaue Stunde des Morgens. Die Wiesen fassen an die Säume der Wälder, in der Ferne die Bergkämme, darüber die Wolken, die den Himmel marmorieren. Manchmal, wenn ich schalte, legt sie ihre Hand auf meine. Ich spüre das leichte Vibrieren des Getriebes im Schaltknüppel und Livs Hand.

Am See sind wir allein. Es ist ein anderer See, ein Waldsee, abseits der Straßen, abseits des Dorfs. Damals fuhren wir hier hinaus, wenn wir ungestört sein wollten.

Liv hat Fred angerufen. Er muss heute allein im Café klarkommen.

Nach dem Schwimmen liegen wir im Gras unter einer

Buche. Sie hat ihre Wurzeln bis in den See getrieben. Das Wasser glitzert in der Sonne. Die Linien der Äste, der Blätter, der Zweige zeichnen sich darauf ab. Spiegelbilder von großer Schärfe und Klarheit.

An einem Nachmittag nahm Liv Bruno mit. Wir fuhren zu dritt hier heraus. Ob ich was dagegen hätte? Nein, log ich und ahnte wieder nichts Gutes. Der Sand war heiß, am Hintern, an den Fersen, an den Schultern. Von Zeit zu Zeit drehten wir uns auf den Bauch. Dann leckte die Hitze über die Innenseiten der Arme, die Kniekehlen, die Waden und den ungeschützten Nacken. Wenn ich mich bewegte, rieb die Haut über den Sand. Ein Vogel stelzte am Ufersaum. Sein Bauch war weiß gefärbt, Kopf, Rücken und Flügel braun, mit einem leichten Grünstich. Drohte eine der knöchelhohen Wellen, ihn zu überspülen, hüpfte er zurück in den Spülsaum, dort trippelte er, hielt inne und wippte mit dem Schwanz wie eine Bachstelze. Der Schweiß stand in meinen Kniekehlen und den Ellenbeugen, er stand in den Achselhöhlen und unter der Nase, am Lippensaum, wie ein salziger Schnurrbart. Auf einem Felsen am Ufer spielte Bruno Gitarre. Liv stimmte in das Lied ein. Ein paar Minuten blieb ich, wo ich war, kroch dann in den Schlagschatten des Felsens, auf dem Bruno saß, und spürte die Hitze nach ein paar Minuten abfallen wie eine zweite Haut, bis ich schließlich zu frösteln begann.

Bruno hatte einen Rucksack voller Musikkassetten dabei, die er auf einem alten Rekorder abspielte: Keith Jarretts *Arbour Zena*, sein *Köln Concert*, Mahler, natürlich, und traditionelle japanische Koto-Musik. Wir lagen im Sand, Mahlers 5. Sinfonie, das Spielen der Wellen, das Adagio, ich hielt es kaum aus, stand auf, schaute aufs Wasser. Das Fagott übernahm, eine Melodie, die etwas Unheimliches besaß, das von den Streichern noch gesteigert wurde.

»Das Adagissimo«, sagte Bruno, »stellt für Mahler so etwas wie den Abschied von der Welt dar.« Dann schaltete er den Rekorder ab und fuhr fort, uns Mahler und seine Musik zu erklären, und ich musste an Mutter denken, die sonst wohl auch seinen Worten lauschte.

»Hört euch das Schlussmotiv an. Mahler zitiert ein Totenlied. *Oft denk' ich, sie sind nur ausgegangen.*«

Ich ahnte, was Mutter an ihm fand, und als die Musik wieder einsetzte, steigerte das nur noch den Schmerz darüber, dass Vater Bruno unterlegen war, wenn es um Musik ging, um Sehnsucht und um all den Kram.

Oft denk' ich, sie sind nur ausgegangen.
Bald werden sie wieder nach Hause gelangen.
Der Tag ist schön, o, sei nicht bang!
Sie machen nur einen weiten Gang.
Jawohl, sie sind nur ausgegangen
Und werden jetzt nach Hause gelangen.
O, sei nicht bang, der Tag ist schön.
Sie machen nur den Gang zu jenen Höh'n.
Sie sind uns nur vorausgegangen
Und werden nicht wieder nach Hause gelangen.
Wir holen sie ein auf jenen Höh'n
Im Sonnenschein.
Der Tag ist schön auf jenen Höh'n!

Bruno ließ die Musik und die Worte nachklingen, ohne noch etwas zu sagen, dann spulte er das Band zurück, drückte die Start-Taste und ließ es uns ein zweites Mal hören, bevor er aufstand und ging. Ich begleitete ihn noch ein paar Meter, er schnappte sich sein Rad und radelte davon. Er winkte mir noch zu.

Liv rührte sich nicht. Sie hielt ihre Zehen ins Wasser, umfasste ihre Knie dabei und schaute auf den See hinaus. Zumindest glaubte ich das. Als ich näher kam, hatte sie die Augen geschlossen. Die Lider bewegten sich. Die Musik schenkte ihr eine Innigkeit, und vielleicht dachte sie an denjenigen, den sie liebte. Ich wusste nicht, ob ich es war.

Als die Musik verstummte, blieb Liv sitzen, und ich wagte nicht, zu ihr zu gehen. Ich wusste, ich hätte sie gestört. Bruno kehrte an diesem Abend nicht mehr zu uns zurück. Er überließ uns uns selbst, und ich ahnte, genau das war seine Absicht, dass wir an ihn dachten, weil man besonders an den denkt, der nicht da ist.

21

Der Sommer neigte sich dem Ende entgegen. Picco und ich hatten keine Pläne, wollten den Studienbeginn aufs nächste Jahr verschieben. Wir waren noch nicht bereit, das Dorf zu verlassen und unseren Kampf gegen Bolltner aufzugeben. Vater tolerierte das. Ich solle mir die Zeit nehmen, die ich brauche. Picco half auf dem Hof und bei seinem Bruder in der Sägerei. Wir trainierten in dieser Zeit wie verrückt. Nicht nur im Schuppen. Picco und ich hatten uns angewöhnt, den Rundweg am See zu verlassen, wenn wir joggten, wir rannten die steilen Wege bergauf, die zur Alm führten, trainierten am Sandsack, stemmten Hanteln, machten Sit-ups. Es war, als bereiteten wir uns auf etwas vor. Auf eine andere Art allerdings, als Bruno und Ranz das im Chor taten.

Ich mochte den September fast noch lieber als den Hochsommer. Das tiefe Blau über den Bergen, die goldenen Tage, die eine angenehme Wärme in sich bargen. Manchmal ging ich mit Liv in die Berge, wir nahmen Proviant mit, brachen in eine der verlassenen Senn- und Jagdhütten ein oder, wenn uns das nicht gelang, blieben wir auf der Veranda sitzen, bis es Nacht wurde. Liv liebte das Licht wie ich. Sie liebte den feinen Regen, der die Tannennadeln glitzern ließ, und den Nebel, der den Blick in die Ferne löschte und einzelne Bäume, Felsen, einen Heuschober ins Bild setzte, der die Geräusche dämpfte, wenn wir vor einem Ofen saßen, den wir nie bis zur größten Hitze heizten, weil das fehlende Holz uns hätte verraten können.

Eines Abends, wir saßen auf der Bank vor der Hütte, näherte sich jemand. Ich sprang auf, schloss die Tür, die wir mit einem Brecheisen aufgestemmt hatten. Liv blieb seelenruhig sitzen. Bald erkannte ich, dass es Moll war, er hielt auf uns zu, trug Jagdklamotten.

»Nanu, Besuch?«, sagte Liv.

Moll musterte uns.

»Das ist meine Hütte«, sagte Moll.

»Und unser Abend«, erwiderte Liv. »Setzen Sie sich doch!«

Er zögerte, nahm seinen Hut ab und strich sich übers Haar. Liv goss ihr Glas voll und reichte es Moll, der es an die Lippen ansetzte, dann innehielt.

»Was machen Sie hier?«

»Trinken«, sagte Liv.

Sie goss sich selbst ein Glas ein und prostete ihm zu.

»Liv ist mein Name, und Sie sind?«

»Moll … Maximilian.«

Jetzt erst nahm er mich in den Blick.

»Und der da ist wer? Ihr Freund?«

Offenbar hatte er mich nicht erkannt. Liv lächelte und schenkte nun mir ein Glas Obstbrand ein, das ich wortlos hinunterkippte.

»Neugierig sind Sie, Maximilian, und eine schöne Hütte haben Sie. Beneidenswert.«

Moll schob mich zur Seite, und die Tür ging auf.

»Ihr seid eingebrochen!« Er fasste an den zerstörten Türrahmen, und die Zornesröte schoss ihm ins Gesicht.

»Nicht doch«, sagte Liv. »Das war schon so.« Sie reichte ihm das Brecheisen. »Würde ich hier einbrechen und dann einfach so vor der Hütte sitzen?«

Moll wog das Eisen in der Hand.

»Gehen wir rein und schauen wir, ob was gestohlen wurde.«

Moll folgte Liv in die Hütte. Ich hörte sie reden, und so, wie Moll antwortete, musste sie den richtigen Ton getroffen haben. Sie wickelte ihn um den Finger, es kostete sie keine große Mühe.

Als sie beide wieder ins Freie traten, sagte Liv: »Bringen Sie es zur Anzeige. Das wird das Beste sein.«

Moll lächelte gequält. Liv nahm ihm das Brecheisen ab und legte es zurück auf die Bank.

»Wenn es Fragen geben sollte, Sie finden mich im Café.«

Dann machten wir uns auf den Weg ins Tal, Liv ließ einen Abstand zwischen uns, und als wir den Wald erreichten, winkte sie noch einmal, und Moll winkte zurück.

Das Fest rückte näher. Die Einladungen für Vater und Mutter trafen ein. Natürlich war auch der gesamte Chor eingeladen. Bolltner hatte das Café gemietet, er ließ extra die Wände des Saals neu streichen und die großen Fenster putzen.

Eine fast greifbare Unruhe legte sich über das Dorf. Vielleicht war sie Vater am deutlichsten anzumerken. Auch Ranz und Bruno waren aufgedreht, enthusiastisch, wenn wir uns im Schuppen trafen. Alle wussten von Bolltners Besuch bei mir zu Hause.

Inzwischen hatte ein Ingenieurbüro eine technische Machbarkeitsstudie eingereicht, die die Planfeststellungsbehörde positiv bewertet hatte. Die Umweltverträglichkeitsprüfung stand an, aber Bolltner streute bereits, dass das Landratsamt grünes Licht geben werde. Am Ende würde noch geprüft werden, ob Rechte und Belange Dritter berührt wurden. Aber außer Vater hatte niemand eine Eingabe gemacht.

»Sieht schlecht für uns aus«, sagte Vater im Schuppen. »Das haben sie mir beim Amt schon gesteckt. Von den Plänen wird nichts zurückgenommen. Keine Anpassungen, keine Verringerung der Flächen und Höhen.«

»Hatte nichts anderes erwartet«, sagte Ranz.

»Dann sollten wir Bolltners Party aufmischen«, sagte Bruno, und fast alle stimmten zu. Piccos Gesicht war vor Aufregung bereits gerötet.

Zwoller sagte nichts, stierte in den Raum, paffte an seiner Zigarette. Unsere Blicke blieben an ihm hängen.

»Hast du was dagegen?«, fragte Bruno.

»Ich weiß nicht, was das bringen soll. Was wollen wir erreichen? Nur Aufruhr?«

»Genau das, Aufruhr, und auf jeden Fall schlechte Presse für Bolltner. Wir setzen ein Statement, diese Aufmerksamkeit werden wir nie wieder bekommen. Von mir aus bereiten wir auch Plakate und Banner vor, machen Handzettel, die wir unter die Leute bringen«, antwortete Bruno. »Was daraufsteht, weiß eh jeder, aber für Bolltner wird es das Fass zum Überlaufen bringen.«

»Er wird außer sich sein. Der Landrat, die Parteispitze, alles, was Rang und Namen hat, wird kommen«, kommentierte Vater, er lief auf und ab. »Es ist vielleicht unsere letzte Chance. Jeder Eklat ist auch immer Bolltners Eklat.«

»Vielleicht sollten wir noch eine Schippe drauf legen«, sagte Ranz.

Bruno und Vater schauten sich an.

»Ich bin dabei, aber es ist ein schmaler Grat, wenn ihr mich fragt. Es kann schwer in die Hose gehen, und das war dann unsere letzte Chance«, sagte Zwoller schließlich.

»Wir haben eh keine«, antwortete Bruno und goss sich ein Bier ein.

»Wir sollten trotzdem vorsichtig sein. Wenn Bolltner es darauf anlegt, wird er uns wegen der Nagelaktion und der Schüsse noch drankriegen. Ein Wunder, dass die Polizei noch nicht bei uns aufgetaucht ist.« Alle schauten auf mich.

»Auch damit muss man umgehen. Jetzt bloß keine weichen Knie kriegen«, sagte Picco.

»Jeder kann selbst entscheiden, ob er dabei ist, schlage ich vor«, beeilte sich Vater zu sagen.

Ich dachte an Liv, ahnte, wie sie über weiche Knie dachte. Ich ahnte auch, dass Bruno sie einweihte über unsere konspirativen Treffen im Schuppen.

»Hier wird niemand gezwungen. Wir sind keine Revolutionsgarden.« Ich wunderte mich, dass er dieses Wort gebrauchte. Ein seltsamer Vergleich. Vater sprach eigentlich nicht so unpräzise. Revolutionsgarden trieben im Iran ihr Unwesen, sie waren fundamentalistische Hardliner, die Abweichler foltern und hinrichten ließen und quasi eine eigene Armee unterhielten. Alles im Namen ihres Propheten. Das alles wusste Vater. Wir hatten uns oft genug darüber unterhalten. Warum also diese falsche Wortwahl?

Auf dem Heimweg, spät am Abend, sagte Vater zu mir: »Vielleicht ist es besser, du bleibst weg. Es kann immer was passieren.«

Ich schwieg.

»Es könnte aus dem Ruder laufen.«

»Was?«

»Alles.«

Mehr sagte er nicht, aber es war klar, mit mir redete er anders als mit Bruno und den anderen.

22

Die Tage fliehen. Was zwischen Liv und mir passiert, ist vielleicht nur ein Intermezzo. Nur, wie lange bleibt etwas nur ein Intermezzo?

Ich finde Liv in der Küche. Sie gibt mir einen Kuss. Fred grinst. Wanderer treffen ein, sie wollen hoch über die Almen zum Gletscher. Das Wetter ist seit Tagen schön. Am Nachmittag kommt ein Boot mit frischem Fisch, der nebenan im Schuppen filetiert und dann zu Fred in die Küche gebracht wird. Er brät ihn und hackt Zwiebeln, er häutet Tomaten und kocht Fischsuppe. Hinterher wischt Liv die Tische ab. Als wir allein sind, tritt Fred an mich heran, den Pfannenwender in der Hand. Das lange dünne Haar fällt ihm in die Stirn. Am Ansatz zeigt sich das Grau. Er ist auf eine Art schlank, die dürr wirkt. Ein Körper, der sich zurückzieht.

»Lieb sie nicht zu sehr.«

»Wie bitte?«

»Ein kleiner Rat!«

Er dreht sich weg, tritt zurück an seine Pfanne. Fred hat die sechzig erreicht, er war ein Freund von Livs Vater, hatte ein eigenes Restaurant unten am Talausgang, stand kurz vor der Pleite. Dann brannte es ab. Fred war nicht versichert gewesen, zumindest nicht ausreichend. Was will er mir sagen? Zweifel ist eine Saat, die immer aufgeht.

Später sitzen Liv und ich am Steg, sie zündet im Feuerkorb die Scheite an. Als das Holz heruntergebrannt ist, kippt sie

Holzkohle darüber aus, wartet, bis sie glüht, dann legt sie ein paar Fische auf den Rost: »Die Arbeit mit den Geiern beginnt, lässt Bruno ausrichten. Er wird sich bald melden. Wäre schön, wenn du mitkommst.«

»Sagt wer?«

»Sage ich.«

Ich sollte nicht eifersüchtig sein. Vor allem nicht wieder auf Bruno.

Ich bleibe über Nacht bei Liv. Ihr Profil neben mir ist ins spärliche Licht der Kerzen gezeichnet. Nichts an ihr ist kantig, bis auf den Beckenkamm, über den meine Hände gleiten auf ihrem Weg, ihre Haut ist feucht, als hätte sie gebadet. Ihre Augen schimmern hinterher in der Farbe des Sees, kurz bevor das Licht im Tal schwindet.

Der Morgen ist still bis auf das Plätschern des Regens und das Läuten einer Kuhglocke. Als der Nebel meinem Blick einen Wiesenhang oberhalb des Cafés freigibt, stehen die Pferde unbewegt in der Landschaft. Ihre hellen Mähnen heben sich von den falben, braunen und schwarzen Rümpfen ab. Liv füttert sie mit altem Brot. Dann bricht sie auf. Ihr gelbes Auto holpert auf der Schotterstraße davon, ich verfolge es mit dem Fernglas, bis das Grün der Wälder es schluckt.

»Sie hat es wieder eilig«, sagt Fred. Ich antworte nicht. Verkneife es mir, ihn nach Liv und Bruno zu fragen.

»Die Geologen sind schon früh gekommen«, sagt er. »Wollen zum Weißkogel. In einem der Nebengipfel sollen sich Risse aufgetan haben.«

Wir bringen ihnen Tee und richten die Pritschen her. Die beiden Männer haben Rucksäcke und Kletterzeug dabei. In einem Regal stapeln sich Teleskopstangen, die sie für die

Messungen brauchen. Am Ende des Gestänges befindet sich eine Feder.

»Sie wird immer wieder ausgemessen«, erklärt mir Lorenz. »Ändert sich die Länge der Feder, weiß man, ob der Spalt sich gedehnt oder zusammengezogen hat.«

Auf dem Tisch liegen vier quadratische rote Kästchen mit Kabelleitungen. Der andere Mann, er stellt sich als Gerald vor, entwirrt den Kabelsalat und legt zu jedem Kästchen ein paar Schrauben und Dübel. »Wir werden die Seismometer am Berg austauschen müssen. Sie geben seit Tagen keine Daten mehr durch«, sagt er und packt einen Höhenmesser in seinen Rucksack.

»Wir müssen alles unter die Lupe nehmen. Wahrscheinlich ist nur die Verkabelung gerissen. Aber was den Berg angeht, hab ich kein gutes Gefühl.«

Am Abend kehrt Liv mit neuen Vorräten zurück. Ich helfe ihr, den Wein und das Gemüse, das Fleisch und das Brot aus dem Wagen zu laden.

»Morgen geht es los. Bruno und Ludwig suchen nach einem Platz für die Geier. Sie müssen sie bald auswildern. Hast du dich entschieden?«

Ich bin lange nicht mehr in den Bergen gewesen. Nicht in den Höhen, die es braucht, einen Geier an die freie Wildbahn zu gewöhnen.

»Und du?«, frage ich.

»Sie brauchen mich. Ich kenne mich dort oben aus.«

In der Nacht duftet das Zimmer nach ihr. Der Regen hat aufgehört. Wenn Liv sich umdreht, drehe auch ich mich um. Gegen fünf Uhr bin ich wach, stehe schließlich auf. Draußen ist es ruhig. Die Männer haben sich noch nicht aufgemacht, die Pferde unten am See recken die Köpfe. Etwas ist anders als sonst. Keines grast, keines döst oder liegt im Gras und schläft. Ich höre ein lautes Schnauben. Dann röhren sie, laut wie Hirsche, und kurz darauf setzt im Zwielicht der Galopp ein, bergaufwärts, das Trappeln der Hufe, das sich den Berg hochzieht. Liv kommt zu mir ans Fenster, ihr Gesicht trägt die Spuren des Schlafs. Im Schuppen glimmen die Neonröhren auf. Wir ziehen uns an.

Als wir ins Freie treten, brechen die beiden Männer zum Weißkogel auf, sie nehmen den Weg, der direkt von hier über die Wiesen aufsteigt.

Bruno und Ludwig kommen über die Dorfstraße. Ihr Gang ist gemächlich und wiegend. Man sieht ihnen an, dass sie nicht nur am Schreibtisch sitzen. Aber auch ich habe aufgeholt. Das Leben hier tut mir gut.

Wir nehmen das Boot, rudern bis zu jener Bucht, von der aus wir damals zum Tree Spiking aufgebrochen sind. Der Saum um den großen Parkplatz, den Bolltner hat errichten lassen, ist mit Birken, Erlen und ein paar mickrigen Weißtannen bewachsen. Der Wald dahinter sieht mitgenommen und schütter aus. Zahlreiche Bäume hat der Wind gefällt und tiefe Schneisen gerissen. Ludwig nimmt seine Kamera und fotografiert die Bäume aus der Nähe.

»Schaut mal«, sagt Bruno. »Die Schäden beschränken sich nicht auf den gerodeten Bereich. Die Bäume, die jetzt an der Rodungsschneise stehen, sind ursprünglich innerhalb eines geschlossenen Bestandes aufgewachsen und deshalb nicht an die am Waldrand herrschenden Bedingungen angepasst. Ihnen fehlt eine gut ausgebildete Kronentraufe, sie sind anfällig für Rindenbrand und Windwurf.«

»Rindenbrand?«, frage ich.

»Den Bäumen fehlt Schatten. Der Sonnenstress schwächt

die Bäume, besonders an der Rinde, dort dringt ein Pilz ein und lässt das Kambium absterben, am Ende trocknet die Borke aus und löst sich vom Stamm.«

»Die Deutschen und ihr Wald«, sagt Ludwig und lächelt. »Eine innige Bindung!«

»Quatsch jetzt nicht, Ludwig. Der Wald ist wichtig. Das weißt du selbst.«

Bruno hat recht. In den Bergtälern ist der Wald existenziell. Er schützt gegen Muren und Lawinen. Ohne Bergwald kein Leben im Tal.

Der Parkplatz ist so früh am Morgen noch leer, eine Wunde aus Asphalt. Der Lift steht still. Die Gondeln hängen wie große, verblichene Früchte in der Luft. Um die Tragmasten herum verläuft das löchrige Grasband der Skipiste, an manchen Stellen treten erdige Placken hervor, denen man ansieht, dass sie immer weiter aufbrechen werden, wenn hunderttausendfach die Skier darüberhinwegdonnern werden. Die Ketten der Pistenraupen reißen ganze Gras- und Bodenplatten heraus. Das alles hatten wir damals zu bedenken gegeben. Auch, dass die Schäden umso großflächiger werden, je höher man die Pisten anlegt und je dünner die Humusauflage wird. Dieser Hang hat nichts mehr mit dem zu tun, was wir damals versuchten zu retten. Ein Ort der Niederlage. Ich frage mich, warum Bruno diesen Weg gewählt hat. Wir hätten wie Gerald und Lorenz in die Berge steigen können, immer den Pferden hinterher.

Wir umgehen eine Fläche, die nur noch aus Fels besteht. Der Regen hat den schlecht durchwurzelten Boden weggespült. Wieder macht Ludwig ein paar Fotos, plötzlich wendet er sich zur Seite und schaut zum Wald.

»Könnte ein Zitronenzeisig gewesen sein, der da vorbeigeflattert ist.«

»Du musst allmählich loslegen, Ludwig, wenn es mit deiner Studie noch was werden soll«, sagt Bruno und zwinkert mir zu. »Ludwig will was zum Zitronenzeisig schreiben. Für seine Promotion. Er kann auf Arbeiten hier vor Ort zurückgreifen.«

Auch der Zitronenzeisig war Vaters Vogel. Er hatte dazu gearbeitet. Was hat Vater Bruno alles hinterlassen? Schlachtet er dessen Ideen noch hemmungsloser aus, als ich gedacht habe?

Die Piste zieht sich immer höher den Hang hinauf. Bruno zeigt auf die Schneelanzen und Schneekanonen, ein Spalier aus Masten und Gebläsen.

Vater hatte damals nach dem Planfeststellungsbeschluss Klage um Klage eingereicht, als klar wurde, dass wir den Kampf gegen Bolltner verlieren würden. Er hatte uns seine Eingaben vorgelegt, die beschrieben, wie sehr die Vögel durch den Skibetrieb leiden würden, er zitierte Studien, die nachwiesen, dass auf den öden Rasenflächen das Nahrungsangebot für die Vögel so stark sinkt, dass der Nachwuchs verhungert. Er nannte die Ringdrossel und die Alpenbraunelle wie auch den Zitronenzeisig, den bedrohten schönen gelben Vogel, der nur in den Gebirgen Mittel- und Südwesteuropas, besonders in den Alpen vorkommt.

Vater konnte belegen, dass Auer- und Birkhühner, aufgeschreckt durch den Lärm, den die Schneekanonen und all die Skifahrer vom Herbst bis ins Frühjahr hinein machen, ihre Balz abbrechen wie auch die Bebrütung ihrer Gelege. Die Population überaltert, der Bestand dünnt aus oder bricht zusammen, was nichts anderes heißt, als dass die Vögel aussterben. Diese Worte habe ich im Kopf, als wir höher und höher steigen. Ich bin mir sicher, dass auch Bruno an Vater denkt. Damals war Bruno wie aus einem Guss. Er verabscheute das Vielleicht, das Hin und Her von Dialektik und Diskurs. Er war Ranz ähnlicher als mir. Womöglich lässt er uns deshalb hier aufsteigen, weil es deutlich macht, wie wichtig die Auswilderung der Bartgeier ist. Immerhin etwas, das wir Bolltner nachträglich entgegenstellen können. Damit das Spiel noch nicht zu Ende ist.

Wir erreichen die rostigen Lawinenverbauungen, die das Tal unterhalb des Hangs schützen. Wo der Bergwald fehlt, müssen Eisen und Stahl helfen.

Der Pfad mäandert durchs Gras, wir gewinnen an Höhe. Weiter oben schlagen Steine in die Tiefe. Das Gurgeln und Murmeln zweier Bäche, die viel Wasser führen, steigt in unsere Ohren.

Liv zeigt auf eine Fährte im Ufersand, vier Zehen, ein herzförmiger Handtellerballen und zwei wulstige Aussparungen an jeder Zehe.

»Ein Wolf«, sage ich.

»Oder ein großer Hund«, sagt Bruno und lächelt. Er setzt über den Bach, wir folgen. Alle bewegen sich scheinbar mühelos. Mir drückt das schnelle Atmen den Hals zu.

Wir wandern durch lichten Tannenwald, die Bäume sind nicht mehr so hoch wie im Tal.

»Der Geruch von Tannennadeln«, erklärt Bruno, »stimuliert die Aktivität des Parasympathikus. Ist der Teil unseres Nervensystems, der für Erholung und Regeneration bis auf Zellebene verantwortlich ist.«

Ich muss schmunzeln.

Nach einer Stunde erreichen wir die Hochebene, darüber, auf dem Bergrücken, scheint die Almhütte auf, die Liv und ich nach dem Nageln der Bäume aufgesucht hatten. Bruno und Liv laufen voraus, ihre Rucksäcke sind Farbtupfer im blassen Gestein. An einer Steilstufe verharren sie, warten auf uns. Neben ihnen rauscht ein Wasserfall in eine Gumpe.

»Hier müssen wir rauf«, sagt Bruno.

Die Flanke des Weißkogels thront über uns, ein Bruchfeld. Das, was von der Kuppe übrig geblieben ist. Ich klettere als Letzter. Der Abstand wächst. An den Steilstellen brauche ich die Hände, ziehe mich ungelenk an den Felsen hoch, wo sich die anderen mühelos aufschwingen. Als wir den Bergrücken erreichen, fällt die Gletscherzunge ins Auge. Sie kauert im Schatten der Schuttmoräne, die sich längs des Eises an beiden Seiten aufgeworfen hat und jetzt, da der Gletscher unaufhaltsam schmilzt, einen immer tiefer werdenden Trog bildet. Ein paar grünlich blaue Eistürme stehen noch an den Abbruchkanten.

An der Berghütte weht keine Flagge. Der Talschluss ist wenig besucht. Die Wanderwege hier sind dürre Steige ohne viel Beschilderung. Nicht jeder, der in die Berge geht, kehrt wohlbehalten zurück. Nicht jeder, der auf dem Gletscherrest verloren geht, wird gefunden.

Liv reicht mir das Fernglas. Auf dem Trümmerfeld des Weißkogels sind Gerald und Lorenz auszumachen.

»Wir müssen noch höher«, sagt Bruno.

Wir steigen über den Gneis und ausgewaschene Felsplatten. Auch Bruno und Liv atmen schneller, als wir auf eine Felsnische zuhalten, die sich in den Berghang einbuchtet.

»Dort?«, fragt Ludwig.

»Fast ein Unterstand. Das muss reichen. Hat außerdem Wasser.«

Bruno deutet auf ein Rinnsal, das aus der Nische austritt.

»Wird hart, die Geier hier raufzubringen«, sage ich.

»Wir werden Nistmaterial mitnehmen müssen, um den

Anschein eines Nests zu erwecken. Sie müssen sich hier schützen können, falls das Wetter schlecht wird.«

»Außerdem brauchen sie Futter, oder?«, sage ich.

»Jede Menge sogar, immer wieder wird jemand von uns aufsteigen und Nachschub liefern müssen. Könntest du doch machen!«

»Oder du!«

Ich werde nicht Brunos Laufbursche sein.

»Ich mache es«, sagt Liv.

Bruno steigt weiter. Wir folgen ihm hoch zu einer baumlosen Karstfläche, übersät von Felsen und Steinen, Bolltners Schutt.

»Statten wir ihnen einen Besuch ab«, sagt Liv und zeigt auf Gerald und Lorenz, die wir in einer halben Stunde erreichen.

Lorenz seilt sich in eine Spalte ab, die sich quer über den Hang zieht. Wir beugen uns über die Kante, sehen die Stangen zwischen den Spaltenwänden. Er liest eine nach der anderen aus, spaziert auf einem schmalen Sims, hat die Karabiner seines Klettergurts an einem Stahlseil eingehakt. Er wendet sich in beide Richtungen, misst mit einem Zollstock die Weitung der Stahlfedern.

»Die Werte sind eindeutig«, ruft Lorenz hinauf. »Fünf Millimeter im Maximum.«

Er klingt beunruhigt. Gerald steht an einer weiteren Kluft. Ich sehe die knallroten Seismometer, die in den Fels geschraubt sind. Er prüft die Kabel, die in Alurohren zum Boden zu führen scheinen. Vorsichtig zieht er sie heraus. Sie schauen unversehrt aus.

»Der Berg ist in Bewegung«, sagt Gerald. »Die Kluft driftet im Zentrum auseinander. Bis zu null Komma sechs Millimeter pro Tag sind tolerabel. Im Vergleich zum Vormonat haben wir diesen Monat eine Kluftdehnung von neunzig Millimetern. Macht im Mittel drei Millimeter pro Tag. In den Vormonaten lagen alle Weitungen deutlich darunter.«

»Also ist die Gefahr akut? Ein Bergsturz?«, fragt Liv und spricht aus, was alle sich fragen.

»Wir brauchen mehr Material für eine verlässliche Prognose«, bemerkt Gerald. »Wir werden noch höher steigen müssen. Dort könnten die Dehnungen größer sein.«

Er wischt sich übers Gesicht. Er sieht aus, als hätte er schlecht geschlafen.

Wir lassen die beiden zurück, nehmen einen Pfad, der entlang einer Felswand steil hinunterführt, nicht mehr als drei Fuß breit. Liv geht voraus. Dann Bruno. Ludwig und ich folgen, treten Steine los, sie schlagen den Hang hinunter, stürzen über eine Steilstufe ins Bodenlose. Es dauert, bis wir ihren Aufschlag hören. Wer hier stürzt, den hält nichts mehr. Ludwig setzt Fuß an Fuß, als ginge er über Eis. Meine Knie werden weich.

»Leute, ihr wisst, für mich ist das hier nichts«, sagt Ludwig.

»Nur auf die Füße, nur auf den nächsten Tritt schauen«, sagt Liv. Sie meint Ludwig und mich.

»Erst gucken, dann gehen«, sagt Bruno.

Mein Atem jagt, ich halte mich fest, wo immer es geht. Ludwig rutscht auf dem Hosenboden eine steile Stelle hinunter, dann bleibt er stehen, drückt sich mit der Schulter gegen die Felswand. Angst steht in seinen Augen. Ich warte. Er muss seine Angst zähmen, sonst wird er keinen Schritt mehr tun. Es ist eine fast waagerechte Passage, die sich verjüngt, keinen halben Meter mehr breit ist, daneben der Abgrund.

»Geh zu ihm!«, ruft mir Liv zu.

Ich will mir nichts anmerken lassen, mache ein paar Schritte zurück, Fuß an Fuß, Ludwigs Hand zittert, als ich sie nehme. Ich weiß, das Schwerste kommt erst. Die Schlüsselstelle. Noch habe ich mich selbst im Griff, weil ich ihn führe, weil mir das suggeriert, dass ich weniger Angst habe als er. Ich spüre Ludwigs Atem im Nacken. Spüre, dass er sich an mich drückt, was mich aus dem Tritt bringen kann. Wir hätten einen anderen Weg nehmen sollen, denke ich.

»Schaut nicht runter«, sagt Liv, und jetzt spricht sie im Plural.

»Sollen wir euch ans Seil nehmen?«, fragt Bruno und hat bereits seinen Rucksack abgestreift.

Ich warte darauf, dass Ludwig mir mit der Antwort zuvorkommt, damit ich meine Angst nicht zugeben muss. Aber er sagt nichts.

»Wirf rüber! Ich nehme ihn ans Seil«, sage ich, überrascht von mir selbst.

Bruno zögert, dann wirft er mir das Seil doch zu. Ich sehe den Zweifel in Livs Augen.

Ich knote Ludwig das Seil um den Bauch, lege mir das andere Ende um die Schultern. Dann gehen wir weiter.

»Lass uns was singen«, sage ich zu Ludwig, weil ich weiß, dass uns das ablenken wird, aber er antwortet nicht, folgt mit Trippelschritten, und so singe ich, singe, wie Mutter sang, singe Mahler.

»Oft denk' ich, sie sind nur ausgegangen. Bald werden sie wieder nach Hause gelangen! Der Tag ist schön! O, sei nicht bang! Sie machen nur einen weiten Gang! Jawohl, sie sind nur ausgegangen. Und werden jetzt nach Hause gelangen! O, sei nicht bang, der Tag ist schön! Sie machen nur den Gang zu jenen Höh'n!«

Den Rest lasse ich weg: *Sie sind uns nur vorausgegangen. Und werden nicht wieder nach Hause gelangen.*

Mutter hat das Lied oft gesungen, und manchmal begleitete Greta Schober sie dabei auf einem Keyboard, das sie in Mutters Werkstatt aufgebaut hatte, damit sie es nach den Chorproben nicht immer zurück in die Stadt transportieren musste. Und ich wusste, dass auch Vater diese Zeilen hörte, in seinem Zimmer, ohne sich zu rühren, als hätte der Gesang ihn auf seinen Stuhl gezwungen. Auch Bruno kannte das Lied allzu gut. Es sollte das Schlusslied auf Bolltners Fest werden, aber dazu kam es nicht.

Jetzt banne ich einen anderen Schrecken damit. Bruno stimmt nicht ein, und ich weiß, warum.

Meter um Meter schleichen Ludwig und ich über das Felsband. Irgendwann sehe ich ein altes, rostiges Stahlseil, das entlang des Felsens montiert ist und etwas Sicherheit signalisieren soll. Es hängt zu tief, als dass ich mich danach bücke, aber Ludwig greift danach, und wir werden noch langsamer. Ich habe Zeit, auf Bruno und Liv zu schauen, zu denen der Abstand wächst. Uns trennen schon mehr als zwanzig Meter. Vor allem aber schaue ich in die Tiefe. Kein Baum, an dem wir uns festhalten könnten. Der Stein ist feucht und riecht nach Schwefel.

Schließlich der Moment, an dem es nicht weitergeht: eine Seilhalterung, waagerecht in den Fels getrieben, ein Stift mit einer Schlaufe, in die das Stahlseil eingelassen ist. Ich sehe, wie locker er sitzt, dass er herausreißt, wenn Ludwig seine Hand am Seil lässt und es bewegt, was ich ihm zu verstehen gebe, aber seine Hand bleibt, wo sie ist.

»Vertrau mir, du musst die Hand lösen, für zwei, drei Schritte«, sage ich mit einer Stimme, als klebte meine Zunge am Gaumen fest.

Es ist genau das, was Ludwig nicht macht, weil die Angst ihn an den Fels drückt, weil er wahrnimmt, dass meine Stimme etwas anderes sagt als meine Worte. Ich taste nach hinten, finde seine Hand, löse sie, halte sie, mache einen Schritt, und Ludwig folgt. Jetzt zittere ich mehr als er, will mir scheinen, nicht die Hand, die Knie sind es, das ganze Bein, es kommt über mich, ohne Ludwig könnte ich keinen Schritt mehr tun, er drückt von hinten sachte gegen meinen Rücken und lässt mir die Illusion, dass ich es bin, der ihn über das Felsband bringt. Ein Teil in mir will ihm glauben, will vor Liv und Bruno immer noch so tun, als ob. Ludwig schiebt mich Meter für Meter hinab, bis sich das Tal und das Dorf unter uns aufdecken und wir schließlich auf einen breiten Pfad kommen und Kehre um Kehre absteigen, über feuchtes Wurzelwerk in die Wuchszone der Laubbäume gelangen, zu Weiden und Erlen und längs des Wegs Kolonien von Blaubeerbüschen entdecken. Es ist nicht der Moment, sich nach den Früchten zu bücken, ich tue es dennoch und esse hastig. Wir hören das Wiehern, noch bevor wir die Herde auf der Hochwiese sehen. Wir erreichen sie in einer Viertelstunde. Sie sind zerzaust, unruhig, lassen sich nur unwillig streicheln. Liv läuft voraus, die Pferde folgen. An einem Bach trinken sie, dann trotten sie weiter, bleiben aber in unserer Nähe.

Der Weg ist voller Splitt, Sandbänke verlaufen entlang des Ufers. Weiter unten warten die Pferde, der Bach ist jetzt breiter und flacher. Ihre Augen sind geweitet. Im Wasser liegt ein Hund groß wie ein Wolf. Das Fell treibt in der Flut wie eine Wasserpflanze, eine pulsierende Bewegung. Die Augen schimmern bläulich, Fliegen sitzen an den Lidern, am Hals klafft eine Wunde.

»Kein Wolf also«, sagt Bruno. »Würde gern wissen, wer ihn geschossen hat. Tippe auf Ranz!«

Der Satz steht in der Luft. Dann machen sich Ludwig und Bruno daran, ihn aus dem Wasser zu holen. Liv nimmt meine Hand, und wir brechen auf. Von einer Wegkehre aus sehen wir den See zwischen den Bäumen aufscheinen. Ein einzelnes Kajak zieht seine Bahn.

23

Es war ein trüber Abend. Ein feiner Regen ging nieder, den man kaum spürte, seine Schleier wehten den ganzen Tag schon, und die Dämmerung unterschied sich kaum vom Rest des Tages. Liv und ich ruderten über den See, am Ufer warteten die anderen auf uns. Wir bemerkten sie erst spät, denn auf dem Wasser wie an Land hing das Grau. Wir waren in den Bergen gewesen, ein Spaziergang zu einer der Hütten, in die wir von Zeit zu Zeit einstiegen. Etwas Klammes lag über dem Tag. Oben in der Jagdhütte hatte ich eine Befangenheit bei Liv gespürt. Sie schien erschöpft zu sein, zwischen uns hatte nicht die vertraute Nähe aufkommen wollen, und als wir miteinander schliefen, war alles schnell vorbei. Ich schob es auf das Fest bei Bolltner und den Anblick der beiden Gämsen, die die Jäger an einer Hütte aufgehängt hatten, nur noch ein kleines Rinnsal Blut tropfte aus den offenen Bäuchen. Der Blick der Tiere war noch seltsam lebendig, ihre Köpfe umraucht von den Tabakschwaden, die den Blutgeruch nur schwach überdeckten. Die beiden Jäger wirkten müde, saßen auf einer Bank vor einer Hütte, tranken ein Bier, sie waren hoch hinaufgestiegen, um die Gämsen zu schießen. Ich hatte diese Männer noch nie gesehen. In ihren Zügen lag kein Jagdfieber, kein Glück in den kargen Worten, die wir ihnen entlockten. Sie hatten sie geschossen, geschultert und heruntergetragen. Mehr kümmerte sie nicht, und uns auch anscheinend nicht, als wir die beiden an der Hütte zurückließen. Jedenfalls sprachen Liv und ich nicht darüber, auch nicht über den anstehenden Abend. Oft jedoch ist das beredter, worüber man nicht spricht.

Wir hatten vereinbart, dass zunächst Ranz und Bruno gemeinsam mit dem Chor bei dem Fest auftauchen sollten, und wir würden nachkommen und still und heimlich durch die Hintertür eintreten. Wenn der Chor sang, wären wir schon unter den Gästen, würden mit den Gratulanten mitschwimmen, auf Bolltner zutreiben, versteckt unter denjenigen, die ihm die Hand schütteln und die Seele tätscheln wollten, nachdem ihn alle Anwesenden hatten hochleben lassen, dreimal hoch, bevor dann Stevie Wonders obligatorisches *Happy Birthday* laufen würde, beschwingt und mit der Inbrunst der Stunde mitgesungen von allen.

Als wir uns dem Ufer näherten, glommen die Fenster des Cafés auf. Unser Haus lag unweit davon eingebettet im Garten, in dem die Rhododendren so spät noch einmal zu blühen begonnen hatten. Die Zypresse überragte das Dach. Nichts regte sich. Auf der Fernsehantenne saß eine Amsel und sang. Vielleicht intensivierte ihr Gesang die Stille, denn auch Zwoller und Bruno schwiegen, und auch Ranz musste gespürt haben, dass heute etwas anders war, denn kein Spruch, keine Bemerkung verließ seine Lippen. Ich hatte in der vergangenen Nacht geträumt. In diesem Moment fiel mir der Traum wieder ein. Bruno und ich bestiegen einen Aufzug. Er brachte uns hoch zu einer Raumkapsel. Wir hielten Helme in den Händen, spürten das Wummern des Motors, das Vibrieren der Bodenbleche, während der Aufzug stieg und stieg und die Stadt und der Fluss, das Meer und der Strand schrumpften. Niemand, der uns zuwinkte, kein Flattermeer von Taschentüchern, keine Spruchbänder. Als wir die Kapsel erreichten, schwang der Aufzug aus, wir warteten, dass die Tür sich öffnet. Wir spürten die Wucht jenen Moments, dem wir uns unwiderruflich näherten, während wir die Kapsel betraten, den Helm aufsetzten, uns anschnallten und auf den Knopf drückten. Die Tür der Kapsel schlug zu, der Countdown begann. Die Schraffuren der Furcht in unseren Augen, der holprige Herzschlag, die Platzangst. Wie sollte ich es tagelang in dieser Kapsel aushalten? Die Panik senkte sich wie ein heißer Draht in mein Fleisch. Ich hatte alle getäuscht: Bruno, die ESA, die Presse, mich selbst. Ich war der falsche Mann am falschen Ort.

Liv gab Bruno am Ufer einen Kuss, dann küsste sie mich und verschwand. Sie wollte sich noch schnell umziehen. Genau wie ich. Ranz und Bruno folgten ihr zum Café, auf dessen Parkplatz schon einige Autos standen. Wir anderen gingen zu zu uns, ein Hauch von Mutters Parfum stand noch in der Diele. Auch Vaters Rasierwasser roch ich. Ich bat Picco und Zwoller, in der Küche zu warten.

»Hast du ein Bier für uns?«, fragte Picco.

Ich wies auf den Kühlschrank, ging dann auf mein Zimmer. Ich zog ein frisches Hemd und eine Jeans an, kämmte mich, putzte die Zähne. Ich setzte mich auf den Wannenrand und hielt einen Moment inne. Wir würden Bolltner angehen, ihn provozieren, wir würden ihn zur Weißglut bringen, wir würden sagen, was zu sagen war, über die Sprengung des Bergs und das, was vom Tal übrig bleiben würde, sollten Bolltners Pläne umgesetzt werden. Wir würden das Fest beenden.

»Mit allen Mitteln«, hatte Bruno gesagt, und Vater hatte genickt.

Was genau darunter zu verstehen sei, hatte Zwoller gefragt?

»Randale, auf den Putz hauen, das versteht sich von selbst«, hatte Bruno geantwortet.

»Das Unerwartete tun«, war Vater ihm beigesprungen.

»Das Unerwartete?«, hatte Zwoller gefragt.

Heute Morgen hatte Vater mich zur Seite genommen. »Komm besser nicht«, hatte er noch einmal gesagt. »Bruno wird immer unberechenbarer.«

Damit hatte er mich stehen lassen, als gäbe es nicht mehr zu sagen und zu fragen.

Oben in der Hütte hatte sich Liv bedeckt gehalten, hatte seltsam uninteressiert gewirkt, was die ganze Sache anging. Was sie mit Bruno besprach, wusste ich nicht. Ich ahnte, sie traf ihn, immer wieder mal, aber ich fragte nicht groß nach, gab mich generös. Wollte nicht als Kleingeist erscheinen, und war wahrscheinlich nur feige. Ich fürchtete nichts so sehr, als dass Liv sagte, was ich nicht wagte zu fragen. Dass sie auch mit ihm liiert war.

Und Mutter? Schon die ganzen letzten Tage hatte ich sie beobachtet. Bei Tisch erfasste sie oft eine Heiterkeit, die sich an nichts festmachen ließ. Eine grundlos gute Laune. Zu Vater war sie zärtlich, fuhr ihm durchs Haar, wenn sie aufstand, um die Butter aus dem Kühlschrank zu holen, strich ihm über den Rücken, wenn er abspülte, und in ihren Gesten lag dabei nichts Demonstratives. Sie hätte es auch gemacht, wäre ich nicht in der Küche gewesen, glaube ich. Übte sie die Lieder, sang sie nicht anders als sonst. Kein falscher Zauber in der Stimme. Ranz schwieg, wann immer ich ihn zu Mutter und Bruno aushorchen wollte. Ich stellte Allerweltsfragen, plauderte, kam vom Hölzchen aufs Stöckchen, um nicht allzu zielstrebig auf Bruno und Mutter zu sprechen zu kommen. Ich sagte, Mutter käme mir seltsam aufgeräumt vor, für ihre Verhältnisse fast schwatzhaft.

»Sie freut sich wohl auf den Auftritt. Zu Bruno hat sie ja ein besonders herzliches Verhältnis.«

»Kann sein«, sagte Ranz und wandte sich anderen Themen zu.

Ich bekam ihn nicht an den Haken.

Ich ging hinunter zu Zwoller und Picco. Auf dem Tisch lagen die Flugblätter und die beiden Papierrollen, auf die wir Sprüche geschrieben hatten.

»Gehen wir«, sagte Zwoller und rollte die Spruchbänder zusammen.

Als wir nach draußen traten, schallte bereits Musik aus dem Café zu uns rüber. Hinter den Scheiben waberten die Gäste im Licht. Bolltners Fest hatte begonnen. Ich drehte mich noch einmal um, schaute zurück auf das Haus, es trieb in der Dämmerung dahin, wie ein Schiff, das in die Dunkelheit hinausfährt. Die Abendkühle legte sich auf mein Gesicht, und aus dem Café perlte uns der Singsang gehobener Laune entgegen. Wir hielten auf den Hintereingang zu. Menschen in Abendgarderobe, Kellner in weißen Jacken und schwarzen Hosen tauchten hinter den Fenstern auf. In der Mitte des Raums war ein Buffet aufgebaut. An langen Tischen war eingedeckt. Noch standen alle Gäste, hielten ihre Sektgläser in den Händen, Bolltner trat ans Mikrofon. Picco drückte die Klinke und öffnete die Tür einen Spalt weit. Bolltner kündigte den Chor an, Applaus, dann Stille, das leise Quietschen der Stufen zur Bühne, und nun erklang das Lied zur Stunde, und wir warteten zwei, drei Strophen, schoben uns dann in den Raum, sahen Greta Schober dirigieren und gleichzeitig auf dem schwarzen Flügel spielen.

»Hoch führet durch die stille Nacht der Mond die goldnen Schafe. Den Kreis der Erden Gott bewacht, wo ich tief unten schlafe. Wie liegt all falsche Pracht so weit. Schlaf wohl auf stiller Erde. Gott schütz dein Herz in Ewigkeit, dass es nie traurig werde.«

Das kannte ich von den Proben, die ich ab und zu besucht hatte. Der Mond und Gott, die goldnen Schafe und ein Herz in Ewigkeit. Dies alles für Bolltner, der sich innerlich einen Dreck um die schönen Worte scherte. Mutter sang, wie mir schien, mit Inbrunst – wie alle anderen auch. Die Schober verriss die Melodie leicht, ironisierte sie dadurch sehr gekonnt, was dem Text die Spitze nahm. Neben ihr, an den Flügel gelehnt, stand Bolltner und lächelte versonnen. Angefasst von: Gott schütz dein Herz in Ewigkeit, dass es nie traurig werde. Zeilen, die der Chor wiederholte, als Gruß für den Jubilar. Ranz und Bruno in der letzten Reihe, wo die Männer standen, sangen aus vollen Lungen, auch Mutter, die ein Kleid trug, das ihre Figur betonte, das sah jeder, auch Vater, der an der Wand stand, sein Sektglas in den Händen. Wir schoben uns nach vorne, bis sich ein Mann mit hoher Stirn und Hamsterbacken uns in den Weg stellte.

»Tut mir leid«, sagte er, während der Applaus einsetzte. »Geschlossene Gesellschaft.«

Er hob die Schultern und legte seine Hand auf die Brust, als wolle er sich entschuldigen. Bolltner klatschte am lautesten, sein gepflegtes Haar wippte, viel Blond über dem Schwarz des Anzugs.

»Geschlossene Gesellschaft, aha«, äffte Picco den Mann nach. »Wir wünschen Happy Birthday und sollen gleich singen, ein Ständchen zu Ehren.«

Wir ließen den Mann stehen, gingen drei, vier Schritte in die Menge hinein. Vater hatte uns bemerkt, und auch in Brunos und Ranz' Augen blitzte etwas auf.

Dann Stevie Wonder und *Happy Birthday*, und der Saal begann zu swingen. Der Chor gratulierte Bolltner. Greta Schober zuvorderst. Eine herzliche Umarmung. Mutter gab ihm nur die Hand, dann entwand sie sich Bolltner, seinem Lächeln, seinem Tänzeln, seinen Blicken, hinter ihr schon Ranz, der ihm einfach einen Klaps auf die Schulter gab, als sei Bolltner sein Busenfreund. Bolltners Lächeln fror ein, warf sich dann wieder über sein Gesicht, Bruno trat an ihn heran, neigte ihm den Kopf zu, sagte irgendwas, was Bolltners Lächeln kippen ließ, aber noch versuchte er, es zu halten, wodurch es starr und fratzenhaft wurde. Bruno ließ ihn stehen. Seine Spezis aus der Kreisverwaltung waren an der Reihe, Moll, der Landrat, ein untersetzter, ziemlich kleiner Mann mit fleischiger Nase, der in der Presse schwadroniert hatte, die Region nach vorne zu bringen, und Kontakte nach China pflegte. Schließlich wurde es herzlich: Freunde und Bekannte schoben sich zu ihm vor, auch seine Freundin, something blonde, die ihn küsste, da strahlte Bolltner wieder. Vater stand noch immer an der Wand, und nicht Mutter war neben ihm, sondern Ranz und Bruno. Mutter hatte neben Greta Schober an einem Tisch Platz genommen, andere Chormitglieder setzten sich dazu, auch Reiser, der in seinem dunklen Anzug sonntäglich ausschaute.

Wir warteten, bis sich alle an die Tische begeben hatten, dann stiegen wir auf die Bühne, aber Bolltner kam uns zuvor, kündigte Mutter und Greta Schober an. Wir verharrten beim Bühnenaufgang. Ich suchte Mutters Blick, aber sie sah erst auf, als sie ans Mikro trat, neben ihr Bolltner, der, bevor die ersten Takte spielten, das Lied ansagte: »Eine Vertonung eines Gedichts aus *Des Knaben Wunderhorn*«, las Bolltner vom Blatt ab, »das zum Repertoire der beliebten Comedian Harmonists gehörte.«

Er trat zurück mit einem Katzbuckel wie ein schmieriger Conférencier. Dann begann Mutter, und ich begriff sofort, dass Text und Gesang übereinstimmten, die richtige Stimme zum passenden Text, eine Harmonie, vielleicht nicht nur für den Augenblick. Aus den Augenwinkeln sah ich Vater nach der ersten Strophe den Saal verlassen, ich wusste, wie tief es ihn traf. Und in diesem Moment war ich erschrocken über Mutter, über ihre Unverfrorenheit Vater und auch mir gegenüber. Geboren aus dem Glanz der Stunde sang sie *ihr* Lied. Mutter, die so distinguiert und dezent war, sang nun: »Morgen muss ich fort von hier und muss Abschied nehmen.« Ihre Stimme getragen, aber nicht pathetisch, der Schmerz schimmerte nur durch, und plötzlich flammte da dieser Gedanke in mir auf: Was, wenn Mutter wirklich von Abschied sprach, ihrem Abschied von uns. Unmöglich, aber ich wurde den Gedanken nicht los. »Noch viel größer ist der Schmerz, wenn ein treu verliebtes Herz in die Fremde ziehet, in die Fremde ziehet.«

Wen meinte Mutter, wenn sie das sang? Oder war es einfach nur ein Lied? War ich es, der hier aus allem etwas herauslas, das es nicht gab? Der Saal war mucksmäuschenstill. An den Tischen war man aufgestanden, hatte die Gläser abgestellt, alle schauten zur Bühne. Greta Schober und Mutter waren perfekt aufeinander eingestimmt. Ein schönes Duo. Mir war klar, dass man Mutter jetzt mit anderen Augen sehen würde, sie war aus sich herausgetreten, hatte ihren Kokon verlassen.

»Puh«, sagte Ranz, der zu uns gekommen war. »Deine Mutter kann singen. Richtig stark.«

In den Worten lag seine ganze Bewunderung. Auch Zwoller und Picco schauten bewegt zur Bühne. Nur Bruno stand immer noch an der Wand. Ohne Vater, der nicht zurückgekehrt war. Er trat von einem Bein aufs andere und wirkte alles andere als ergriffen. Er rieb sich die Hände, fuhr sich übers Gesicht und durchs Haar. Ich hatte ihn noch nie so angespannt erlebt.

Der letzte Ton, das letzte Wort würde gleich verstummen, ich wünschte, dass Mutter weitersang, dass sie dort oben blieb, denn sobald sie die Bühne verließ, würde etwas Neues beginnen, etwas anderes. Das spürte ich, ohne zu wissen, was. Vielleicht spürte auch Bruno das. Ich sah mich wieder nach ihm um. Doch er war verschwunden.

Jetzt erst dachte ich an Liv. Wo blieb sie? Warum war sie nicht hier? Der Schlussakkord erklang, das Nachspiel. Mutter stand ganz still und unbewegt da, dann verneigte sie sich, und sofort brach der Applaus los, und in diesem Moment schaute sie mich an und ging ab. Sie wirkte befreit. Von wem und was auch immer. Weiter wollte ich nicht denken und zwängte mich stattdessen mit Zwoller und Picco hinter den schwarzen Vorhang am Ende der Bühne, dort befestigten wir mit Klebestreifen unsere Spruchbänder auf den Samt: am linken der beiden Vorhänge, nachdem wir den rechten davorgezogen hatten und im Zwischenraum unbemerkt unsere Arbeit erledigten. Es dauerte nicht lange. Aufdecken würden wir sie später.

Mutter hatte wieder Platz genommen. Das Buffet war eröffnet. Zwoller, Picco und ich versorgten uns mit Pommes und Fleisch, mit Scampi und Hummer, dazu eine Flasche Weißwein. Wir setzten uns zu den anderen an den Chortisch, zu Bruno, der sich einen Platz neben Mutter erzwungen hatte. Mutter gab sich keine Blöße, plauderte, nahm Komplimente entgegen, ließ sich von Ranz einen Teller Salat mit Hähnchenfleisch vom Buffet mitbringen. Ich trank jetzt schon über den Durst, holte schnell eine zweite Flasche für uns. Alkohol verneble die Dinge, heißt es. Er bringe nur eine krude Sicht, sagt man, und keinesfalls die Wahrheit. Der Abend sollte zeigen, dass das Gegenteil der Fall war.

Auch Bolltner kam an den Tisch und gratulierte dem ganzen Chor. Über uns sah er hinweg, gab mit keinem Wort zu verstehen, dass Zwoller, Picco und ich nicht auf der Gästeliste standen. So blöd war er nicht. Nicht auf seinem Fest, umso weniger, da jetzt ein Foto von ihm geschossen wurde, von der Lokalpresse, und dann machte auch ich ein Foto mit meiner Polaroidkamera: Bolltner inmitten der Gäste. Der Chor hatte sich erhoben. Ausgerechnet neben der Schober, neben Mutter, neben Bruno und Ranz und neben uns allen ließ Bolltner sich ablichten. Dieses Foto würden sie in der Zeitung bringen unter der Rubrik *Aus dem Leben*. Es zeigte ihn mit seinen Widersachern.

Ich trank weiter. Die richtige Menge Alkohol schärft den Blick für das, was man nicht sehen und nicht wissen will, glaube ich. Er schabt die Patina der Nivellierungen und all die Verzerrungen ab, die wir vornehmen, um nicht erkennen zu müssen, was ist, und jetzt kehrte endlich Vater zurück. Sein Schritt war fest, sein Gesicht nicht blass. Auch ihn fotografierte ich. Er sah elegant und lässig zugleich aus in seinem dunklen Anzug ohne Krawatte. Er gab Ranz und mir einen Klaps auf die Schulter, von Bolltner nahm er keine Notiz. Er ließ sich ein Glas reichen, aber reihte sich nicht neben Mutter ein, ließ Bruno seinen Platz. Das Bild fror in meinem Blick ein. Mit einem Mal war mir klar: Das zwischen Bruno und Mutter war keine Turtelei. Und dann sah ich, was vielleicht außer mir niemand sehen mochte, dass Mutter ein wenig die Füße zu Bruno ausrichtete, das Gewicht so verlagerte, dass sie mit der Schulter an ihn heranrückte, eher eine unbewusste Bewegung, diskret, aber nicht diskret genug. Es war kein Platz für Vater, nicht an Mutters Seite, und vielleicht sagte er darum jetzt schon, früher als geplant: »Es kann losgehen.« Weil auch er es wusste.

Wir lösten uns aus der Gruppe, bis auf Bruno, der blieb, wo er war, stiefelten auf die Bühne, spürten Bolltners und Vaters Blicke im Rücken, als wir den Vorhang aufzogen, den mit den Sprüchen: *Umwelt schützen! Bolltner stoppen. Bolltner ist die Zecke am Hals der Natur.* Und: *Kein Frosch trinkt den eigenen Teich aus.*

Heute würde ich sagen: Es waren brave Worte. Damals zündeten sie, legten buchstäblich Feuer an Bolltners Fest, im ganzen Dorf und an die Ehe meiner Eltern.

An den Tischen rumorte es. Auch davon machte ich ein Foto, von den aufgebrachten Gesichtern, den in die Höhe gerissenen Armen, den stechenden Blicken. Mehrere Männer eilten auf Bolltner zu, nahmen ihn in ihre Mitte. Seine Spezis, die Weggefährten und Gesinnungsgenossen. Der Geldadel des Tals und des Landkreises, Männer, denen man den Wohlstand ansah. Es war die Kleidung, es waren die Schuhe, es waren das Distinguierte, das Blasierte, die scheinbare Contenance und Wohlfeilheit, die antrainierte Beherrschung in dem, was sie sagten und wie sie es sagten, als wir ihnen die Flugblätter in die Hand drückten.

»Lasst es gut sein«, sagte denn auch Bolltner und zückte lächelnd sein Portemonnaie. »Eine Spende für den guten Zweck, für euer Engagement in der Umwelthilfe, das muss reichen, die Kuh vom Eis zu bekommen. Es muss hier keinen Krieg geben. Es prallen nur Meinungen aufeinander, das ist alles. Nehmt das Geld und schleicht euch. Und du …«, er zeigte auf Vater, »… bist keinen Deut besser als die da!«

Vater lächelte Bolltners Attacke weg. Mit spitzen Fingern reichte Bolltner Ranz einige Hundertmarkscheine. Ranz drehte sie in seinen Händen, starrte sie an, wandte sich zum Tisch, hielt sie an eine Kerze, bis sie Feuer fingen, lichterloh brannten, dann ließ er sie fallen. Das Tischtuch zeigte gelbe, dann braune Hitzeflecken, dann kräuselte Rauch darunter hervor, und es brannte, und gleichzeitig brandeten Rufe und Geschrei auf, alles lief zusammen, formierte sich zu einer Welle von Körpern, die auf uns zudriftete, als der ganze Tisch Feuer fing und nirgendwo ein Feuerlöscher zu sehen war. Zwoller riss das Tuch herunter, begann, mit seiner Jacke die Kriechflammen auszuschlagen.

»Raus hier!«, sagte Vater.

Er ging, wandte sich noch einmal zu mir um und raunte mir ins Ohr: »Du musst jetzt verschwinden. Das läuft auf nichts Gutes raus, hörst du? Schnapp dir Mutter und hau ab!« Er packte mich am Arm. »Tu, was ich dir sage!«

Dann verschwand er. Ich blieb stehen. Warum blieb er nicht bei uns? Ich sah mich nach Mutter um, konnte sie aber nirgendwo entdecken. Ich machte mich auf die Suche nach einem Feuerlöscher, rannte in den Schankraum, schaute hinter die Theke. Kein Feuerlöscher.

Auch von Alfons keine Spur. Wieder kam mir Liv in den Sinn. Wo steckte sie? Als ich in den Saal zurückkam, brannte das Tischtuch nicht mehr. Bruno war fort. Picco ging in Richtung der Toiletten. Er warf die Arme in die Luft und ließ unsere Flugblätter zu Boden segeln. Ich bin mir sicher, dass es so gewesen war. Erinnerungen mögen täuschen. Aber nicht alles, woran wir uns erinnern, ist verzerrt.

Auf der Bühne standen Zwoller und Ranz, und ich jagte die Treppe zu ihnen hoch, ich höre noch das Knarzen der drei Stufen, der Vorhang mit unseren Sprüchen schaukelte, jemand musste ihn bewegt haben, ich war gerade bei ihnen, da begann plötzlich der Vorhang zu brennen, die Flammen züngelten an ihnen hoch, sprangen auf die Transparente über, wir rissen sie herunter, ich roch Benzin und bemerkte den Kanister erst spät, den offenen Verschluss, deutete darauf, aber Zwoller und Ranz schüttelten den Kopf, jemand riss die Tür auf, jemand mit einer Kapuze über dem Kopf, er öffnete die Fenster, ein Luftzug strömte ein, dass es pufffte, hinter der Bühne, eine Stichflamme, der Wind fuhr in die Vorhänge, Durchzug, jemand wollte, dass es brannte. Jemand von uns? Das hatten wir nicht vereinbart. Nie hatten wir von einem Brandanschlag gesprochen. Wir hatten sie nur erschrecken, stören und aufjagen wollen, Bolltners Entourage. Die Flammen schossen in die Höhe. Geschrei, Panik, das Stakkato der Angst, das sich aufwarf, sich ein wenig beruhigte, wieder aufwarf, ein Rhythmus, Alfons stürmte auf die Bühne, hatte endlich den Feuerlöscher in den Händen und versprühte den weißen Schaum. Wir sprangen von der Bühne in den Saal, zu den Tischen, den Rechauds, mit denen die Speisen warm gehalten wurden. Die Menschen wanden sich um die Tische herum, wollten zur Tür hinaus, fort, nur fort, der Instinkt in allen jetzt wach. Der Zug geriet ins Stocken, wir mittendrin, ein Lindwurm, der sich durch die Tür quetschte.

Mutter war allein, als ich sie das letzte Mal sah, und sie in Richtung der Gleise verschwand. Ich fotografierte sie, als sie sich noch einmal umdrehte und mir winkte, aber das Foto misslang, zeigte nur Schwärze. Sicher war sie froh, dass ihr und mir nichts geschehen war, sagte ich mir später. Ich schoss auch ein Foto von Bruno, als er noch einmal, draußen vor dem Café, zu mir kam und dann davonging. In den Händen hielt er eine Flasche mit einer hellen Flüssigkeit. Da brannte es weiter hinten im Saal schon wieder.

»Sie sollen sie spüren, die Angst«, rief er mir noch zu. »Und zerstöre das Foto, hörst du. Bring mich nicht in Teufels Küche.«

Immer noch drangen Menschen ins Freie, nur Picco fehlte, und fehlen würde am Ende auch Vater: die beiden, die so lange mein Leben bestimmen sollten. Das ist das Wesen der Schuld, man wird sie nicht los, hat man sie einmal akzeptieren müssen.

Bolltner hockte auf einer Bank neben seiner Freundin. Man hatte ihm eine Decke übergeworfen, trotz der Hitze schien er zu frieren. Einer der Notärzte war bei ihm. Ich hätte nicht mehr hineingehen dürfen. Oder viel früher. Ja, viel früher!

Ich roch das Feuer, bevor ich es sah, den schwarzen Rauch, der in der Nähe der Toiletten aufstieg, auch dort musste ein weiterer Brandherd entstanden sein. Das Gebälk ächzte unter der großen Hitze, die Fensterscheiben knackten, schließlich ein Knall, die Scheiben barsten, die Flammen warfen sich über die Tische, setzten die Rechauds in Brand, den Lammbraten und die Schweinemedaillons, das Gratin und die Meeresfrüchte. Picco, irgendwo dort musste Picco noch sein. In meinen Ohren Stille. Ich hörte nichts mehr. Ich sah draußen das Blaulicht über die Baumkronen wischen, den Rauch sich im Raum ausbreiten, sah Ranz und Zwoller, auch Reiser plötzlich neben mir auf der Türschwelle auftauchen.

»Picco«, sagte ich. »Wo ist er?« Ich hörte meine eigene Stimme kaum.

Zwoller rannte zu einem der Feuerwehrmänner und sprach auf ihn ein. Der Mann lief zum Wagen, streifte Sauerstoffflasche und Atemschutzmaske über, zwei, drei andere Männer taten das Gleiche, sie ergriffen ihre Äxte und verschwanden im Inneren des Gebäudes. Um mich herum hetzten die Menschen hin und her. Weitere Löschzüge trafen ein. Fontänen warfen sich über das Dach. Armdick der Strahl, der aus den Schläuchen drang und durch die zerborstenen Fenster strömte. Die Männer sprachen. Ihre Münder und Lippen bewegten sich tonlos, als wären wir alle Akteure in einem Stummfilm. Vielleicht, weil alles um mich herum stumm war, weil die Taubheit mich isolierte, drängte ich nach vorne, schob mich an allen vorbei. Ich lief zwischen den Feuerwehrleuten und den Notärzten hindurch, zurück in den Saal. Niemand beachtete mich, ich rannte an den verbrannten Tischen vorbei. Ein beißender metallischer Rauch stieg aus den Töpfen auf, die über den Boden verteilt waren. Ich bewegte mich wie im Traum, zielsicher, ohne Angst, sah in die Gesichter der Personen, die mir entgegenkamen, las in ihnen, las von etwas, das sich in die Blicke und ins Gesicht geschnitten hatte, und meine Schritte beschleunigten sich, ich roch einen süßlichen, widerwärtigen Geruch. Niemand hielt mich auf.

Er saß an der Wand, die Beine ausgestreckt, schaute aus blinden Augen in die Ferne, rührte sich nicht, sein Kopf kahl und versengt, die geschwärzten Hände im Schoß. Neben ihm ein Kanister. Hatte Picco das Feuer gelegt? Das war unmöglich. Er war mein Freund, er hätte mich eingeweiht. Ich starrte ihn an, und weil ich nichts hörte, war das Sehen absolut. Nichts milderte den Anblick der brandschwarzen Wangen, auf denen das Fleisch durchschimmerte – gelblich und aufgeworfen. Die Statur eines Kindes. Es musste Picco sein. Ich taumelte zurück. Der Notarzt trat an ihn heran und schüttelte den Kopf.

Ich wollte nur noch weg. Ich wendete den Kopf, drehte mich um, die Toilettentür stand offen, dort saß ein Mann auf dem Boden, lehnte mit der Schulter am Heizkörper, leblos, der Körper unversehrt, der Kopf auf die Brust gesunken, als sei er in einen Schlaf gefallen. Das weiße Hemd und das dunkle Haar bedeckt von Asche. Ich kannte ihn nicht. Ich ging zurück in den Saal, in dem es nur an wenigen Stellen noch brannte, ein paar Stühle, ein paar Tische und die Rechauds. Ich muss ihnen zu nah gekommen sein, hätte feste Schuhe tragen sollen, nicht dieses Leinenzeug, plötzlich schoss eine Stichflamme unter dem Tisch hervor, meine Schuhe fingen Feuer, ich versuchte, die Flammen auszutreten, und trat nur tiefer in den Sud einer Flüssigkeit, die auch sofort Feuer fing, und jetzt griffen die Flammen an meine Hosenbeine, sprangen an ihnen empor, ich streifte die Schuhe ab, stand barfuß da, die Flammen hatten die Oberschenkel erreicht, ich brannte, dann auch am Rücken, Ranz stürzte auf mich zu, griff nach den Wasserflaschen, die noch auf den Tischen standen, schüttete das Wasser über mich. Zwoller und Reiser sprangen hinzu, ein paar andere Gäste, alle kippten über mich, was sie kippen konnten, löschten die brennende Hose, das brennende Jackett, so gut es ging, und es ging nicht gut. Ranz warf sich auf mich, drückte mich gegen den Boden, versuchte, mit seiner Jacke die Flammen zu ersticken. Mein Jackett schmolz und mit ihm die Haut, es stank, das Fleisch, meine eigenen Schreie brüllten mir in den Ohren, bis der Strahl des Feuerlöschers einen weißen Mantel um mich legte. Jemand schnitt mir die übrige Kleidung vom Leib und legte eine goldene Decke über mich, die sich im Wind wellte.

24

Ich kann die Frage nicht länger umgehen: Wo war Vater, als Picco starb und der Mann in der Toilette umkam? Und wo war Liv? Ich tippe die Worte in mein Handy. *Wo warst du, als es brannte?*, laufe im Wintergarten umher, warte auf Livs Antwort. Meine Waden schmerzen noch vom gestrigen Berggang hoch zu den Geiern, wir haben die Felsnische, wie Bruno uns aufgetragen hatte, mit Zweigen und Schafswolle ausstaffiert. Ich greife, um mich abzulenken, wahllos nach Vaters Schriften, den Büchern, die seine Welt der Vögel beschreiben. Ich bin nicht zurückgekehrt, um die Vergangenheit auszuleuchten. Ich will eine Zukunft und brauche dazu eine Gegenwart, die frei wird von dem, was geschehen ist. Doch es will nicht gelingen, nicht an diesem Ort, in diesem Haus. Nicht, da ich wieder ein Leben mit Ranz, Bruno und Liv aufgenommen habe. *Heute Abend*, schreibt Liv, *gegen acht.*

Es ist das Verdienst unseres Denkens, uns in die Irre zu führen. Uns die Welt so zu machen, wie wir sie sehen wollen und aushalten können. Jeder sieht, was er sieht. So simpel ist das. Vater hatte das schöner ausgedrückt: *Jeder ist eine Insel*. Die Worte klingen manchmal in mir auf. Ich glaube, jeder kennt solche Sentenzen seiner Eltern, die die Welt beschreiben. Mutter sagte: Wir kennen kaum uns selbst. Wie wollen wir einen anderen kennen? So weit war ihre Sicht auf die Welt nicht von Vaters Deutungen entfernt, als sie auf den Bahnsteig trat und uns verließ. Habe ich das verwunden? Diesen elementaren, tief ins Fleisch sich senkenden Schmerz? Welche Tönung hat er in mir hinterlassen? Und habe ich Mutter verstehen können? Als ich mit den Brandverletzungen im Krankenhaus lag, wusste sie, was mir zugestoßen war? Nein. Ich bin sicher, sie wäre gekommen. Sie muss geglaubt haben, alles wäre glimpflich ausgegangen. Zumindest für mich. Es trug sie weit fort. Eine etwas schwülstige Formulierung: Ich sah ihren Brief mit der Postkarte Wochen später im Flur liegen, bei all den anderen Briefen und Papieren, die der Postbote durch den Briefschlitz geworfen hatte, als ich noch einmal ins Haus zurückkehrte, um ein paar Sachen zu packen. Er war an mich adressiert: ein sanft gedüntes, fast blaues Meer, darunter die Zeilen: *Alles ist still. In mir. Es heilt. Bin am Meer: Hiiumaa*. In der Eile konnte ich nicht mal nachschlagen, wo das war. Bei all den Vokalen in dem Wort dachte ich an Finnland oder das Baltikum und lag nicht mal falsch. Vor allem fragte ich mich, was bei ihr heilen musste? Und etwas anderes stand da noch: *Es tut mir leid. Es ging nicht anders. Verzeih mir, was du verzeihen kannst.* Die Zeilen stießen mir damals nicht bitter auf. Heute ist das anders. Sie überließ es mir, mit allem fertigzuwerden oder eben nicht. Sie ging aufs Äußerste, um ihr Leben neu zu formieren, und ließ mich in meinem Leben zurück.

Ich stoße auf einen von Vaters Aufsätzen in einem Jahrbuch, das der *Verein zum Schutz der Bergwelt* herausgab.

Noch um die Jahrhundertwende, schreibt Vater, *gehörte der größte Greifvogel Europas zur erlebbaren alpinen Tierwelt. Mit seiner silbrig-schwarz/weiß-Zeichnung und dem dicht-befiederten Kopf weicht er stark ab vom gewohnten Bild eines Geiers mit nackter Hals-Kopf-Partie. Das Gefieder am Hals und im Bauch-Brustbereich ist rostrot eingefärbt, da Geier häufig in eisen-oxidhaltigem Sand baden.*

Ein federloser Hals und Kopf ermöglicht etwa Gänsegeiern, einigermaßen sauber von Exkrementen und Blut zu bleiben, wenn sie verendete Tiere ausweiden. Bartgeier dagegen sind vor allem Knochenfresser. Ist ein Knochen für einen Bartgeier zu groß, trägt er ihn hoch in die Luft und lässt ihn am Boden zerschellen. Auch hinsichtlich seines Flugbildes stellt er eine Solitär-Erscheinung dar. Vogelkundige, denen der Anblick eines Bartgeiers beschieden ist, schildern seinen Sturz- und Steigflug als leicht und schnell. Eigenschaften, die bei einem Vogel von weit über Adlergröße in Erstaunen setzen müssen – zumal auch sein Segelflug als vollendet schön beschrieben wird.

Der Aufsatz ist datiert vom Frühjahr '95. Vater hatte andere Aufsätze flüssiger geschrieben. Schreiben wir, wie wir uns fühlen? Findet sich unsere Gestimmtheit, unser mentaler Zustand im Satzbau wieder und im falschen Gebrauch von Binde- und Ergänzungsstrichen? Ist der Zusammenhang so einfach und so direkt? Was war los mit Vater? Ein paar Wochen vor Bolltners Fest. Ich kann ihn genauso wenig fragen wie Mutter. Mit ihr telefonierte ich später regelmäßig, und so hielten wir es bis zu ihrem Tod vor ein paar Jahren. Sie starb in einer weißen Stadt am Meer. Nevlunghavn, Südnorwegen.

Seit ein paar Tagen liegt eine große Hitze im Tal. Liv hat im Garten des Cafés einen Tisch gedeckt. Wir sind die einzigen Gäste. Eine Katze huscht über den Rasen. Es ist »meine« Katze. Sie scheint überall im Dorf zu Hause zu sein. Liv wirft ihr etwas Fisch hin. Wir hören das leise Schmatzen des Tiers. Das flackernde Licht der Gartenlaterne liegt auf Livs Gesicht. Als sie den Kopf in den Nacken legt, scheint ihre Kehle auf. Ich beuge mich zu ihr, streiche über ihren Hals, eine fallende Bewegung, die am Schlüsselbein innehält. Erst, als sie mich am Oberschenkel berührt, mit den Fingerspitzen über den Stoff der Hose fährt, gleitet meine Hand weiter.

Fred bringt das Dessert, ein Himbeersorbet. Er stellt es beinahe lautlos auf den Tisch und entfernt sich, während ich Livs Hand fühle und den leise einsetzenden Regen.

»Petrichor«, flüstert Liv. »Der Geruch von Regen nach langer Trockenheit.«

Sie lässt den Stoff meiner Hose zwischen den Fingern hin- und hergleiten, als würde sie seine Qualität erspüren wollen. Ein paar Mücken und Motten sind in der Luft. Vom Wald her strömt die kühlere Abendluft ein. Ich spüre das Schieben und Gleiten des Stoffs, den Druck ihrer Fingerkuppen.

Fred löscht das Gartenlicht. Aus einem der Nachbargärten dringen Stimmen herüber. Der Regen dampft auf den Dächern der Waggons, er dampft auf Livs Haut, er dampft auf meinen Schenkeln und auf ihrem Rücken. Der Gesang der Vögel setzt ein, so spät. Es muss für die Tiere ein Gefühl der Erlösung sein nach all den Tagen der Hitze. Als es vorbei ist und Liv ihr Kleid glatt streicht, rauschen meine Ohren wie unter Wasser, ich fühle die Kühle auf der Haut, die uns bald ins Haus gehen lässt, in das stumpfe Licht der Nacht.

Weit nach Mitternacht wehen durchs Fenster die Gerüche des Sommers, des Obstgartens, das Aroma der Pflaumen und Äpfel herein, der Duft der Levkojen, und über dem First des Bahnhofs schneidet der Mond die nachtschwarzen Wipfel der Pappeln wie einen Scherenschnitt aus. Die Züge stehen still, als schliefen sie, eine Herde großer Tiere aus Stahl und Blech. Ich weiß immer noch nicht, ob Liv auch diesmal eine Liebe auf Zeit ist.

Ihr Atem streicht über meinen Bauch.

»Wo warst du an jenem Abend bei Bolltner, Liv?«

Sie klettert aus dem Bett, geht zum Fenster.

»Bei Bruno«, sagt sie.

»Bruno?«

»Es war anders, als du denkst.«

»Was war anders?«

»Hier. Schau.«

Sie reicht mir eine Wanderkarte. Im Mondlicht erkenne ich am Kartenrand schwach Vaters akkurate Schrift *1800 M. Zitronenzeisig* und wieder, wie auf Vaters Skizze, das mit Bleistift eingezeichnete Kreuz. Die Hütte.

25

Ich kaufe bei Reiser einen Rucksack, mit dem wir das Futter, das Ranz auftreiben soll, hoch zu den Geiern bringen werden. Liv und ich. Auf halbem Weg sollen wir die Kadaver von Ranz übernehmen, sagt Bruno. Die jungen Bartgeier sind noch nicht flügge und werden für längere Zeit versorgt werden müssen, bevor wir sie auswildern. Ehe sie selbst jagen, werden Wochen vergehen. Ich setze meine Runde durchs Dorf fort, gehe zu Liv. Eine undurchschaubare Stummheit sitzt mit am Tisch, während wir einen Kaffee trinken.

Am Abend kehren Lorenz und Gerald zurück. Sie streifen die Rucksäcke ab, setzen sich, essen die Suppe, die Liv gekocht hat. Die Männer schalten ihre Computer ein und essen stumm vor sich hin. Ihre Augen sind gerötet. Den Whiskey, den Liv auf den Tisch stellt, trinken sie in kleinen Schlucken.

Der Schlaf kommt schnell. Am frühen Morgen wache ich auf. Liv ist fort. Wo sie gelegen hat, ist die Matratze kühl, auch das Kopfkissen. Über dem Weißkogel steht der Neumond. Im Schuppen brennt immer noch Licht oder schon wieder. Ich rieche am Kissen. Rieche Liv.

Ich bringe Gerald und Lorenz das Frühstück. Sie essen stumm die Brote, kauen versonnen, während ich ihnen den Tee in die Thermoskannen fülle. Ich fühle mich wohl in ihrer Gegenwart, sie tun, was zu tun ist. Wie ich. Wenn das Haus renoviert ist und es nichts mehr zu tun gibt, werde ich ein Leben brauchen wie die beiden.

»Das Wichtigste ist, ein Ohr und ein Auge am Berg zu haben«, sagt Lorenz, als sie aufbrechen. »Es hat in diesem Sommer viel geregnet, und der Wasserdruck in den Spalten wird steigen. Kein gutes Szenario. Zudem, seien wir ehrlich, ist der Gletscher nur noch ein dürres Eisfeld. Der Druck, den er auf die Hänge ausgeübt hat, fehlt. Eine neue Statik. Eine, die irgendwann sowieso den Berg zu Tal bringt und alles begräbt.«

Im Café bin ich mit Fred alleine. Er sitzt am Fenster, hat die Augen geschlossen und die Hände vor dem Bauch gefaltet, wie ein Mann, der sich auskennt mit den Zufälligkeiten des Glücks und des Unglücks, der nur auf seinen Einsatz wartet. Jemand, der weiß, dass, wenn es losgeht, man manchmal alles in die Waagschale werfen muss. Er hat seine Katastrophen hinter sich, hat sein Restaurant und seine Frau verloren. In dieser Reihenfolge, das Zweite war eine Folge des Ersten. Fred gießt uns Kaffee ein, holt aus der Kühltruhe zwei Himbeerschnitten. Wir schaben mit unseren Kaffeelöffeln an der gefrorenen Sahne, lösen mit dem Messer die Beeren vom Kuchen.

Später schaltet Fred das Radio ein, Edvard Grieg, etwas aus *Peer Gynt*, melancholisch und düster mit kurzen, exaltierten Aufschwüngen, die Stimme der Sängerin füllt den Raum, tönt zum Fenster heraus, wo sich das Blau des Himmels spannt wie ein Baldachin. Noch sind keine Gäste da. Auch von Liv keine Spur. Ein leeres Bild, ein Bühnenbild, spätestens jetzt. Idyllisch und unbewegt. Das muss auch Fred spüren, der am Kühlschrank lehnt und lauscht.

Als Livs Auto auf den Parkplatz einbiegt, zerfällt das Bild. Ihre Augen glänzen vor Müdigkeit. Sie umarmt mich kurz und verfolgt dann vom Fenster aus mit dem Fernglas den Aufstieg von Lorenz und Gerald. Sie sind zwei kleine blaue Punkte am Hang. Dass sie bei Bruno war, kann ich nicht ausschließen. Ich frage sie nicht, zu wem sie sich in der Nacht aufgemacht hat. Die Diskretion schützt uns. Man liest nicht ungefragt in den Tagebüchern eines Menschen, man durchstöbert nicht seine Kleidung. Man könnte finden, was unerwähnt und ausgeklammert bleiben muss, man könnte ans Licht holen, was im Licht erst seine Zerstörungskraft entwickelt. Fred mag recht haben, es gibt jemand anderen neben mir, warum auch nicht. Ich bin ein Gast hier im Dorf, nicht mehr. Wer ist im Leben eines anderen schon mehr als ein Gast? Niemand, der uns bleibt vom ersten bis zum letzten Tag. Niemand, der uns kennt an allen Tagen. Wir teilen bestenfalls ein paar Jahre, Jahrzehnte der Freundschaft, der Liebe, bevor wir uns verlieren. Auf die eine oder andere Art.

Gegen Mittag machen wir uns auf den Weg hoch zu Bruno. Nicht weit von seinem Haus sind ein paar Tannen abgestorben. Liv zeigt mir die Fressbahnen der Borkenkäfer auf den bloß liegenden Stämmen. Das Klopfen eines Spechts tönt auf.

»Wo Borkenkäfer, da auch Spechte«, flüstert sie. Als wir den Hof erreichen, sehe ich es sofort, auf dem Tisch vor dem Haus: ihr gelbes Haarband, neben den beiden großen Kisten. Sie steckt es wortlos ein. Mein Herz rast.

Doch ich frage nicht nach. Wer reden möchte, der spricht.

Wir warten auf Bruno und Ludwig, blinzeln durch die ausgestanzten Löcher der großen Kisten, in denen die Geier hocken. Dunkle, verschreckt aussehende Tiere. Sie fährt mit dem Finger über meine Hand, die auf der Kiste liegt. Eine bedächtige Bewegung. Mein Blick flieht hinunter zum See. Wellen rollen ans Ufer – im gleichen sanften Rhythmus, dass ich die Augen schließen und mich dem Geräusch überlassen möchte. Mein Bauch ist bretthart, dort wohnt der Zweifel, bei jedem Atemzug spüre ich den Schmerz im Solarplexus.

»Manches ist anders, als es ausschaut«, sagt Liv ziemlich gravitätisch. Ich lege meine Hand auf ihren Mund. Es ist nicht der Augenblick für eine Erklärung.

Bruno und Ludwig haben sich die Holzkisten auf den Rücken geschnallt, der steile Weg scheint ihnen nicht viel auszumachen. Um nichts anderes geht es heute als um die Geier, sage ich mir. Vaters Projekt. Nach all den Jahren setzt Bruno es um, und ich spüre den Stachel. Wie damals ist Bruno mir voraus. Womöglich hatte Fred recht: Lieb sie nicht zu sehr. Als ob ich das steuern könnte.

Nur wenige Wolken stehen am Himmel, als bliebe der Tag ohne Regen. Der Wind sagt etwas anderes, er weht aus Westen. Wir steigen schnell, sehen einen Hubschrauber sich ins Tal werfen. Sein Geknatter begleitet uns eine Zeit lang. Bald schon sehen wir Trittspuren, Spuren von Männerschuhen. Es könnte Ranz sein, es könnte jeder sein. Ranz hat versprochen, Futter zu beschaffen. Wie, hat er nicht gesagt. Vielleicht macht er es wegen Bruno und um der alten Zeiten willen. Zwischen den Felsen stehen Erlen, die Rinde überwuchert von Flechten, ihre graugrünen Bärte flattern im Wind. Wir steigen eine Flanke hinauf, nutzen das Wurzelwerk als Tritthilfen. Liv ist flink, sie ist geschickt. Sie ist eine Chance, die ich nicht verspielen will. Was sie mit Bruno hat, blende ich aus. Ich will, ich muss ein neues Leben beginnen.

Wir folgen der Spur, lauschen unserem Atem und den Wasserfällen. Etwas im Unterholz scheint auf. Ein Stück Metall vielleicht. Als wir uns nähern, sehen wir, dass es ein

Holzvogel ist, wie man ihn beim Schützenfest verwendet. Er steht auf einer Stange, die in den Boden eingelassen ist.

»Ein Lockvogel, um Krähen oder was auch immer zu jagen«, sagt Bruno.

Ich muss an Ranz denken. Er könnte sich so etwas einfallen lassen.

Wir verlassen Ludwig und Bruno, werden sie später wiedertreffen. Wir sind die Handlanger, holen das Aas und die Knochen. Liv faltet die Karte auf. Ich starre auf das mit Bleistift eingezeichnete Kreuz zwischen den Höhenlinien. Die Schrift am Rand. *1800 M. Zitronenzeisig.* Und ganz unten am Kartenende eine andere Handschrift, geschwungener und in dünner Strichstärke. *Das himmlische Leben.* Mutters Schrift. Ich muss das übersehen haben, als Liv mich die Karte vor ein paar Tagen sehen ließ.

»Von wem hast du die?«

»Von Bruno. Das sagte ich doch.«

Eine Beklommenheit macht sich in mir breit. Wozu benutzte Mutter diese Karte? Und wie kam sie in Brunos Besitz? Ich bin mir sicher, alles läuft auf diese Hütte hinaus.

Der Pfad macht kaum Höhe, verläuft am Rand der Baumgrenze. Ich habe Mühe, mich zu orientieren. Von hier sieht das Tal anders aus. Der Blick ist mir fremd. Über dem Gletscher wachsen Wolkentürme. Das Wetter kommt nicht zur Ruhe, den ganzen Sommer schon nicht.

Der Wind wird stärker, bläst aus Richtung der Hochalm. Er krümmt Gräser und Büsche, lässt Blätter durch die Luft wirbeln, auch einzelne dunkle Federn, die wie an einem Mobile durch die Luft tanzen. Liv fängt ein paar von ihnen auf, schaut mich ratlos an. Mein Blick pirscht entlang der Baumlinie, und für einen winzigen Moment, als sich eine Lücke auftut, meine ich eine Hütte zu sehen, dann schließt sich der Wald wieder im Wind. Wir stemmen uns gegen die Böen, laufen den Pfad entlang. Immer mehr Federn wirbeln durch die Luft, als hätte sie jemand mit vollen Händen in die Luft geworfen. Wir gehen weiter, vorbei an einem Bach, an dessen Ufer Forellen an einem Holzgestell hängen. Paarweise sind sie an den Schwanzflossen zusammengebunden und hängen zum Trocknen an einem Kantholz. Sie schaukeln im Wind, die flatterige Haut gesalzen und spröde. Manchen Tieren hängt sie wie geschält vom Leib. Ich lausche, höre das Krakeelen der Krähen, in das ein Gesang eingewoben ist. Jemand singt Schubert-Lieder. Vorsichtig stapfen wir weiter, und plötzlich ist da diese Stille, in die das Singen dringt. Ranz?

Wir stapfen immer tiefer in den Wald, bis zu einer Lichtung, auf der ein Drahtverschlag steht. Dort liegen zwei Gämsen und ein Waschbär mit räudigem Fell und gasgeblähtem Bauch. Auch ein Haufen Krähen, die Zehen gekrümmt, die aufgerissenen Schnäbel, an dessen Rändern Blut und Kopfmilch eingetrocknet ist, als hätten sie sich an einer Speise vergiftet. Es stinkt. Der Pfad hält auf eine Hütte zu.

Vor der Veranda bleiben wir stehen, horchen. Der Gesang dringt nur noch schwach zu uns herauf.

Es könnte Ranz sein. Seltsamerweise kann ich mich nicht an seine Gesangsstimme erinnern – ich, der sich an fast alle Stimmen erinnert. An die von Vater und Mutter, von Picco, von Bolltner. Stimmen, die rau oder schmeichelnd waren, gepresst oder schwingend, zitternd oder tragend.

Hat Ranz hier oben das Singen wiederentdeckt? In den Blumenkästen am Fenster stehen Geranien, und das Brennholz ist gespalten. Und bis auf ein paar Schrauben, einen Akkuschrauber und ein paar Dachschindeln auf der groben Bank, liegt hier nichts herum. Kein Hund, keine Gänse zetern.

In der Hütte ist es warm. Ein Tisch steht im Raum, zwei Stühle und ein Sofa, ein Schwedenofen, und von draußen dringt ein mühevolles Atmen herein. Wir fahren herum und sehen Irina sich auf Krücken nähern. Die Anstrengung steht ihr ins Gesicht geschrieben. Es verdeckt ihr Lächeln.

»Besuch!«, sagt sie und bleibt vor der Schwelle stehen. Wir treten zur Seite.

Sie geht zum Sofa, setzt sich mühsam hin. Um sich hinzulegen, braucht sie Livs Hilfe. Ein Kissen legt sie sich selbst unter den Kopf.

»Manchmal muss ich rauf in die Berge«, sagt sie und keucht ein wenig. »Franz bringt mich mit den Schlittenhunden hoch. Er kommt gleich. Versorgt die Hunde unten am Bach oder wird noch bei den Bienen sein. Hat sich in den Kopf gesetzt, hier oben eine Bienenzucht zu betreiben.«

Jetzt erst sehe ich die Packung Munition auf dem Tisch liegen.

Liv schaut mich an.

»Die Gämsen können wir vergessen. Wenn die Geier sie fressen, krepieren sie an einer Bleivergiftung. Mit Blei kontaminiertes Aas hat mehr Greifvögel hinweggerafft als bloße Kugeln. Vater hat ...«

»Vater ... Vater, der hat selbst ab und zu hier oben geballert. Da war das Blei ihm egal«, sagt plötzlich Ranz hinter mir. Ich habe ihn nicht kommen hören. Er steht dort in weißer Imkerkleidung.

»Vater?«

»Franz will euch unterstützen, obwohl er mit den Geiern nichts am Hut hat.«

»Lass nur, Irina.«

»Mein Vater war hier oben? Ranz, du spinnst.«

»Ab und zu ’ne kleine Ballerei. Nichts Dolles. Kannst beruhigt sein. Hat ihm Spaß gemacht.« Ranz streift den Anzug ab.

»An den Gamsknochen und dem Waschbären fressen Brunos Geier lange. Die hab ich am Weißkogel gefunden, hatten sich das Genick gebrochen, abgestürzt. Der Waschbär lag bei den Forellen. Keine Ahnung, was mit ihm ist.«

»Der Gestank ist unerträglich. Ich trag die Tiere da nicht hoch«, sage ich.

»Ihr wollt Aas. Ich mach die Drecksarbeit, ihr rümpft die Nase. Schon klar. Wir lagern sie im Erdkeller. Ihr könnt sie euch bei Bedarf holen. Auch die Krähen. Sind vielleicht als Notration zu gebrauchen. Was weiß ich. Ich komme jedenfalls nicht jeden Tag hier rauf und besorg euch Futter für die Geier. Das geht nur auf Vorrat.«

Seine Frau nickt. Ich denke längst wieder an Vater. Was hat er hier oben gesucht? Nur das Herumballern? Das passte nicht zu ihm. Vielleicht hatte er aber auch genug von Mutter und musste raus, um mal durchzuatmen.

Niemand sagt etwas. Jedes Wort wäre jetzt eines zu viel, und dann sagt Ranz: »Jakob, komm mal mit!«, und ich folge ihm nach draußen.

»Also das Futter. Kein Blei, schon klar. Man hört, du bist wieder ziemlich eng mit Liv, oder?«

»Kann schon sein.«

»Hast du immer noch nicht genug von ihr?«

»Lass gut sein, Ranz.«

»Ist damals ja nicht besonders gut gelaufen. Sie war nicht da, als es drauf ankam und das mit dir passierte. Von Picco ganz zu schweigen.«

»Richtig.«

»Du hast immer noch keine Ahnung, oder? Ich frage mich das schon die ganze Zeit.«

»Wenn du mehr weißt, dann lass mich nicht im Dunklen stehen.«

»Hier? Jetzt?«

»Warum nicht.«

»Komm, hilf mir erst mal, dann können wir reden.«

Ranz verschwindet und kommt kurz darauf mit einer rostigen Schubkarre und einer Flasche Obstler zurück. Wir nehmen einen Schluck, er lädt den Waschbären und die Gämsen auf, fährt sie an der Hütte vorbei zu einem Hang, dann bugsiert er sie durchs Gras den Hang hinunter zu einem kleinen Plateau. Es ist nur ein paar Quadratmeter breit und von Krummholz und Zwergsträuchern bewachsen. In den Berg ist ein Türbogen gemauert. Die Tür ist schwarz gebrannt von der Sonne. Als Ranz sie öffnet, riecht es nach feuchter, kühler Erde. Der Boden ist gestampft, die Stützwände sind aus Bruchsteinen gesetzt.

»Nicht schlecht, Ranz.«

»Nicht meine Arbeit. Das Ding und die Hütte gehörten meinem Vater, hatte sie von einem Jäger. Konnte nicht bezahlen, was er uns bezahlen musste. Du verstehst.«

Ranz fährt die Schubkarre zu einem Regal, in dem noch ein paar Weinflaschen liegen.

»Gehören Bruno. Hätte sie längst austrinken sollen. Er hat sie wohl in den Jahren vergessen. Vielleicht kein schlechtes Zeug.«

Er lädt die Tiere ab. Dann nimmt er ein paar große Knochen, womöglich von einem Schaf, und steckt sie in den Rucksack. Ich nehme eine der Flaschen in die Hand. Ein Spätburgunder. Jahrgang 1995. Die Frage brennt mir auf den Lippen. 1995? Unsere Zeit. Wozu brachte Bruno die hier rauf?

Wir setzen uns draußen an einen kleinen Tisch, schauen in die Landschaft, der Himmel längst dunkel wie Grafit, als würde es bald schneien, mitten im Sommer.

»Wer sich nicht auskennt, wird das hier niemals finden«, sagt Ranz und trinkt von dem Obstler.

»Was nicht finden?«, frage ich.

»Den Erdkeller und die Hütte. Jedenfalls nicht ohne Karte.«

»Was willst du mir sagen?«

Ranz steht auf, geht in die hinterste Ecke des Kellers, dort, wo ein paar Bierkisten, leere Einmachgläser und ein brauner Koffer stehen.

»Scheiß Spinnweben«, sagt er und beginnt, mit der Hand über den Koffer zu wischen. Er stellt den Koffer auf den Tisch. Verschlissen und fadenscheinig, ein altes Teil aus Lederstein. Ranz löst die Schnalle und die angerosteten Verschlüsse. Was ich sehe, nimmt mir den Atem. Er ist voller Kleidung. Ranz sagt kein Wort, und auch ich sage nichts. Wie kommt der Koffer hierher? Ich lasse mir nichts anmerken, als ich Mutters Blusen und Pullover und ihre Winterjacke in die Hand nehme.

»Wem gehört der?«

»Soviel ich weiß, ist er von Brunos Tante«, sagt Ranz. »Wird noch aus dem Krieg sein.«

Er überlässt es mir, eins und eins zusammenzuzählen. Die Karte. Das Kreuz. Das himmlische Leben. Der Koffer.

»Wusste mein Vater davon, dass meine Mutter sich hier mit Bruno traf.«

Ranz blickt mich an, und ich sehe, dass ich ins Schwarze getroffen habe.

»Schwer zu sagen, eines Tages stand er hier, schaute sich um. Fragte mich aus. Es ging ihm um die Hütte. Ich habe ihn nicht belügen können. Ein Fehler. Ein großer Fehler! Einer, der nicht gutzumachen ist.«

Worauf spielt er an? Meine Hände zittern, als ich noch einen Schluck aus der Flasche nehme. Was weiß er, was ich nicht weiß?

»Und Bruno? Ahnte er, dass Vater Bescheid wusste?«

»Ist kompliziert. Bruno versteht man erst, wenn man weiß, was dein Vater getan hat.«

»Dann rede!«

Wir hören Irina und Liv rufen.

»Lass uns gehen.«

»Warte! Das hier ist wichtiger.«

Doch Ranz geht. Vielleicht ist er froh, nicht weiterreden zu müssen. Ich bleibe zurück mit meinen Fragen. Warum hat Mutter den Koffer nicht mitgenommen? Was passierte in jener Nacht? Wollte sie hier rauf und den Koffer holen? Und sich dann davonmachen? Mit Bruno? Ich streiche über Mutters Kleidung. Im Haus ist nichts mehr von ihr. Als ich aus dem Krankenhaus heimkehrte, war ihre Werkstatt ausgeräumt. Selbst ihre Bücher waren verschwunden. Sogar ihr Teeservice und das Silberbesteck, das sie geerbt hatte, waren fort. Ihr Kleiderschrank leer. Vater hatte wohl alles entfernen lassen.

Ich falte die Sachen zusammen, lege sie zurück in den Koffer, dann öffne ich den Reißverschluss des Innenfachs. Ich will nichts übersehen, finde ein vergilbtes Kuvert, darin ein Papier, ein Artikel aus *Bird Study*, ein britisches Fachjournal. Das Papier ist stockfleckig und spröde nach all den Jahren. Vater hat dort mitunter Artikel eingereicht, die er von Profis übersetzen ließ, manchmal, wenn sich auf die Schnelle niemand finden ließ, halfen Bruno und ich. Der Artikel ist von 1995. Eine Feldstudie zur Gampelmeise und ihrem Verhalten in Höhenhabitaten im Gebirge. Ich weiß, dass er daran gearbeitet hat und nach Nevada gereist ist. Ungefähr zu der Zeit, als die Chorproben zu Bolltners Feier ihren Höhepunkt erreichten. Ich erinnere mich, auch wenn ich damals nicht richtig zugehört habe. Vater sprach viel, besonders, wenn er eine neue Entdeckung gemacht hatte oder auf eine Rarität gestoßen war.

Je nach Höhenlage, schreibt Vater, singen Gampelmeisen anders. Sie prägen einen Dialekt aus, abhängig davon, ob sie etwa auf siebzehnhundert oder auf zweitausendfünfhundert Metern Höhe leben. Lange glaubte man, dass dafür geografische Hindernisse, etwa hohe Berge, die Populationen voneinander trennen, ausschlaggebend seien. Doch allein die bloße Höhenlage reiche schon aus, um Varietäten auszubilden. Vater bewertet Merkmale wie die Länge einzelner Töne, dazu die Lautstärke. Der Gesang sei je nach Höhenstandort verschieden. Er vermutet, dass die Männchen durch den Dialekt jene Weibchen anlockten, die wie sie an die jeweilige Höhe angepasst seien. Auf zweitausendfünfhundert Metern liegt länger Schnee, und die Vögel müssen deutlich mehr Vorräte anlegen für die Schnee- und Frostmonate, vor allem müssen sie diese Speicher im Gelände wiederfinden. Vater regt eine Folgestudie an, die prüfen soll, ob Meisen der höheren Bergregionen ein besseres räumliches Gedächtnis besitzen.

Warum hatte Mutter diesen Artikel aufbewahrt? Wollte sie ihn mitnehmen in ihr neues Leben?

Es finden sich somit diejenigen in einer Population zusammen, die zueinanderpassen, schreibt Vater in einer Fußnote. In Bleistift dann Mutters Kommentar: *Die Fähigkeit, den Richtigen zu wählen, scheint bei Vögeln ausgeprägter zu sein als bei Menschen.* Und dann auf der Rückseite: *Wer durch*

Feuer. Wer durch Wasser. Wer in der Sonne. Wer in der Nacht. Wer als Strafe Gottes. Wer durch irdisches Gericht. Wer, wenn der Sommer geht. Wer entscheidet das? Du??

Was schreibt Mutter hier? Feuer ist unterstrichen. Es könnten Zeilen aus einem Gedicht sein. Der Ton ist hoch. Spielt sie auf Bolltners Fest an? Die Zeilen enthalten keine Fragezeichen. Bis auf: »Wer entscheidet das? Du??« Auf diese Frage scheint alles hinauszulaufen. Spricht sie hier direkt Vater an? Ich stecke das Kuvert in die Brusttasche meines Hemds – trage es näher am Herzen, als es gut ist. Den Koffer stelle ich zurück. Das ist kein guter Tag heute. Nicht, was Ranz und was Vater angeht und was sie zu verbinden scheint. Gab es bei Vater eine dunkle Seite, die sich in wenigen Monaten herausgebildet hat? Und Bruno? Welche Rolle spielte er damals? Welche spielt er heute? Ich spüre, dass ich zu flattern beginne. Es sind toxische Worte. Ich weiß, dass ich sie nicht mehr loswerde.

26

Sie lasen mir vor, Frauen in grünen Kitteln, Frauen jenseits der Pensionierung, sie lasen aus Romanen und aus der Tageszeitung. Jeden Tag hatten sie eine halbe Stunde für mich, dann ging es hinüber ins nächste Zimmer, zu einem anderen Patienten. Ihre Stimmen nicht zu laut. Sie wehten durch das dämmernde Zimmer, in das kein Sonnenlicht fallen durfte. Die Bettdecke ohne Gewicht, nur ein Tuch, das sich im Luftzug hob, wenn jemand zur Tür hereinkam. Ich hatte fast keine Schmerzen, ein Kissen aus Opiaten, eine weite Fläche, ein sanftes Meer. Ich träumte von Mutter, von Vater und trieb auf etwas zu, das schon Gestalt annahm.

Zwoller kam, saß an meinem Bett. Von Zeit zu Zeit schaute er mich an. Worte rollten über seine Zunge, dann schluckte er sie hinunter, stand auf, ging zum Fenster, und an seinen Schultern erkannte ich, dass er weinte. Über Picco sprach er nicht. Auch über Ranz und Bruno kein Wort. All die Nächte, die wir diskutiert hatten, das Gerangel um Widerstand gegen Bolltner, die Thesen, ab wann Bolltner einknicken würde, davon war keine Rede mehr.

Vater kam. Als ich ihn nach Mutter fragte, schüttelte er den Kopf. Lief im Zimmer auf und ab, so sehr peinigte ihn das Gefühl, schweigen zu müssen, um es mir nicht noch schwerer zu machen. Er wird nicht gewusst haben, wohin sie verschwunden war. Sein Haar war wirr, seine Augen gerötet. An seinen Fingern gelbe Flecken, dabei hatte ich Vater nie rauchen gesehen.

Als ich Liv nach Mutter fragte, sagte sie, sie sei fort.

Nichts hatte sich geändert zwischen uns. Liv strich über meine Stirn, hielt meine Hand, saß im Halbdunkel des Zimmers. Ich hörte sie in einer Zeitschrift blättern. Sie brachte mir Schokolade und Kekse und blieb oft lange.

Ein paar Tage später standen sie in meinem Zimmer. Einer im Trenchcoat trat an mein Bett, der andere blieb am Fenster stehen.

»Bechter, mein Name«, sagte er und reichte mir einen Artikel aus der *Süddeutschen*.

Ich setzte mich auf und las. Der Tote in der Toilette hieß Roland Mönus. Er hatte einen Tag später in die USA fliegen wollen. Mir wurde schwindlig, ich musste mich wieder ins Kissen zurücklegen. Der andere ließ ein Diktiergerät laufen. Er hatte mein Schweigen auf Band, er hatte mein Gesicht, alles, was mein Blick sagte, auf den Fotos, die er von mir machte.

»Wie du siehst, wollte Mönus sich absetzen. Vielleicht bei der Earth Liberation Front unterkriechen. Aktivisten sagen die einen, andere sagen Ökoterroristen. Wir haben bei ihm ein Manuskript gefunden, eine Übersetzung eines Romans ins Deutsche, der in der US-Szene für Furore gesorgt hat: *The monkey wrench gang*, darin wird zu Sabotage und Anschlägen aufgerufen.«

»Nie davon gehört.«

»Bruno Sendler … er war dein Freund, nicht wahr?«

Ich ahnte, worauf sie hinauswollten.

»Und auch Xaver Zwoller, genannt Picco, kanntest du gut.«

Ich schwieg.

»Wo habt ihr euch radikalisiert? Ab welchem Zeitpunkt habt ihr den Anschlag geplant?«

»Ich?«

»Gab es weitere Hintermänner neben Mönus?«

Die beiden starrten mich an. Ich musste ruhig bleiben. Wir waren blöd genug gewesen, zur falschen Zeit am falschen Ort gewesen zu sein. Eine Plattitüde, aber wahr. Es sei denn, einer von uns hatte den Brand gelegt.

Ich schaute an Bechter vorbei, schaute irgendwohin, auf die Apparaturen an meinem Bett, die Monitore und Schläuche.

»Ist vielleicht etwas aus dem Ruder gelaufen? War es letztlich nur ein Unfall?«

Er baute mir eine Brücke. Sein Tonfall trug den Singsang des Rheinischen, der einen dazu verleiten mag, den Worten die Schärfe abzusprechen. Es war die Melodieführung in den Wörtern und den Sätzen, als wären die Wörter abgeschliffen, gerundet. Dabei führte er mich auf dünnes Eis und wartete, dass ich einbrach.

»Ich war einer von vielen. Wir wollten das Fest torpedieren! Sonst nichts.«

»Und dein Freund Bruno?«

»Niemand von uns hat den Brand gelegt. Wir wollten ein bisschen stören, den Dumpfköpfen zeigen, dass manche Leute im Dorf sich wehren.«

»Die Spurensicherung hat Reste von Brandsätzen gefunden«, sagte der andere. Sein Gesicht war ein wenig speckig und sein Haar zu lang. Es rahmte seine Wangen.

»Wir glauben, dass der erste Brandsatz in der Nähe der Buffettische deponiert und gezündet wurde, der zweite bei den Toiletten.«

»Ein Anschlag? Sie glauben, dass wir …?«

»Nicht unbedingt. Sagen wir so: Jemand, der die Gunst der Stunde genutzt hat, um die linke Szene in Misskredit zu bringen.«

»Oder jemand, der in eurem Fahrwasser auf eigene Rechnung gehandelt hat«, fuhr Bechter fort.

»Es gab diese Kanister«, sagte ich.

»Richtig«, sagte Bechter. »Benzinkanister. Und wir entscheiden, wer sie platziert hat. Du verstehst?«

Sie wollten es mir anhängen. Ausgerechnet mir.

»Wer kommt da infrage, außer dir natürlich?«

Ich dachte an den Toten in der Toilette. Mönus.

»Keine Ahnung.«

»Hör dich um. Das ist alles, was wir von dir wollen. Aber jetzt erst mal gesund werden, weiterleben wie zuvor! Du kommst raus aus der Nummer. Ab und zu ein Telefonat mit uns, nicht mehr. Aber auch nicht weniger. Ich hoffe, wir sind uns da einig.«

Als sie abzogen, brannten die Wunden an den Oberschenkeln und am Rücken. Ja, ich war einer von vielen. Einer, den sie auf der Liste hatten. Vor allem aber hatten sie mich am Haken. Ich sollte ihr Bauernopfer werden. Eigentlich wollten sie Bruno.

In all den Wochen im Krankenhaus in der Kreisstadt fragte ich mich, wo er steckte.

Ranz kam auch bald zu Besuch. Da konnte ich bereits sitzen, gehen und mich mit ihm in den Park hinausschleichen, wo wir einen Joint rauchten. Ich erzählte ihm von Bechter. Und davon, dass ich Bruno ans Messer liefern sollte.

»Ruhe, nur die Ruhe«, sagte Ranz, aber ich hörte, dass seine Stimme zwar nicht flatterte, aber dünner war als sonst.

»Bruno schickt mich. Er will verreisen. Lässt fragen, ob du mitkommst«, sagte er ein paar Tage später, als er erneut hereinschneite. Ich antwortete nicht. Wir saßen auf einer

Bank, schauten auf den sonnentrockenen Rasen. Der September hatte bislang kaum Regen gebracht. Über dem Park lag die Tristesse eines leeren Nachmittags. Was vom Sommer noch blieb, war anderswo, spielte im Dorf, am See oder oben in den Bergen, im Café bei Liv, sicher nicht mehr im Schuppen.

»Wo ist er?«

»Wann kommst du hier raus?«

»Mal sehen.«

Ich hatte nicht vor, jetzt schon aus dem Krankenhaus zu verschwinden. Gleichzeitig fürchtete ich, dass die Welt im Dorf, wie ich sie kannte, nicht mehr existierte. Alles und jeder konnte ins Taumeln geraten, und niemand, der mir nahe war und mich besuchte, war der Gleiche geblieben. Und genau das machte mir Angst, ich wollte es aus der Nähe erleben, denn wenn man es nicht aus der Nähe sieht, wird man vor vollendete Tatsachen gestellt.

»Was ist mit Liv, also mit Bruno und Liv?«

Die Frage rutschte mir heraus.

»Bruno wartet«, antwortete Ranz.

»Auf wen?«

»Auf dich.«

»Ausgerechnet auf mich?«

Als Ranz zwei Wochen später wiederkam, hatte ich das wenige, was zu packen war, gepackt. Schmerzmittel, Salben, ein paar Verbände, ein Fieberthermometer. Die Bücher und die Zahnbürste ließ ich zurück. Niemand sollte meine Flucht sofort bemerken. Bechter würde wiederkommen. Für ihn war ich es, der zu knacken sein würde. Vielleicht wollte Bruno mich deshalb dabeihaben und aus der Schusslinie bringen, weil er sicher war, dass ich einknickte, wenn es hart auf hart kam. Nur, was sollte ich ausplaudern? Was gestehen? Bechter überschätzte mich. Aber er wusste wohl, dass Ranz und Zwoller nicht reden würden. Vor allem nicht darüber, wo Bruno steckte, der sicherlich untergetaucht war. Vielleicht bei seinen Freunden in der Stadt.

Ich bemerkte es sofort, als wir zu Hause eintrafen: Der Rasen war nicht gemäht, die Fensterläden an Mutters Werkstatt waren verschlossen, im Haus roch es klamm, als sei lange nicht mehr gelüftet worden. Auf der Holztruhe im Flur lag ein Haufen ungeöffneter Post. Darunter Mutters Brief, der mit der Postkarte, an mich adressiert. Die Pflanzen im Wohnzimmer waren verwelkt, in der Spüle stand das Geschirr einer Woche. Auf der Spülmaschine die Brandspur einer Zigarette, neben dem Tisch ein Karton mit Weinflaschen. Der Tisch war noch gedeckt: Butter und Käse, die Marmelade und auf dem Teller Eierschalen und ein Rest Eigelb. Die Küchenuhr tickte. Etwas Endgültiges lag in dieser Trostlosigkeit.

Ich steckte ein paar Kleidungsstücke in einen Koffer, schmierte mir ein paar Brote, füllte Wasser in eine Thermoskanne, so, wie Ranz gesagt hatte.

Dann kam Vater. Ich hörte das Zuschlagen der Wagentür in der Einfahrt. Er richtete ein paar Worte an Ranz, der draußen wartete, eine große Müdigkeit lag in seiner Stimme. Denn das Aufschnarren der Tür. Vater warf seine Jacke auf die Treppe. Ich hörte das Klacken des Reißverschlusses auf dem Holz. Er kam direkt in die Küche, hinkte stärker als sonst. Dann umarmte er mich. Er hatte abgenommen, sein Körper an Substanz verloren, das spürte ich. Er war ein Mann, der verloren hatte. Als er den Koffer sah, nickte er. Dann sagte er einen Satz, den ich lange nicht verstand.

»Alles tut mir leid.« Ich wusste, er meinte, dass er Mutter

verloren hatte und auch mir vielleicht nicht gerecht geworden war. Aber zugleich schwang in dem Wort *alles* etwas anderes mit, eine Schärfe, ein Abgrund.

»Ich muss dann los«, sagte ich zu Vater. Er fragte nichts, er umarmte mich wieder, und ich hörte ein Auto vorfahren. Ich löste mich aus seinen Armen.

Als ich in Livs Wagen stieg, stand Vater am Fenster und winkte, und ich winkte zurück und spürte, es war falsch, ihn zurückzulassen.

27

Je länger wir fuhren, desto stiller wurde es im Auto. Der Wald warf seinen Schatten über die Straße, die Tannen standen so dicht, dass das Auge nicht fliehen konnte. Für Mutter war der Wald ein finsterer Ort. Besonders hier am Ende des Dorfs, bevor er sich weiter oben lichtete und die Aussicht auf den See freigab. Küstenwälder sind anders, hatte Mutter gesagt. Weniger dunkel, Buchen oft, die gleich hinter dem Strand beginnen, und unter den Bäumen wächst Gras, und im Frühjahr blühen Buschwindröschen, Bärlauch und Schlüsselblumen. Eine offenere Landschaft.

An der Wäscheleine vor dem Haus flatterten Handtücher. Aus dem Schuppen tönten Axtschläge. Die Scheite brachen mit einem trockenen Knacken auf. Als die Axt schwieg, hörte ich die Kastanienbäume rauschen. Brunos Tante trug Gummistiefel und eine blaue Kittelschürze, sie machte ein paar Schritte auf uns zu, blieb dann stehen und wies mit dem Kopf zur Haustür. Ein Lächeln hatte sie nicht für uns und verschwand zurück in den Schuppen. Unmöglich, dass Mutter und Bruno sich je hier im Haus getroffen hatten. Die Axt setzte wieder ein, und das Rauschen der Kastanienbäume trat zurück.

Der Koffer in meiner Hand war schwer, und es kam mir plötzlich seltsam vor, zu fliehen, nur weil Bechter mir drohte. Mir schmeichelte die Nähe zu Bruno, meine Wichtigkeit, und ich spürte, dass ich Liv dadurch näher war. Naiv, wie ich war, fühlte ich nicht, dass die Flut mich längst erfasst hatte. Mich, Vater, Mutter und alle anderen.

Neben den Rehgeweihen über der Tür hing ein Strauß Brennnesseln. Ein Kräuterzauber gegen Blitzschlag. Ich kannte das Haus nicht näher, hatte Bruno nie besucht. Wenn wir uns trafen, dann im Schuppen.

Die Uhr in der Küche zeigte 14:02 Uhr. Ich erinnere mich. Das Radio lief, und für einen Moment hörten wir dem Sprecher zu: Ein Leichtflugzeug war in der Nähe von Rosenheim kurz nach dem Start abgestürzt. Ich wusste, dass man Vater bitten würde, zu untersuchen, ob Vogelschlag dabei eine Rolle gespielt hatte. Auf dem Tisch saß eine weiße Katze und fraß vom Schinken. Über die Berge rollte das ferne Echo eines Gewitters.

Liv führte mich die Treppen hinauf auf den Dachboden. Ein Windstoß rüttelte an losen Dachpfannen. Ich habe das Klimpern noch im Ohr, unrhythmisch und hart, und darunter mischten sich Stimmen, sie näherten sich schnell, Bechters Stimme und die des zweiten Mannes, der mir seinen Namen nicht verraten hatte, und auch die Stimme von Brunos Tante brandete im Hof auf, laut und klar.

»Nein, kein Bruno. Liv und der Junge sind in die Berge.«

Bechter antwortete nicht.

Wir machten kein Licht, schlichen über den Dielenboden. Was wollte Liv hier? Hielt Bruno sich hier oben versteckt? Dass er für den Brand verantwortlich war, konnte ich mir nur schwer vorstellen. Vielleicht doch Mönus. Über ihn wusste ich nichts. Liv dirigierte mich zu einer alten Standuhr an der rückwärtigen Giebelwand. Vorsichtig öffnete sie die gläserne Tür, tastete nach dem Messingpendel, dem Räderwerk, ein Scheppern löste sich, zum Glück nicht sehr laut. Der Innenraum der Uhr, die Gewichte und Ketten, war ausgeräumt. Sie war mannshoch, und jemand, der schmal genug war, konnte in das Gehäuse einsteigen, musste an der

Rückwand die Bretter herausnehmen, über die Schwelle treten, in einen Hohlraum, der sich dahinter auftat, kaum breiter als einen Meter. Ich streckte die Hand aus und berührte eine weitere Wand, in die ein Fenster eingelassen war, aus dem man auf den Hof schaute. Ich begriff. Man hatte eine zweite Wand vor der eigentlichen Giebelwand hochgezogen. Auf einer Matratze lagen Bücher und Kleidung, die Bruno gehören mussten. Wer immer es so arrangiert hatte, hatte es gut gemacht, hatte getan, was getan werden musste, zu einer anderen Zeit, in einem anderen Leben. Jetzt bewahrte es mich oder Bruno vor einem Zugriff. Ich setzte mich, musste ausruhen. Wir hörten Bechter unten im Hof sprechen. Liv lugte durch das schmale Fenster hinunter. Schließlich verstummte er. Ein Motor sprang an, und wir hörten das Knirschen der Reifen in der Einfahrt.

»Ich komme bald wieder«, sagte Liv, und stieg durch die Standuhr zurück auf den Dachboden. Dann setzte sie die Bretter wieder ein, fügte die Feder in die Nut. Ein Ton war zu hören. Von dem Räderwerk und dem Messingpendel, die einst die Zeit banden und fesselten. Jetzt schon begann mein Warten auf Liv und Bruno.

Der Verschlag war staubtrocken, die Luft verbraucht. Mit den Fingern kratzte ich in den mürben Fugen, zerbröselte den Mörtel. Etwas anderes hatte ich nicht zu tun. Die Stille legte sich wie eine bleischwere Decke um mich. Ich nahm eine Schmerztablette und wechselte den Verband an den Beinen. Manchmal nickte ich für kurze Zeit ein, bis die Panik mich weckte. Ich war am falschen Ort. Ganz und gar. Was hatte ich hier verloren? Ich musste zu Vater. Musste nach Haus. Und was, wenn Liv nicht wieder auftauchte? Was, wenn ich sie längst an Bruno verloren hatte? Bruno war mein Freund. Aber wie tief ist die Freundschaft? Wie lange hält sie? Ist sie für immer? Wie lange ist immer? Ich hörte Schritte, das Stakkato der Schuhsohlen auf den Treppenstufen, auf den Dielen. Ich legte mein Ohr an die Wand. Stimmen, die über den Dachboden zogen, an meinem Versteck entlang, auf den Treppenabsatz und zurückkehrten, geradewegs auf mich und die Uhr zu. Vor der Standuhr verharrten die Schritte. Die Glastür flog scheppernd auf, ich hörte jemanden atmen. Nur gut dreißig Zentimeter von mit entfernt. Ich hielt die Luft an, meinte, ein Männerparfum riechen zu können, meinte, den stechenden Blick zu spüren, mit dem jemand die Rückwand der Standuhr inspizierte. Wie hatten sie auf die Standuhr kommen können? Mein Herz pochte mir in den Ohren, ich stierte auf die Bretter, die jeden Moment aus der Rückwand entnommen werden würden. Ich saß in der Falle. Aus meinem Verschlag gab es kein Entrinnen. Die Zeit stand still. Für die Lesart von Bechter hatte ich jetzt, da ich mich versteckte, einen Brandanschlag auf dem Kerbholz. Aber nichts geschah.

Die Schritte entfernten sich wieder. Schließlich hörte ich ein Knackgeräusch wie von einem Funkgerät. Vernahm ein Flüstern, eine Stimme, die dünn und gebrochen antwortete, als sei sie weit weg auf dem Mond, bis sie verebbte, unterging in einem Schweigen, das den Raum vor der Uhr flutete. Ich rührte mich nicht. Warum suchten sie nicht weiter?

Meine Blase tat weh, ich musste pinkeln, stellte mich an den Eimer und hoffte, dass es nicht bis hinaus auf den Dachboden stank. Danach kamen der Durst und schließlich der Hunger. Ich hielt beide eine Zeit lang in Schach, bis mein Magen schmerzte und mein Gaumen klebte und in meinem Kopf eine weite Leere entstand, dann erst machte ich mich über die Vorräte her. Wenn ich noch länger hierbleiben müsste, würden sie nicht reichen.

Der Morgen brach an, die fahle Dämmerung, der Gesang einiger weniger Vögel. Auf der Zufahrtsstraße fuhr ab und zu ein Auto vorbei, jemand, der von den Höfen weiter oben in die Stadt fuhr. Die Rücklichter glommen im Zwielicht. Schließlich flammte ein rotes Band am Horizont über den fernen Höhenzügen im Süden auf, wo die Berge des Alpenhauptkamms waren. Für eine Flucht Hals über Kopf war ich nicht gerüstet. Und wohin sollte ich fliehen? Meine Welt war klein. Sie bestand aus dem Dorf. Mehr hatte ich nicht gesehen, wenn man von den Ferien am Meer absah.

Liv kam nicht. Es wurde warm in meinem Versteck. Die Kühe suchten die Schattenpfützen unter den Bäumen auf. Es roch nach Staub. Schwalben waren in der Luft. Bald würden sie in den Süden aufbrechen. Trotz der Hitze ahnten sie den Herbst. Ab und zu standen weiße Wolken am Himmel, die im warmen Aufwind auseinandertrieben.

Ich wartete. Nichts geschah.

28

Nach zwei Tagen stieg ich aus meinem Versteck hinaus auf den Dachboden. Ich musste zu Liv, musste zu Bruno und Ranz, musste wissen, was zu geschehen hatte. Ich konnte hier nicht länger warten. Im Treppenhaus das Aroma von Kaffee und Zigaretten. Und Fremdheit. Hinter einer Tür das Rauschen einer Toilettenspülung. Auf dem Küchentisch Bier- und Colaflaschen, randvolle Aschenbecher. Ich trank ein Glas Wasser, machte mir ein Brot, aß es hastig, trank ein weiteres Glas, wartete. Die Tür vom Bad ging auf.

»Du musst weg«, sagte die Tante im Türrahmen und trocknete ihre Hände an der Hose ab. »Sie suchen nach dir. Sie haben die ganze Bude auf den Kopf gestellt. Du scheinst ihnen sehr wichtig zu sein, sagt Bruno. Wollen sie dich umdrehen?«

»Umdrehen?«

»So ist es immer. Einer wechselt die Seiten.«

Sie nahm ein Bündel Geldscheine aus der Hosentasche und reichte es mir.

Die Narbe auf meinem Rücken brannte.

»Gehen wir!«

»Wo ist Bruno?«

»Du versteckst dich in einem der leeren Waggons. Es ist der zwölfte auf dem toten Gleis. *Mannheim* steht drauf. Wenn der Zug aus Rosenheim eintrifft, wechselst du, so schnell du kannst. Im letzten Moment, bevor er wieder abfährt.«

»Aber …?«

»Gehen wir«, sagte sie und steckte mir ein paar Käse- und Wurstbrote zu, die sie geschmiert hatte.

»Warten Sie«, sagte ich und zog mein Hemd aus. »Ich muss den Verband wechseln.«

Sie wusste, was zu tun war, und half mir.

Wir stiegen in ihren VW Käfer, fuhren den Weg hinunter ins Dorf. Ich legte mich auf die Rückbank.

»Nimm den Zug um zehn nach sechs. Umstieg in Rosenheim. Dann Salzburg, Belgrad, Athen, dann mit dem Schiff nach Kreta.«

»Warum Kreta?«

»Es ist weit genug fort. Es ist warm, und das Leben ist billig.«

Die Namen klirrten in meinen Ohren. Ich wollte nach Hause, nicht nach Kreta.

»Wo ist Bruno?«

»Keine Sorge. Du wirst ihn schon treffen.«

»Wo?«

»Irgendwo im Zug.«

Ihre Stimme wurde ein wenig höher. Etwas stimmte nicht. Sie ließ den Wagen am Straßenrand vor dem Café ausrollen und reichte mir die Hand.

»Alles Gute.«

Ich nickte kleinlaut. Noch konnte ich mich verdrücken, konnte hinüber zu Vater gehen. Standen wir schon auf Fahndungsplakaten? Auf dem Bahnhof würde es sich zeigen. Ich stieg aus, und in diesem Moment begriff ich, dass ich vogelfrei sein würde, wenn ich mit Bruno floh, dass ich kein Zuhause mehr besitzen würde. Dass mir allein noch Bruno bleiben und ich hinaus in die Welt treiben würde.

Die Tante drehte den Zündschlüssel, legte den Gang ein, winkte mir zu. Erst, als ihr Käfer auf Höhe des Ladens aus meinem Blick verschwand, lief ich los, mit gesenktem Kopf. Ich schob mich entlang der wenigen Wanderer, die auf dem Bahnsteig standen, wechselte dann hinüber auf die andere Seite, dort, wo die Züge abgestellt waren, die nirgendwo mehr hinfuhren. Ich lief das tote Gleis ab, bis ich die Nummer zwölf erreichte. *Mannheim*. Bruno war weit und breit nicht zu sehen. Was, wenn er nicht auftauchte? Ich konnte es immer noch beenden. Bechter konnte mir nur schwer was anhängen. Noch war der Zug nicht eingetroffen, der uns nach Rosenheim bringen würde. Ich hockte mich in eines der Abteile. Von Bruno keine Spur. Und wo war Liv? Es blieben fünfzehn Minuten. Bechter lief den Bahnsteig hinauf. Aus den Augenwinkeln sah ich den roten Quader des Zugs auf das Bahnhofsgelände einbiegen, hörte das Schaben und Quietschen der Räder auf den Gleisen. Bechter kam immer näher. Ich hörte dieses metallische Reißen, wendete den Kopf, starrte auf den Kopf des Zugs. Der Zug schob sich an mir vorbei, knirschte über das Gleis, kam zum Stillstand, die Türen öffneten sich. Kaum jemand stieg aus, ein paar Wanderer stiegen zu. Ich eilte ans Ende des Waggons, öffnete die Tür, Bruno musste längst in dem anderen Zug sitzen. Bechter guckte in meine Richtung und hielt auf mich zu. Ich rührte mich nicht von der Stelle.

»Du verreist?«

»Ja.«

»Schade! Sehr schade! Keine gute Idee.«

Mehr sagte er nicht. Ich sprang auf den Bahnsteig hinunter und sofort in den Zug nach Rosenheim. Ich schloss mich auf der Toilette ein, in den Gestank und das ölige Licht. Hatte er mich gar nicht auf der Rechnung? Oder wartete er nur darauf, dass ich ihn zu Bruno brachte? Ich hörte die Reisenden auf dem Gang, das Auf- und Zuschieben der Abteiltüren. Irgendwo musste Bruno sein. Oder hatte seine Tante was falsch verstanden? Mein Herz schlug im Takt des Rumpelns, als der Zug sich hinausschob, Fahrt aufnahm, sich verlangsamte, auslief, wieder zum Stehen kam. Ich hastete aus dem miefigen Klo, stürzte zur Waggontür, spähte nach draußen auf den Bahnsteig. Kein Bechter. Kein Bruno, nicht Liv. Rausspringen oder bleiben? Beides fühlte sich falsch an. Ich blieb, setzte mich in ein leeres Abteil. Vielleicht war Bruno in letzter Sekunde noch eingestiegen. Ein letztes Mal lehnte ich mich hinaus, mein Blick flog über alles, was er fassen konnte, und fasste nichts. Ein blinder Blick, gebadet in Verzweiflung. Ich trat zurück, lehnte mich gegen die Abteiltür, der Pfiff des Schaffners schnitt durch das Gemurmel, meine Knie flatterten. Eine Lähmung überkam mich, ich begann zu frieren. Unter meinen Füßen spürte ich das Rattern des Zugs. Ich stierte auf den ranzigen Bodenbelag, las in den Flecken und Schlieren, die sich in ihn eingebrannt und eingesifft hatten, las ein Muster, als würde ich darin meine Zukunft erkennen. Ich roch den Mief, die Ausdünstungen. Streifte mir einen Pullover über, ließ mich auf den Sitz fallen und begann, mit dem Oberkörper zu wippen, mich zu wiegen. Eine Ameise kroch über den Boden, ich hielt meine Hand hin, sie erkletterte die Finger, wanderte über den Handteller, lief bis zu den Fingerspitzen. Irgendjemand musste sie hereingetragen haben – unter den Schuhen, an der Kleidung. Ich ließ sie wandern, spürte ein schwaches Kribbeln auf der Haut, das mich seltsamerweise ein wenig beruhigte. Ich schloss die Augen, hörte das Rattern. Erst, als ich die Ameise nicht mehr fühlte, riss ich die Augen auf, sah sie über den Ärmel des Pullovers streifen, ein spirreliger orangebrauner Körper, der in die Freiheit wollte. An der Schulter nahm ich sie wieder auf, hielt ihr einen Finger hin, führte sie zurück. Was fraß eine Ameise? Was trank sie? Ich wischte mit dem Finger ein paar Schweißtropfen von der Stirn und streifte ihn am Handteller ab. Vorsichtig schloss ich die Ameise in meiner Faust ein. Lehnte den Kopf an das Polster. Spürte in den Füßen das Bremsen des Zugs, das Reiben der Räder auf den Gleisen, dann wieder das Beschleunigen, sobald die Kurve hinter uns lag. In Rosenheim sagte ich mir, würde ich aussteigen. Die Ameise kroch zwischen meine Finger, suchte einen Weg ins Freie. Ich durfte nicht zu heftig die Finger zusammenpressen. Vor dem Fenster tauchten Dörfer auf, wurden größer und verschwanden wieder. Vom Boden klaubte ich ein paar Krümel auf, legte sie auf dem Ablagebrett neben einen leeren Kaffeebecher aus. Die Ameise lief von einer Ecke zur anderen. An jeder wartete der Abgrund, kein Weg, der an ein Ziel führte. Immer schneller lief sie, den Brotkrümel wie eine Trophäe in die Luft gestreckt. Ich nahm den Kaffeebecher und stülpte ihn über das Tier. Mit einer Hand hielt ich ihn umschlossen, damit er nicht umkippte und die Ameise floh. Bald fielen mir die Augen zu. Ich sah Vater und Mutter, Picco, Zwoller und Ranz, sah Bolltner, sah Liv und die Schober um einen großen Baum tanzen, im Wiegeschritt mit ausgestreckten Armen, schließlich im langsamen Walzerschritt.

Als ich aufwachte, war ich nicht mehr allein. Gesichter zitterten vor meinem Blickfeld auf wie Gegenstände unter Wasser, die erst, wenn die Wasseroberfläche zum Stillstand kommt, gebrochen ihre Kontur annehmen. Frauen mit Einkaufstaschen. Der Duft frischen Brotes und Kaffee aus der Thermoskanne. Rosenheim. Ein Flickenteppich aus Farben und Gebärden. Ein Schwall von Lauten. Bewegungen, unrhythmisch, unkoordiniert. Eine Durchsage schepperte über den Bahnsteig. Ein Pfiff ertönte. Vielleicht würde Bruno hier zusteigen. Die Waggontüren schlugen zu. Wieder ertönte ein Pfiff. Die Leute wichen zurück. Ich musste hier raus. Mein Blick irrte und schwamm. Der Zug bewegte sich, auf dem Bahnsteig schob sich ein Gesicht vor das andere, viele vor das eine, das plötzlich sichtbar wurde. Liv schaute mir nach, von einer Treppe aus, die hinunterführte in die Bahnhofshalle, zwischen den Streben des Geländers ihr Kopf, das dunkle Haar, darin ein rotes Haarband, das sie sichtbar werden ließ. Der Bahnsteig und der Bahnhof schmolzen vor meinen Augen ein, wurden klein, und meine Angst wurde groß. Kalt meine Stirn, wie im Frost, ein großer Frost auf den Polstern, in den Blicken der Kinder, in den Augen der Erwachsenen auf dem Bahnsteig. Ich war wie gelähmt, sank immer tiefer ins Polster. Die Stimmen um mich herum waren in Aufregung, als fragten sie für mich, warum Bruno und Liv den Bahnhof ohne mich verlassen hatten. Ich trieb ins Leere. Keine Flucht mehr. Nur ein schnöder Abschied.

Wälder und Wiesen, Straßen und Wege flogen am Abteilfenster an mir vorbei. Über allem stand das milchige Licht der Spätsommerhitze. Alles strahlte eine große Müdigkeit aus. Mit jedem Kilometer, den wir auf Salzburg zurollten, verstärkte sich der Druck in meinem Bauch. Ich musste aussteigen, musste wieder nach Hause. Ein Zuhause, das es nicht mehr gab. Mutter war fort, Vater nur eine Silhouette des Mannes, den ich gekannt hatte. Picco war tot. Liv und Bruno auf und davon. Sie hatten vielleicht nie ernsthaft vorgehabt, mit mir zu fliehen. Schwach erkannte ich im Dunst das blaue Oval des Chiemsees.

In Salzburg hielt der Zug. Männer mit rauen, schlecht rasierten Gesichtern. Männer, denen das Heimweh aus den Augen zu strahlen schien. Männer mit altmodischen

Hüten. Männer, die rauchten, deren Köpfe von einer Wolke umgeben waren. Männer mit Koffern, die sie durchs Fenster anreichten. Männer, die an den Abteilen vorbeizogen, auf der Suche nach einem freien Platz. Sie und ich, wir alle nahmen den Zug nach Jesenice, das vor ein paar Jahren noch zu Jugoslawien gehört hatte. Jesenice klang nach Fremde. Etwas, das bald schon bleiben würde wie eine Krankheit, die man nicht mehr loswird.

Im späten Licht ratterte der Zug durch die Alpen, passierte Bahnhöfe, die Bischofshofen und St. Johann im Pongau hießen. Namen, begleitet von grauen Felsbergen und schwärzer werdenden Wäldern, wenn ich hinausschaute, gegen das eigene Spiegelbild ankämpfte und die Augen mit der Hand beschirmte und das Gesicht an die fettige Abteilscheibe drückte.

29

Wir lassen Ranz und Irina bei der Hütte zurück und folgen der Schlucht, die in den Berg schneidet. Wo Steinschlag droht, ist der Fels entlang des Wegs mit einem Drahtnetz überzogen. Ein rostiges, durchlässiges Kleid. Das Knirschen unserer Schritte tönt bei jedem Schritt auf. Wir kraxeln über Brücken und Holzstege, die entlang der Felsen führen. Neben uns rauscht ein Bach, schäumend, kniehoch. Die senkrechten Wände weisen Riefen und Rillen auf. Andere sind glatt geschliffen vom Hochwasser, das bei der Schneeschmelze und nach einem heftigen Gewitter ins Tal schießt. Wir sehen, wie hoch das Wasser mitunter reicht und mit welcher Kraft es den Stein bearbeitet. Der Schutt liegt im Bachbett, bildet Wälle und Schüttungen. Manchmal verengt sich die Schlucht. Dann flimmert über unseren Köpfen nur ein schmaler Himmelsausschnitt. Die Rucksäcke werden schwer. Die Gurte schneiden uns in die Schultern. Hatten wir zuvor schon wenig geredet, so werden wir nun stumm. Ich folge meinen Gedanken, dem Gleichmaß der Schritte, verliere mich im Anblick des fast Immergleichen. Ich denke an Vater, wünsche, er hätte eine Art Frieden finden können. Wie entwürdigend musste es für ihn gewesen sein, sich auf die Pirsch nach Mutter zu begeben. Wie peinlich, ihr nachzustellen. Es ist immer gut, selbst Abschied zu nehmen, das Spiel zu beenden, wenn es nicht mehr zu gewinnen ist. Es erst für sich selbst beenden, dann für den, den man liebt. Doch so hart war Vater nicht. Wer das Leben der Vögel studiert, muss sich nicht unbedingt im eigenen auskennen. Vater war ein Mann der Lüfte. Mutter war da anders, und doch hatte ich ihr nicht zugetraut, dass sie die Chance ergriff, als sich ein neues Leben auftat. Ich würde es besser machen als Vater und besser als der Junge, der damals in einem Zug davonfuhr, mit Fragen im Rücken, nichts als Fragen, und von manchen ahnte er nicht mal, dass sie zu stellen sein würden, jetzt, zwanzig Jahre später. Ein Junge, den es später zum Studium fortzog nach Frankfurt, dann Leipzig. Einer, der nicht gerne in ein Schwimmbad ging, stattdessen allein an Seen badete, wo niemand sah, was die Flammen auf seinem Rücken angerichtet hatten.

Was war wirklich geschehen damals, auf Bolltners Fest? Ohne eine Antwort wird es für mich nicht weitergehen hier im Dorf. Auch das, was wir nicht wissen, bestimmt unser Leben.

Als wir die Schlucht hinter uns haben, führt der Weg wieder steil bergan. Wir steigen hoch zum Talschluss. Nirgendwo ist eine Bewegung auszumachen. Bruno und Ludwig werden die Felsnische und die Geier längst erreicht haben. Plötzlich bleibt Liv stehen, deutet mit dem Kopf in Richtung der Schlucht. Unter uns der Tanz von Bergdohlen, ihre Spiralen und Wirbel, dann das Dit-Dit, Die-Die, Zi-ä, Ziiiiet von irgendwoher. Die Stimmlage fröhlich, hoch zwitschernd, hin und wieder ein Quetschlaut. In einer Weißtanne sitzt ein kleiner Vogel mit olivgrünem Rücken und gelb-grünlicher Brust. Auf den Flügeln Gelb und ein verwaschenes Schwarz. Ein Zitronenzeisig – dafür brauche ich kein Bestimmungsbuch. Ich hoffe, dass er bleibt, wo er ist, dass wir Zeit haben, ihm zuzuhören, den flüchtigen Augenblick zu verlängern. Immer liebt man das Flüchtige. Vater sagte, nur die wenigsten Vögel habe er je zu Gesicht bekommen. Viele seien unscheinbar oder hielten sich versteckt im hohen Gras oder Röhricht. Gehört habe er sie schon. Vögel seien besser erforscht als die meisten anderen Tiere. Das Organ, das den Gesang in die Gärten und Wälder bringe, sei nicht größer als eine Linse und zusammengesetzt aus Membranen und Muskeln. Filigran und von ungeheurer Präzision. Die Euphorie, die in Vaters Worten damals mitschwang, jetzt fällt es mir schwer, sie zu teilen. Was hat er getan, als er bei Bolltner auftauchte? Jetzt ist nicht die Zeit, Liv zu fragen. Wir gehen weiter. Um uns herum, in der Luft, in den Bäumen, ein Rufen und Singen. Je länger ich hinhöre, desto reicher wird der Gesang und führt mich fort von Vater, von Bruno und Ranz und einer Ahnung, die an mir zu nagen beginnt. Ich bin wie mein Vater: Ich will nicht fühlen, ich will hören, und erst, als wir die Baumgrenze erreichen, wird der Gesang dünner und meine Gedanken noch schwärzer.

Plötzlich sehen wir Ranz' Pferde auf einer Hochwiese. Sie grasen. Ihre dunklen Körper heben sich kaum von den Felsen ab. Und weiter oben sehen wir Lorenz und Gerald ihrer Arbeit nachgehen.

Es hat wieder einmal zu regnen begonnen. Der Regen peitscht auf uns herunter. Auch die plötzlichen Wolkenbrüche hat es damals nicht gegeben. Nicht in dieser Heftigkeit und Dauer. In den Mulden auf dem Weg bilden sich Pfützen. Es gurgelt und strömt von überallher. Wir brauchen lange, um die beiden zu erreichen.

»Scheißwetter«, sagt Lorenz.

Der Wind pfeift von den Gipfeln herunter. Die Kälte kriecht uns in die Hosenbeine.

»Immer dieser Regen«, sagt Gerald, der seinen Klettergurt anlegt. Seine Nase ist gerötet von der Kälte, und das Haar, das unter der Mütze hervorschaut, ist nass.

»Kein Wetter für eure Geier. Schauten ziemlich verfroren aus vorhin«, sagt Lorenz. »Schätze, sie bleiben erst mal in ihren Kisten hocken.«

Liv reicht Gerald Tee, bevor sie auch mir einen Schluck anbietet.

»Wir müssen«, sagt Lorenz. Er begleitet Gerald bis zum Rand der Kluft. Der Strahl seiner Taschenlampe tastet über den nassen Fels in der Tiefe. Immer mehr Wasser läuft dort hinein. Lorenz nimmt einen Stein, wirft ihn in die Kluft, und von unten dringt ein Platschen zu uns herauf.

»Der Wasserdruck wird steigen.«

Gerald stopft den Fotoapparat und das Maßband in seine Regenjacke.

»Ab jetzt ist alles eine Frage der Physik. Wie viel Druck ertragen die Schlucht und der Berg?«

Er schwingt sich über die Kante, Lorenz sichert ihn, wickelt das Seil um Schulter und Rücken, lässt ihn hinab. Eine Zeit lang kann ich das Licht seiner Stirnlampe über die Wand huschen sehen, dann wird der Ausschnitt schwarz. Steine rumpeln. Gerald ruft uns etwas zu, das Gurgeln des Wassers übertönt ihn. Der Zug auf dem Seil bleibt gleichmäßig. Er muss inzwischen mehr als zehn Meter abgestiegen sein. Plötzlich ruckt das Seil und verharrt. Nichts tut sich mehr. Wir warten. Geralds Stimme wabert wieder auf. Lorenz antwortet. Doch seine Worte werden von der Tiefe und dem Wasser geschluckt. Wieder ruckt das Seil. Lorenz zieht mit aller Kraft, wir helfen ihm. Meter für Meter holen wir das Seil nach oben, bis sein Haarschopf auftaucht. Klatschnass klebt Gerald das Haar am Kopf.

»Hab meine scheiß Mütze verloren«, sagt er. »Da unten baut sich ziemlich was auf.«

Lorenz zieht ihn aus dem Spalt, und Gerald reicht ihm eine Liste, in die er Daten eingetragen hat.

»Schätze, man hätte den Berg in Ruhe lassen sollen«, sagt Lorenz und steckt das Papier ein.

»Es gab Zeiten, da hatte der Berg vor allem Bolltner zu fürchten«, sagt Liv.

»Bolltner? Wer ist das?«, fragt Gerald.

»Schon gut«, sagt Liv. »Wir sollten jetzt los.«

Triefnass sind die beiden Kisten, in der Felsnische hocken Bruno und Ludwig statt der Geier. Lorenz hatte recht, die Tiere sehen nicht gut aus. Jetzt also der Moment, auf den Vater gewartet hatte. Über das Warten kam ihm Mutter abhanden. Er war im Rauriser Tal dabei, am Mont-Blanc und am Ortler. Er hat die Zuchtprogramme in der Schweiz und im Nürnberger Zoo verfolgt. Jetzt sitzen wir hier im Regen, es ist kein spektakulärer Moment. Ich reiche Bruno meinen Rucksack. Er nimmt die Knochen heraus, legt sie neben sich.

»Wir füttern sie später«, sagt Bruno. »Es ist genug da. Wir haben noch Gamsköpfe und Beinknochen dabei. An die sieben Kilo. Das müsste reichen für ein paar Tage.«

»Sie haben es hier wie im Paradies. Anderswo ist den Leuten die Sorge um Geier nur schwer vermittelbar«, sagt Ludwig. Er hat seine Mütze tief in die Stirn gezogen.

»Hat was Dekadentes. Ist darum aber nicht falsch«, sagt Bruno.

»In Afrika etwa schwinden die Populationen rapide, weil bestimmten Körperteilen eine heilende Wirkung zugeschrieben wird. Es hat sich über den ganzen Kontinent ein Handelsnetz entwickelt.«

»Der Aberglaube wächst nicht nur in Afrika«, erwidert

Liv. »Einen solchen Markt gäbe es auch bei uns. Es gibt genug Idioten, denen man verkaufen kann, dass Vogelknochen sie vor Viren oder Beinbrüchen schützen.«

»Mag sein, lass uns die Vögel ins Nest setzen. Wir sind spät genug dran«, antwortet Bruno und folgt Ludwig zu den Kisten. Ludwig öffnet sie, nimmt den Bartgeier und beringt ihn oberhalb des Fußknöchels. Auf dem Metallring ist ein Zahlencode zu sehen.

»Sollte der Vogel umkommen, kann er, wenn er gefunden wird, anhand der Nummer identifiziert werden«, erklärt Liv mir.

Bruno fischt einen streichholzschachtelgroßen Sender aus seinem Rucksack, an dem zwei Schlaufen befestigt sind. Er streift sie dem Geier über, sodass der Sender sich auf seinem Rücken befindet. Deutlich ist das blauschwarz schimmernde Solarmodul zu sehen, und Ludwig zupft an den elastischen Schlaufen herum, bis sie sitzen.

»Die Dinger halten nicht ewig«, sagt Bruno, als er meinen skeptischen Blick sieht. »Aber ein paar Jahre zeichnen sie auf, wo er sich gerade aufhält, was wichtig ist, sollte er sich verletzt haben und flugunfähig sein.«

Dann setzt Bruno den Geier ins Nest. Das Tier ist bereits groß wie ein Adler. Neugierig beäugt es uns und die Umgebung. Von den Knochen nimmt er keine Notiz. Er macht ein paar Schritte, ein paar Flügelschläge, die schwach und dürftig ausfallen.

»Dauert noch. Er muss noch trainieren«, sagt Ludwig und holt den zweiten Vogel aus der Kiste.

»Schafft er zweihundert Schläge pro Tag, wird er ausfliegen. Dann ist die Muskulatur so weit.«

Ich weiß, wie wichtig Bruno dieser Moment ist. Ich weiß es, weil mir klar ist, wie wichtig er für Vater gewesen wäre.

Beide Geier zupfen an den Schlaufen. Ich kann nichts Schönes an den Tieren finden. Ihre Köpfe sind groß, und ihre trüben Augen lassen einen glauben, sie wären mit Blindheit geschlagen, lassen sie kränklich aussehen, und das zerrupfte Federkleid schaut aus wie ein Büßerkleid in düsterem Braun und Schwarz.

»Wir müssen die Schichten aufteilen«, sagt Bruno. »Zwei von uns übernehmen den Tag, die anderen beiden die Nacht. Es kann immer was passieren. Adler, Falken, Wanderer, die den Vögeln zu nahe kommen. Wer also mit wem?«

»Liv und ich«, sage ich.

Bruno lächelt.

»Oder wir beide machen es, Jakob«, sagt er.

»Abgemacht«, sage ich. Ich kann Bruno nicht länger umgehen. Nicht, wenn ich im Dorf bleiben will. Das, was ich über Vater nicht weiß, weiß Bruno. Und zugleich ist diese Scham in mir, dass Bruno Dinge sagen wird, die mir Vater nehmen werden.

»Gut. Wann soll ich hier sein?«

»Komm am Samstagabend zu Ranz' Hütte. Die ersten beiden Tage übernehmen Ludwig und ich. Wir beobachten die Tiere von dort mit dem Spektiv. Zu sehr sollten sie sich nicht an unsere Nähe gewöhnen. Wir wollen sie auswildern und nicht auf uns prägen. Also Abstand.«

Es hätte mir was ausgemacht, wenn Liv bei Bruno geblieben wäre. So, wie mir auch der Regen was ausmacht und die Vorstellung, die Nacht bald in Ranz' Hütte zu verbringen. Allein mit Bruno.

Wir treten den Rückweg an, und je weiter wir uns von Bruno entfernen, desto leichter wird mir das Herz. Wir laufen zwischen Felsbrocken hindurch, die Sonne bricht wieder aus den Wolken. Je tiefer wir steigen, umso wärmer wird es. Meine Schritte federn auf dem weichen Boden. Vater erzählte, dass er den Duft des Waldes in Reagenzien einfangen und konservieren wollte, nur um zu Hause festzustellen, dass die Luft allen Duft verloren hatte. Er erzählte, dass jeder Baum ein eigenes Bukett hat, flüchtige Verbindungen, mit deren Hilfe Bäume kommunizieren. Worte aus Chemie, die der Wind spricht und über die Kronen verteilt. Zweitausend solcher Duftwörter sind bekannt. Eine lautlose Sprache. Sätze, die in die Luft geschrieben sind. In Japan lernte Vater einen Arzt kennen, der Kranke in den Wald begleitete. Bei einem Waldspaziergang vermehren sich die Abwehrzellen im Blut. Substanzen, die das Herz und die Nebenniere schützen. Andere lassen den Serotoninspiegel ansteigen. Die Kranken fühlen sich erfrischter und entspannter. Es ist, als würde der Wald ihnen die Angst nehmen.

»Vor was?«, hatte ich Vater gefragt.

»Vor sich und vor dem Leben.«

Wenn ich an Vater denke, spüre ich, dass ich hier richtig bin. Hier im Wald, im Haus, im Dorf, bei Liv. Ich kann bleiben oder auch nicht.

Ich spreche die Frage in Livs Rücken: »Wo warst du, als es brannte?«

Ich sehe, dass die Worte ihr in den Gang fallen, für einen Moment den Rhythmus nehmen.

Liv antwortet, ohne sich zu mir umzudrehen. Sie spricht vor sich hin, als ließe es sich während des Gehens leichter sagen.

»Bruno«, sagt sie. »Bruno und Mönus. Sie bekamen nicht genug. Als der Tisch brannte, sollte noch mehr brennen. Ich hab versucht, es ihnen auszureden. Am Ende schien Mönus Ruhe zu geben, und ich war erleichtert. Zu früh. Ich habe mich täuschen lassen.«

»Das heißt, du warst eingeweiht.«

Meine Stimme klingt bitter, aber das soll sie nicht. Nach all den Jahren will ich keine Rechnung stellen. Jedenfalls nicht an Liv. Und doch, wann hat sich Liv je die Butter vom Brot nehmen lassen. Ich muss an Moll denken, als er uns an seiner Hütte überraschte und wie sie ihn einwickelte und die Situation zum Guten wendete.

»Ich wusste Bescheid und hatte dennoch keinen Durchblick. Ich kannte Mönus nicht mal, er stand plötzlich im Café, zwei, drei Tage vor Bolltners Feier. Er hatte kalte Augen, sein Blick war zu fest. Zumindest für mich. Er fragte nach Bruno, schaute sich um, auf eine seltsam unverfrorene Art, und als Bruno kam, stellte er ihn mit den Worten vor: ›Mönus wird uns helfen. Das muss jetzt keiner wissen. Darfst du für dich behalten.‹ Ich wollte an dem Abend nicht feiern, nichts trinken, nicht mal Bolltner auf die Pelle rücken. Ich hielt mich bereit, hinter den Kulissen. Ich habe dich im Saal gesehen, stand hinter dem Vorhang, hörte deine Mutter singen. Sah deinen Vater über den Bahnsteig tigern, Bruno kam immer wieder zu Mönus hinaus, der draußen auf einer Bank saß, rauchte, Kaffee trank, den ich ihm brachte. Ich hatte ihn im Auge. Sie redeten, besprachen etwas. Sobald ich hinzukam, schwiegen sie.«

»Was war mit meinem Vater?«

»Nichts. Was soll mit ihm gewesen sein? Er lief auf und ab.«

»Alleine?«

»Alleine. Er ging dann noch einmal in den Saal, und kehrte wieder zurück.«

»Er sprach nicht mit Bruno? Oder Mönus?«

»Manchmal. Ein paar Worte nur. Ein paar Gesten. Er wirkte …«

Liv zögerte.

»Ja, wie wirkte er?«

»Gefasst. Ich würde sagen, auf eine seltsame Art … konzentriert.«

»Konzentriert?«

»Ja, würde ich sagen. Die Art, wie er ging. Wie ein Sprinter vor dem Lauf. Jedenfalls war er nicht hektisch. Anders als Bruno.«

»Und dieser Mönus? Glaubst du, mein Vater kannte ihn?«

»Warum fragst du?«

Ich bleibe stehen, und auch Liv bleibt stehen.

»Mag sein, Jakob.«

Von Ranz' Hütte hallt ein Hämmern zu uns empor. Nicht laut, ein angenehmes Geräusch. Und als wir weiter absteigen, sehen wir, wie der Rauch des Kamins sich zwischen den Bäumen spannt. So, wie Liv mich anschaut, weiß ich, dass sie denkt wie ich: dass Vaters Hin-und-Her-Wandern über den Bahnsteig nur die letzten Meter vor dem Abgrund waren, der sich schon bald auftun würde, und dass der Rauch den Abend und den Abstieg vom Berg schöner macht.

30

Gerald starrt auf den Monitor und raucht, ein hektisches Saugen an der Zigarette.

»Neue Daten?«

»Neue Daten«, sagt Gerald.

»Wie schlimm ist es?«

»Das muss Lorenz sagen.«

»Wo ist er?«

»Noch unterwegs.«

Mehr sagt er nicht, und ich gehe, packe im Haus ein paar Sachen für die Nacht bei den Geiern. Ich weiß, dass, wenn das Eis gebrochen ist, wir wieder reden können, Bruno und ich. So ist das unter Freunden. Und wenn wir keine Worte haben, ich für mich und Bruno für sich, wenn die richtigen Worte fehlen, dann sind wir keine Freunde mehr, was es schwer machen würde im Dorf. Erst recht, da Ranz und Zwoller noch keine echten Freunde sind für mich, jedenfalls nicht, wie sie es damals waren. Was ich beiden nicht vorwerfe, weil es vielleicht noch werden kann.

Ich habe noch Zeit, es ist früh am Nachmittag, gehe hinüber zu Zwoller. Er sagt kein Wort zu viel, nur weil ich da bin. Er macht es mir nicht leicht. Ich war nicht wie Ranz oder Bruno, die alles anheizten damals. Ich war nicht mal wie Vater. Ich habe nichts forciert. Ich bin nicht der Typ, der alles auf die Spitze treibt. So, wie es Zwoller auch nicht war, in jenem Sommer. Wir waren dabei, mehr nicht. Bolltner war nicht unser Leben. Er war nicht mal unser Feind. Er war nur ein Arschloch. Er hat keinen meiner Tage mit Liv getrübt. Und doch: Ohne ihn würde Picco noch leben und Mutter hätte Vater vielleicht nie verlassen, wie auch ich das Dorf nicht verlassen hätte, jedenfalls nicht auf diese Art. Vater besuchte mich später, als er seine Arbeit an den Flughäfen noch mal aufnehmen konnte, in Frankfurt. In Leipzig schon nicht mehr. Es gab niemanden, der ihn dorthin fuhr. Auch Bruno war gegangen. Und Liv wohl unauffindbar. Ranz hätte es machen können. Vater besaß lange Zeit sein Auto noch. Einen blauen Mercedes 240D. Eine Limousine, aber den Rollstuhl hätten sie schon in den Kofferraum bekommen, nehme ich an. Ranz hat den Garten gemacht, das Haus in Schuss gehalten, den Wagen gepflegt. So etwas. Ich weiß, dass Vater mich schonen wollte. Seiner Stimme merkte ich nur wenig an. Ich hörte den Kummer, ich hörte die Trauer um Mutter, um unser gemeinsames schönes Leben. Den Krebs hörte ich nicht. Ein Tumor, schnell entfernt, hatte Vater ein paar Jahre zuvor gesagt und ihn dann nicht mehr erwähnt, wann immer ich fragte. Alles auf einem guten Weg. Keine Schmerzen, alles im Lot. Er hatte Venora. Im Haus, in der Küche, wo immer Vater sie brauchte, half sie. Für ein paar Jahre. Lange Zeit verriet sie mir nichts, wenn ich anrief. Nicht, dass er weniger wurde. Nicht, dass sie neue Bilder gemacht hatten. Bilder, die etwas zeigten, das ihn umbringen würde. Bilder, die mit jener Nacht bei Bolltner in Zusammenhang standen. Es gibt kein Leben, das der Körper ganz allein führt. Und wenn doch, ist der Gedanke umso schlimmer, dass wir ihm kaum gut zureden können. Ein Körper, den ich nicht erkannte, als ich schließlich ins Krankenzimmer trat. Vater war ein Fremder geworden. Hager, dürr, wie inwendig verzehrt, das Haar spröde, ausgedünnt, als hätte es keine Kraft mehr. Die

Arme dünn wie Kinderarme, und in seinem Blick saß etwas, das zeigte, wie zermürbt er war. Nach Hause kam er nicht mehr.

Ich mag Zwoller, und ich glaube, er mag mich. Immer noch. Die Säge schweigt, auf dem Förderband liegt ein Baumstamm.

»Du kommst voran am Haus?«

»Ich tue, was ich kann.«

»War ein schönes Haus. Ist es immer noch.«

»Warst du nie bei Vater, nach allem, was passiert ist? Ich meine, auf ein Bier oder was auch immer. Außer Ranz war doch niemand mehr hier.«

»Doch, war ich. Anfangs.«

Zwoller schaut mich nicht an. Er blickt auf das Förderband und die Holzstapel. Alles sauber geschichtet nach Größen und Stärken. In der Luft flirrt gelber Staub, in dem sich das Licht bricht.

»Dein Vater hat mich eingeladen. Er wollte reden. Reden, nichts als reden, als könnte er es ungeschehen machen.«

»Was?«

Zwoller steht auf, gießt sich Kaffee ein. Auch ich nehme einen. Er dreht seinen Becher in den Händen, nimmt geräuschvoll einen Schluck, geht zum Band und richtet mit einem Eisen den Stamm aus. Ich werde ihn nicht drängen. Er wird von sich aus reden müssen, oder überhaupt nicht reden. In der Luft steht der Geruch des Sägemehls.

»Ich werde später noch zu Bruno gehen, treffen uns oben bei den Geiern.«

Zwoller nickt, der Kaffee dampft in der Tasse.

»Er gibt nicht auf, das muss man ihm lassen.«

Auch so konnte man über Bruno reden, seine Beharrlichkeit anerkennen, seinen Willen, umzusetzen, was umzusetzen war. Vielleicht hatte Vater das an ihm gemocht, dass er nicht alles kreuz und quer dachte, sondern handelte.

»Man kann auch sagen, er führt aus, was Vater nicht mehr geschafft hat.«

Ich höre selbst, was da mitschwingt.

Ein Windzug weht das Sägemehl auf. Die Zugkette des Förderbands klirrt leise, als der Fichtenstamm an uns vorbeizuckelt.

»Ja, das kann man so sagen«, antwortet Zwoller. »Aber er war blind.«

»Blind? Bruno?«

Irgendwo auf einem der Höfe beginnt ein Hund zu bellen.

»Für was?«

»Für das, was er angerichtet hat.«

Ich höre die Bitternis. Die Zeit scheint ihr nichts genommen zu haben.

»Er hat sich vor den Karren spannen lassen. Weil ich das weiß, kann ich es ertragen, ihn manchmal hier im Dorf zu sehen. Nur deshalb.«

Zwoller reibt sich die Hände, als müsste er sie wärmen.

»Niemand wusste von Mönus. Ohne ihn wäre es nicht so weit gekommen.«

Zwoller schweigt, seine Finger werden scheckig, so fest presst er sie zusammen.

»Das war nicht nur Mönus, glaube ich.«

Er steht auf, kippt den letzten Kaffeerest aus und geht zur Säge, um das Blatt zu justieren.

»Muss jetzt weitermachen. Lassen wir's gut sein.«

Die Säge fährt hoch, klingt im Leerlauf wie eine Nähmaschine, erst als das Blatt in den Stamm fährt, ändert sich der Ton. Dann verschwindet Zwoller in seinem Kabuff, das ihm als Büro dient.

»Hier«, sagt er, als er doch noch einmal zurückkehrt, und reicht mir ein Papier. Eine Seite in Frakturschrift, fladrig, vielfach geknickt und wieder aufgefaltet. Als hätte er es lange im Portemonnaie bei sich getragen.

Die Säge rattert im immer gleichen Rhythmus, und in dieses Rattern formen sich die Worte: »Von wem ist das?«

Zwoller legt den Bügel an den Stamm.

»Woher hast du das?«

»Das kannst du dir ja denken. Es gab nur einen Vogelnarren im Dorf. Dein Vater sammelte alles über den Brand. Irgendwann gab er es mir mit. Ließ mich lesen. Das, was fehlte, wird er nicht mal bemerkt haben. Schau, das hier ist anders als all die Zeitungsartikel. Du wirst es schon zu deuten wissen. Kannst es behalten.«

Die Scharrvögel beweisen, daß sie zwar ein gutes Gedächtnis, aber wenig Urtheilsfähigkeit haben. Sie lernen verstehen, daß auch sie von Feinden bedroht werden, selten aber zwischen diesen unterscheiden; denn sie benehmen sich den gefährlichen Thieren oder Menschen gegenüber nicht anders als angesicht ungefährlicher: Ein Thurmfalk flößt ihnen dasselbe Entsetzen ein wie ein Adler, der Ackersmann dieselbe Furcht wie der Jäger. Fortgesetzte Verfolgung macht sie nur scheuer, nicht aber vorsichtiger. Und wenn die Leidenschaft ins Spiel kommt, ist es mit ihrer Klugheit vorbei.

Ihre Geschlechtsthätigkeit ist die lebhafteste, die man unter Vögeln überhaupt beobachten kann: Sie leisten in dieser Hinsicht erstaunliches, unglaubliches. Die Paarungslust wird bei vielen von ihnen zu einer Paarungswuth, wandelt ihr Wesen gänzlich um, unterdrückt, wenigstens zeitweilig, alle anderen Gedanken und Gefühle, lässt sie geradezu sinnlos erscheinen. Der paarungslustige Hahn kennt nur ein Ziel: eine, mehrere, viele Hennen.

Wehe dem Gleichgesinnten. Ihm gegenüber gibt es keine Schonung. Ihm zum Leide werden alle Mittel angewendet.

Kein anderer Vogel bekämpft einen Nebenbuhler mit nachhaltigerer Wuth; wenige streiten mit derselben nie ermattenden Ausdauer. Alle Waffen gelten, jedes Mittel scheint im voraus gerechtfertigt zu sein. Gekämpft wird mit einer Erbitterung ohne gleichen, unter gänzlicher Missachtung aller Umstände und Verhältnisse; gekämpft wird im buchstäblichen Sinne auf Leben und Tod. Im Herzen beider Kempen herrscht nur das eine Gefühl: den anderen zu schädigen an Leib und Leben, an Ehre und Selbstbewusstsein, an Liebesglück und Liebeslöhnung. Die Eifersucht der Scharrvögel ist furchtbar, freilich auch begründet. Eheliche Treue ist selten unter den Scharrvögeln.

Ab dem Doppelpunkt ist alles unterstrichen, ein krakeliger blauer Kugelschreiberstrich wie von einem Schüler.

Das Papier zittert in meiner Hand auf. Kapiert Zwoller, was er mir da reicht? Eine Stelle aus *Brehms Tierleben. Vögel. Dritter Band*. Weiß er Bescheid über Vater? Die Säge rattert gleichmäßig, und in dieses Rattern formen sich die Worte, an mich selbst gerichtet, dann an Zwoller, aber ich spreche sie nicht aus. Es wäre eine Geschichte, die noch niemand erzählt hat. Eine von Vater und Bruno. *Den anderen zu schädigen an Leib und Leben, an Ehre und Selbstbewusstsein, an Liebesglück und Liebeslöhnung.* Vater spricht, wie er immer gesprochen hat. In der Sprache der Vögel. *Die Eifersucht der Scharrvögel ist furchtbar, freilich auch begründet.* Ich kann Mutter nicht mehr fragen, was sich abgespielt hat in der Zeit, in der sie Vater mit Bruno betrog. Fragen kann ich nur Bruno. Die Geschichte hinter der Geschichte an jenem Abend auf Bolltners Fest. Je mehr Zeit vergeht, desto schwieriger wird es, sie zu erzählen. Man kann eine Geschichte zu früh und man kann sie zu spät erzählen.

Wahr ist, was erzählt wird. Unser Leben ist nur die Geschichte, die wir darüber erzählt haben, schrieb jemand. Wir erzählen sie anderen. Und wir erzählen sie uns selbst.

31

Der Rucksack ist gepackt, mehr gibt es nicht zu tun. Liv begleitet mich ein Stück die Straße hinaus. Bei Zwoller ist es still. Die Pferde stehen in den Wiesen, ganz in der Nähe des Ruderboots, das ein Sturm vor vielen Jahren in die Landschaft geschleudert hat. Es liegt kieloben, ist vom Rost zerfressen.

»Wenn der Berg in den See rutscht, wird es noch ganz andere Wellen geben«, sagt Liv.

Ein Pfad schlängelt sich von hier aus hoch zu Brunos Haus und in die Berge. Erst an der Biegung drehe ich mich noch einmal um, aber da ist Liv schon verschwunden und zurück ins Dorf gegangen. Ich steige durch dichtes Grün. Das Schimpfen eines Zaunkönigs tönt auf. Wahrscheinlich bin ich ihm zu nahe gekommen. Sehen kann ich ihn nicht.

Manchmal streift ein Zweig mein Gesicht, dann steht mir der Duft der Nadeln vor der Nase. Die Abendluft nimmt der Stunde die Schärfe. Je höher ich steige, desto lauter werden die Fragen in mir. Was ist geschehen, von dem ich keine Ahnung habe? Manches wird größer, wenn man darüber spricht, als würden die Worte eine Sache aufblasen. Das wissen alle, und darum zögern sie vielleicht mit einer Antwort. Ich werde langsamer und mein Gang schwer. Bruno ist der Zeuge. Nur er weiß, was passiert ist. Ausgerechnet Bruno. Keiner von uns war schillernder. Und Vater? *Den anderen zu schädigen an Leib und Leben, an Ehre und Selbstbewusstsein, an Liebesglück und Liebeslöhnung.* Ich bekomme die Sätze nicht aus dem Kopf. Was hat die Eifersucht Vater diktiert? Zu was hat sie ihn angestachelt?

Ich trage das Kuvert mit den Papieren bei mir, einen vergifteten Schatz aus Buchstaben, der mir die Vergangenheit erklären soll. *Wer durch Feuer. Wer durch Wasser. Wer, wenn der Sommer geht.* Und: *Die Eifersucht der Scharrvögel ist furchtbar, freilich auch begründet.* Sie stecken im Seitenfach des Rucksacks.

Ich spüre mein Herz schlagen. Schnell und immer schneller. »Blind war er. Er hat sich vor den Karren spannen lassen«, hat Zwoller über Bruno gesagt. Wenn nicht Mönus und dessen Karren gemeint war, wer dann? Ich werde langsamer, es liegt nicht an der Steigung des Pfads, nicht an den Blicken auf das weiß schäumende Wasser des Gebirgsbachs, aus dem manchmal eine Forelle schießt und eine Mücke pflückt, dort, wo das Wasser sich in einem Gumpen staut, bevor es wieder aufjagt und davonzieht. Die Furcht, ich könnte Vater ein zweites Mal verlieren, bremst mich. Denn auch die Toten haben ein Leben und eine Ehre. Ohne Ehre werden sie davongetragen ins Nichts, weil das, was sie bei uns hält, brüchig wird.

Zögernd halte ich auf eine große Tanne zu, die weit draußen auf der Alm steht. Der Pfad zieht nun zwischen Tümpeln dahin, an deren Ufer Wollgras wächst, das von Weitem ausschaut wie Baumwolle. Ein weißer Teppich, der zahlreiche Brücken ins Wasser baut, federleicht. Nicht mal ein Rehkitz würde er tragen. Auf der Bank neben dem Baum sitzt jemand. Erst spät erkenne ich Ludwig. Er hat ein Tablet in den Händen, schaut auf, als ich ihn erreicht habe, und legt seinen Zeigefinger auf die Lippen, deutet mit dem Kopf auf die Tanne, deren Stamm wie geschält ausschaut. Große Rindenstücke liegen zu seinen Füßen, und nicht weit entfernt ragen die hellen Gerippe umgefallener Bäume aus dem Gras. Bis in die Krone sind die Äste blank. Der Wind lässt sie leise knarren. Hoch in der Krone sitzt ein Zitronenzeisig. *1800 M. Zitronenzeisig* stand am Rand der Karte, die Liv benutzt hat, bevor wir zu Ranz' Hütte gelangten. Es ist die gleiche Arbeit, die Ludwig fortsetzt. Seine Karte auf dem Tablet zeigt die Koordinaten und die Uhrzeit der Sichtung. Er macht ein Foto von dem Vogel und hängt sie der Karte an, in der zahlreiche rote Punkte entlang der Höhenlinien den Bestand markieren. Bruno und Ludwig profitieren von dem, was Vater begonnen hat. Diesmal versetzt es mir keinen Stich. Vaters Leben ist nicht mein Leben, sage ich mir und will glauben, dass es so ist.

Vom Talschluss dringt der heisere Schrei eines Steinadlers zu uns.

»Scheint, als hätten sie die Geier schon entdeckt«, sagt Ludwig. »Wir sollten gut aufpassen. Es kann immer was passieren.«

Der Zitronenzeisig rührt sich nicht. Er scheint zu wissen, dass der Adler nicht ihn im Auge hat. Zu klein, zu dünn, an ihm ist weniger Fleisch als an einer Maus. Als ich aufbreche, geht die Sonne unter, und bald schon wird es über den Felsen und dem Gras düster. Das Licht ist alles. Fehlt es, verändern sich die Dinge. Die Felsen wie die Wälder und manchmal auch wir.

Es ist noch eine knappe Stunde bis zur Hütte, und nur noch wenige Flecken des Weißkogels liegen im Abendrot. Unten im Tal ist eine tannenblaue Dämmerung aufgezogen. Ich muss an Liv denken. An Bruno. So viel hat sich zwischen uns nicht geändert. Sie wird auf die eine oder andere Art immer bei ihm geblieben sein. Wenn ich sie für mich gewinnen will, an mich binden, könnte es sein, dass ich sie verliere. Vielleicht kommt es nur darauf an, dass sie in meinem Leben ist, und nicht darauf, sie zu besitzen.

Über dem Wald und der Hütte liegt eine große Ruhe, die Berge rücken weit von mir weg, kein Lüftchen geht. Nicht weit vom Haus befinden sich die Bienenstöcke, die Ranz hier heraufgeschafft hat. Sechs Kästen, nach Osten ausgerichtet. Die Küche ist aufgeräumt. Das Brennholz sauber an der Hauswand geschichtet, die Geranien blühen. Ranz wird oft hier heraufkommen, um sie zu gießen. Das hier ist Ranz' andere Seite. Eine, die in den Liedern lebt, die er früher gesungen hat. Die er sich bewahrt haben muss über die Jahre. Bruno sehe ich nicht. Wie oft wird Mutter hier oben gewesen sein? Hat Vater sie hier zusammen gesehen? Wie tief muss der Schmerz, wie tief die Wut gewesen sein. Ich stelle mir seine letzten Schritte vor, mit klammem Herzen, lauschend, spähend, hinter einem Busch, wissend, dass er sehen könnte, was er besser nicht sieht. Aber dieser Drang ist in ihm, treibt ihn vorwärts, es hat etwas von einem Messer, das man sich selbst auf die Bauchdecke setzt, spitz ist es, schmerzhaft, jeder Schritt lässt den Schmerz heftiger werden. Dann steht er am Fenster, hört die Geräusche, hört, was sie sagen, dann werden sie stumm, stöhnen vielleicht noch, sein Atem presst immer lauter in seinen Ohren, und er weiß, dass es keine Umkehr mehr gibt, nicht für ihn, nicht für Mutter, nur für Bruno. *Das himmlische Leben*. Hier ist es. Fern vom Dorf. Hier am Fenster kam ihm sein Leben abhanden. *Den anderen zu schädigen an Leib und Leben, an Ehre und Selbstbewusstsein, an Liebesglück und Liebeslöhnung* … haben die Worte sich hier geformt in seinem Kopf? Wie weit können Worte gehen? Lösen sie aus, was sie benennen? Reicht das schon? Das bloße Wort? *Wer durch Feuer. Wer durch Wasser.*

Wer in der Nacht. Wer als Strafe Gottes. Wer durch irdisches Gericht. Wer, wenn der Sommer geht. Wer entscheidet das? Du?? War es Vater, der das Feuer legte? Ausgeschlossen. So weit wäre er nicht gegangen. Auch nicht, um Bruno zu schädigen und dabei alle zu gefährden, die er liebte. Wann vergaß er sich und sagte Mutter, was er gesehen hatte? Und hätte er geschwiegen? Ich bin sicher, nichts wäre passiert. Bruno und Mutter, das wäre nicht für immer gewesen. Man darf sich manchen Dingen nicht in den Weg stellen. Man muss sie geschehen lassen. Vögel, die fliehen, hält niemand auf. Das wusste niemand besser als Vater.

Ich setze mich an einen Tisch abseits der Hütte. In die Tischplatte ist ein kaum sichtbares T eingelassen. T wie Toni. Toni Zwoller. So hat Zwoller damals seine Skulpturen markiert. Ich nehme den Krug und gieße Wasser in ein Glas, hole die Papiere aus dem Rucksack, wiege sie in der Hand, als müsste ich ihr Gewicht bemessen. Das Kuvert ist geknautscht, hat mittlerweile Flecken. Ich nehme mir von den Walnüssen und der Schokolade, die jemand auf den Tisch gelegt hat. Neben dem Tisch stehen ein Teleskop und ein Spektiv, das eine ausgerichtet auf den Himmel, das andere auf den Talschluss und die Geier. Was ist in Vater gereift? Eine böse Frucht, wann war sie reif? Auf Bolltners Fest. Es kann nicht anders gewesen sein.

Plötzlich höre ich Schritte, und als ich mich umdrehe, steht Bruno vor mir, als sei er aus dem Wald getreten. Ich stecke das Kuvert zurück in den Rucksack. Sein Haar sieht zerzaust aus, um Augen und Mund herum spielt ein Lächeln. Ich kenne es gut. Es deutet sich nur an und macht es dafür umso einnehmender.

»Ich sehe, du hast dich bedient. Gut so. Ich war noch

kurz bei den Geiern. Sie sind unruhig, werden bald Flugversuche machen. Ziemlich früh, ich hatte das anders eingeschätzt.«

Bruno setzt sich, trinkt ein Glas Wasser, steht wieder auf und verschwindet in der Hütte. Er kehrt zurück mit Brot und Käse und zwei Tellern. Er schneidet das Brot und reicht mir eine Scheibe.

»Du isst doch was, oder?«

Das Essen verschafft mir Zeit. Ich brauche ein Thema, muss mich warm reden, mich ranpirschen, kann nicht mit der Tür ins Haus fallen, obwohl ich das gerne täte.

»Was wäre so schlimm, wenn sie schon flögen?«

»Sie können verwehen. So nennt man das. Ich habe zwar einen Ort gewählt, an dem keine stürmischen Windverhältnisse herrschen, aber sie sind noch nicht voll flugfähig. Und zu schwach in der Ausdauer, sie werden früh runtergehen und irgendwo im Unterholz landen. Das wäre nicht gut. Von dort können sie nur schwer auffliegen, und falls ein Fuchs oder ein Marder in der Nähe ist, dann war's das.«

»Wie letztes Jahr.«

Ich kann mir die Spitze nicht verkneifen.

»Letztes Jahr waren es Falken. Wir waren für ein paar Stunden nicht auf dem Posten. Das hat gereicht. Wird uns aber nicht mehr passieren. Ich hab alles im Blick, auch nachts.«

Ich muss an unseren Besuch bei dem Falkner denken. Ein Sommertag, grundiert von den Stimmen unserer Jugend, einer, der schon zeigte, wie eng und vertraut Vater und Bruno waren. Ein Ziehsohn, der sich bald nahm, was er kriegen konnte. Wie alle Menschen, die eine Leidenschaft jagt und die sich ihr ausliefern, verlor Vater den Blick für alles andere, vor allem für Mutter.

»Ein schönes Leben ist das hier, Bruno«, sage ich und lege den Köder.

»Mag sein.«

Er steht auf und lässt das Radio in der Küche spielen. Ein Sender, der Klassik spielt.

»Manches gelingt, anderes nicht.«

»Von Bolltner spricht niemand mehr«, sage ich.

Bruno macht sich am Teleskop zu schaffen, justiert das Objektiv.

»Bolltner ist alt, aber nicht alt genug, um nicht ein neues wahnwitziges Projekt zu starten. Es hört nicht auf. In den Gemeinderäten drüben in Österreich sind jetzt die Liftbetreiber in der Mehrheit. Die muss niemand mehr schmieren. Und bei uns im Kreistag ist es nicht anders. Die Verhältnisse sind klar.« Bruno richtet das Stativ aus, nimmt die Verschlusskappe vom Objektiv. »Dort hat man große Pläne.«

»Was für Pläne?«

»Die Weißkogel-Skiarena. Sie haben immer noch nicht genug. Letztes Jahr ließ Bolltner diesen Idioten aufs Skifeld einfliegen. Alpensound. Kitschbarde in Lederhose und rotweiß karierter Sonnenbrille. Sang von Männerfreundschaft und einem eisernen Kreuz, das dem stärksten Sturm widersteht. Großer Kotzfaktor, aber die Leute haben gejohlt.«

»Mein Vater hätte das nicht mehr ertragen. Es hätte ihn demoralisiert.«

»Wer demoralisiert ist, gibt unrealistische Hoffnungen auf. Das öffnet den Sinn für die Wirklichkeit.«

»Vater hätte …« Ich zögerte.

»Ja, was?«

»Ich weiß es nicht. Was genau planen sie?«

»Vier neue Liftanlagen, beheizt, natürlich, eine Straße, die über den Berg führen wird, von hier nach da, damit kein Umweg mehr nötig ist. Sprengungen, die die Idiotie am Weißkogel noch in den Schatten stellen werden. Dazu Hotels, Hotels, Hotels.«

»Auch bei uns im Dorf?«

»Fraglich, aber nicht ausgeschlossen.«

»Mönus … vielleicht hatte er recht, radikal, wie er war. Der Brand … heute sehe ich ihn in einem anderen Licht. Mit Worten kommt man nicht weit.«

Ich setze Bruno auf das richtige Gleis. Er schaut mich an, ein Blick, der nichts und alles sagt, und dann macht er sich wieder am Teleskop zu schaffen. Der Mond ist nicht zu sehen, dafür umso deutlicher die Sterne und die Dunkelheit um sie herum, die sich bis hinunter über die Berge und die Hütte spannt. Es glänzt und funkelt in der Dunkelheit.

»Mönus hat man es angehängt«, sagt Bruno, sein Auge belässt er auf dem Okular. »Ohne ihn wär ich in den Knast eingefahren, für ein paar Jahre. Ohne Mönus hätte Bechter mich nicht aus der Schusslinie genommen. Es war knapp. Viele wollten es allein mir in die Schuhe schieben.«

»Du warst es also?«

»Ja, ich.«

»Und Liv?«

»Lass sie da raus.«

Einen Moment ruckelt das Stativ, als hätte Bruno sich bewegt.

»Ich habe den Brand gelegt. Nicht Mönus allein. Aber Mönus ist tot, und Tote reden nicht. Es schadet niemandem, wenn Mönus allein Schuld hat.«

Ich beneide Bruno um die Klarheit, um die Wut, die wieder aus ihm spricht. Er war immer klar im Denken und klar im Fühlen gewesen, und sein Handeln kannte nicht diese Bräsigkeit aus Zaudern und Feigheit.

»Dann lief es aus dem Ruder. Als Mönus und ich die Fenster öffneten. Das war seine Idee.«

»Wer wollte es allein dir in die Schuhe schieben?«

Bruno antwortet nicht, er richtet das Teleskop neu aus. Dann schaltet er eine kleine Stablampe mit Rotlicht an und beginnt, eine Sternenkarte zu entrollen.

»M13«, sagt Bruno. »Ein Sternenhaufen mit unzähligen Sonnen, die zu einer Art Kugel zusammengeschlossen sind. Sehr alt.«

»Welche Rolle hat mein Vater gespielt?«

»Das Licht ist rötlich und warm. Die Vergangenheit schönt es. M13 schwebt ein kleines Stück über der Milchstraße. Sein Licht ist pure Vergangenheit. Jeder Blick in den Nachthimmel ist ein Blick ins Gestern, Jakob. Das Bild des Mondes ist eine Sekunde alt, das der Venus etwa zwei Minuten. Der Orionnebel, sicher schon mal davon gehört, zeigt sich uns, wie er vor eintausenddreihundertfünfzig Jahren war. M13 sehen wir in einem Bild, das vor fünfundzwanzigtausend Jahren entstand, zur Zeit der Neandertaler. Bilder. Nichts als Bilder. Trinken wir was.«

Bruno füllt die Gläser mit Whiskey. Wir trinken stumm.

»Ich schaue gerne in die Vergangenheit, ich habe nichts gegen Bilder«, sage ich nach einer Pause.

Bruno stellt sein Glas ab.

»Du willst es wissen, nicht wahr?«

»Ja.«

»Dein Vater kannte Mönus. Er stellte ihn mir vor. Er hatte einen gewissen Ruf bei Earth First. Ich war ihm nie vorher begegnet. Er war jemand, dem man sich schwer entziehen kann. Charismatisch. Dein Vater hielt viel von ihm. Sagte mir aber, wir sollten es nicht an die große Glocke hängen. Es sollte ohne Chemie, ohne Brandbeschleuniger ablaufen. Einfaches Benzin. Keine große Nummer. Es durfte kein großer Brand werden, schon wegen Liv nicht. Es war schließlich das Café ihres Vaters. Wir wollten nur, dass Panik herrscht.«

Bruno ist jetzt nicht mehr aufzuhalten, und das ist gut so.

»Dein Vater kannte ihn von den Protesten am Frankfurter Flughafen. An der Startbahn West. Er hatte unmittelbar mit ihm zu tun. Von Vogelschützer zu Vogelschützer, sozusagen. Du musst den Namen gehört haben. Hat er nie von ihm gesprochen?«

»Nein. Nicht, dass ich wüsste.«

Er musste Gründe dafür gehabt haben. Offenbar sollte keine Spur von Vater zu Mönus, aber eine von Mönus zu Bruno führen, war es das?

»Wusste meine Mutter von ihm?«

»Kann ich mir nicht vorstellen. Sie hat mich nicht nach ihm befragt. Und nie mit ihm gesehen. Mönus und ich haben uns allein getroffen.«

»Wo?«

»Hier.«

»War mein Vater dabei?«

»Nein, er kannte die Hütte nicht, nehme ich an.«

Ranz hat geschwiegen, fährt es mir durch den Kopf. Bruno ahnt bis heute nichts, er muss Vater bis zum Schluss vertraut und gedacht haben, er wüsste nicht Bescheid.

Ein Gedanke wächst in mir. Ich kann ihn nicht verscheuchen, auch dann nicht, als ich Bruno bitte, mich durchs Teleskop blicken zu lassen, in die Vergangenheit der Sterne. Ich suche M13.

»Lass dir Zeit«, sagt Bruno. »Das Auge muss sich erst gewöhnen.«

Ich schau genau hin. Ich lasse mir Zeit. Ich lasse mir schon Monate Zeit. M13 ist so schön, wie Bruno sagt. Ein Meer von Sonnen, gelbe, rote, blaue und weiße, die sich um ein Zentrum verdichten und strahlen, eine Aura haben. Totes Leben. Mönus war der Brandbeschleuniger, und Vater hat ihn genau dazu benutzt. Warum hat er Mönus nie erwähnt? Um Mutter nicht noch weiter von sich fortzutreiben? Das konnte nicht alles sein.

»M13 hat die dreihunderttausendfache Leuchtkraft der Sonne. Und doch ist er mit bloßem Auge nicht zu sehen.«

Mit bloßem Auge, natürlich nicht. Niemand durfte sehen, dass Vater Mönus neben Bruno installierte. Ich nicht und Mutter auch nicht. Und mehr als unsere Augen hatten wir nicht. Ich starre in den Himmel, in die Nacht.

»Es gibt noch mehr zu entdecken, vermute ich.«

»Sicher. Sehr viel mehr. Weit draußen. Nur, weil wir es nicht sehen, kann es dennoch existieren. Ist halt nur schwer zu beweisen.«

Ich trinke einen Schluck Whiskey. Er wärmt den Magen, wärmt die Seele.

»Liv«, sage ich. »Was hatte sie mit Vater und Mönus zu schaffen? Gibt es etwas, das ich nicht weiß?«

»Mönus und ich haben besprochen, wie es zu machen ist, der Brand. Und manchmal kam auch Liv mit dazu, meistens dann, wenn alles schon gesagt war.« Bruno nimmt einen weiteren Schluck. »Sie machte sich nichts daraus, dass ich mich in deine Mutter verliebte. Sie hatte ja dich, auch wenn du sie nicht hattest. Du kennst Liv.«

Bruno grinst, schaut noch einmal ins Teleskop und richtet es neu aus.

»Wie lange ging das mit meiner Mutter und dir?«

»Ich war schon lange in sie verliebt. In jener Nacht, nach

den Schüssen am Ufer, du erinnerst dich, haben wir uns am See getroffen, weit genug entfernt von eurem Haus. Deine Mutter hat leise gesungen, als sie mit dem Boot auf mich zuhielt. Mahler. *Das himmlische Leben*.«

Ich spüre den Stich. Wie sehr muss Vater ihn erst gespürt haben. Tag für Tag mehr. Verrückt vor Eifersucht. Aber das sage ich Bruno nicht. Diesen Respekt habe ich noch vor Vater, dass ich ihn nicht Bruno ausliefere. Auch nach all den Jahren soll er nicht wissen, wie es um Vater stand.

Ich stelle mir vor, wie Mutter am Ufer aus dem Boot steigt. Sie zögert nicht, umarmt Bruno, löst sich dann wieder von ihm, sie hat vielleicht ein wenig getrunken, aber das trübt den Blick nicht. Sie studiert ihn, fragt sich, ja, was? Ob es sich lohnt? Bruno nimmt ihre Hand, lässt es nicht zu, dass sie sich von ihm entfernt. Der Ufersand knirscht, dann die groben Kiesel, das Gras nicht mehr. Gingen sie hoch zum Haus oder noch höher zu Ranz' Hütte? Oder blieben sie, wo sie waren, beim ersten Mal.

»Deine Mutter hatte diese besondere Stimme, die Menschen einfangen konnte, aber zugleich ihre Gefühle verriet. Sie war kein Profi. Was sie sang, das fühlte sie. *Morgen muss ich fort von hier*, sie hat es zum Schluss auf Bolltners Fest gesungen. Nicht nur ich wusste, was die Stunde geschlagen hatte, auch dein Vater. Er schien erledigt zu sein. Dann sprach er mit Mönus. Und wir ließen es brennen. Wie gesagt, wir wollten nur ein bisschen Spektakel. Es ist uns entgleist. Ich hätte nicht auf Mönus hören sollen.«

»Und mein Vater? Wo war er, als es brannte? Wollte er, dass es so heftig wird?«

»Schwer zu sagen. Wir sollten handeln, Bolltner nicht davonkommen lassen. Mehr hat er nicht gesagt. Er wirkte sehr in sich gekehrt. Ich habe ihn später am Gleis getroffen, als deine Mutter fortging, wir wollten uns ein letztes Mal in Ranz' Hütte sehen, genau hier, an diesem Ort.«

»Ihr Koffer war gepackt, sozusagen.«

Bruno merkt die Anspielung nicht, fährt fort. Ich stelle mir Vater am Bahnsteig vor, um Fassung bemüht, er spricht auf Mutter ein. Ich ahne, wie er gelitten haben muss, in meiner Vorstellung nimmt er die Brille ab, putzt sie, als müsse er genauer sehen, was er längst erkannt hat – dass Mutter gehen wird, er liest es in ihrem Gesicht, diese Müdigkeit und zugleich diese Entschiedenheit. Bruno sagt, Vater hätte keinen Blick für Mönus gehabt, als der zurück in den Saal ging. Liv war es, die auf Mönus einredete, sich ihm in den Weg stellte, aber Mönus schob sie zur Seite. Ich glaube, Vater versuchte, ruhig zu bleiben, sich zu beherrschen, packte Mutter vielleicht am Arm. Etwas in der Art. Es geschah von allein, aus ihm heraus, nach all den Monaten, in denen er zusah, wie Mutter davontrieb, in Brunos Arme, nicht einmal, zigmal, dass er keinen Schlaf mehr fand, horchte, immerzu horchte, ob sie sich aufmachte, hoch zur Hütte, manchmal folgte er ihr, wie ein Waldläufer dem Wild, gepeinigt von dem, was er gesehen hatte, was er immerzu sah, in seinen Träumen und schlimmer noch vor Augen, in der Schwärze seines Schlafzimmers, auf der Bettkante sitzend, auf und ab gehend, sich wälzend auf den Laken. Er war nicht mehr jung. Eine wie Mutter würde er nicht mehr finden, und wenn er sie fand, nicht mehr bekommen, weil er längst lahmte wie ein in die Jahre gekommener Gaul. Er drückt, viel zu fest. Sie reißt sich los, läuft davon, lässt auch Bruno stehen. Vater läuft ihr hinterher. Jetzt, als er rennt, hinkt, bricht es aus ihm hervor, die Wut und die Angst, und eins befeuert das andere. Er ist ein anderer, wird ein anderer, Ohnmacht oder auch schlicht Eifersucht, die ihn jetzt packt, da er Mutter einholt, sie erneut festhält. Er debattiert, all die heiseren Worte, ein Strudel, der Mutter mit sich reißt. Aufgepeitscht, fiebertoll, das Gift des Augenblicks. So könnte es gewesen sein. Bruno sagt, dass Vater heftig wurde. Fallen noch andere Worte? Schlimmere? Davon sagt Bruno nichts. Vielleicht aus Taktgefühl. Ich sehe Mutter, sie schüttelt den Kopf. Und dann? Gibt Vater auf? Lässt er sie gehen? Weiß er, dass jetzt das Band reißt? Mir kommen Bilder. Er ist allein auf dem See in jener Nacht, als Mutter von Bruno zurückkam, er rudert. Noch einmal blickt er zurück, schaut auf das Haus, die Tür zum Wintergarten steht offen, er erinnert sich. Ein Mann und eine Frau. Sie tanzen, in einer warmen Regennacht, es ist August, die leere Flasche Albana steht auf dem Tisch. Ihre Hand liegt in seinem Nacken. Sie ist ein paar Jahre jünger als er. Sie liebt seine Begeisterung für das, was er tut, sein Wissen, seine Reisen. Er liebt alles an ihr, ihre Hände, das Gesicht, ihre Lippen, ihren Duft. Sie sagt, was er sich erhofft hat. Er weiß, dass ihre Worte zählen. Er wird ihrer nicht überdrüssig werden. Hier an diesem Ort, den er für sie gefunden hat.

Der Wind pfeift über das Gleis. Ist das der Moment, als sie sich von ihm befreit und sich losreißt? Ist das der Augenblick, als er sie ohrfeigt? Oder ist es windstill, und die Musik aus dem Saal dringt nach draußen? Vater weiß, dass er mehr als Mutter verloren hat. Er spürt, dass die Zukunft jetzt endet.

»Ich habe versucht, sie nach der Ohrfeige in den Arm zu nehmen«, sagt Bruno. »Keine Chance. Ich wollte sie zur Hütte bringen. Aber nein, sie ging ohne mich. Sie ging zu einem der Waggons, nahm dort zwei Koffer auf, die sie dort abgestellt haben musste, das Taxi wartete schon vor dem Bahnhof. Im Leerlauf, ein leise vor sich hin tuckernder

Motor, der erst lauter wurde, als sie die Türen zuschlugen und losfuhren.«

»Sie?«

»Was?«

»Sie! Plural!«

»Greta Schober und deine Mutter.«

Bruno trinkt, und auch ich trinke einen Schluck, dann einen zweiten.

Jetzt bin ich es, der ins Teleskop schaut, nicht auf M13, sondern irgendwo in die Schwärze. Dort, wo niemand ist, dort stelle ich mir Vater vor. Im großen Nichts, befreit vom Blick zurück, von seiner Liebe zu Mutter, befreit von allen Erinnerungen, befreit von all den schönen Tagen, die besonders schmerzen. Dort treibt er dahin, fort, nur fort.

Und Mutter? Sie sahen sich nicht wieder.

Schau ich in den Himmel, denke ich nicht an Mutter. Sie ist nicht dort. Sie ist in einer weißen Stadt mit schönen Häusern, im Süden Norwegens. Eine Stunde bis Oslo. Alle paar Jahre besuche ich sie dort. Ein Holzkreuz. Möwen schreien, der Wind weht oft. Ich schlafe im einzigen Hotel am Ort.

Dora Kilv. Man kannte sie dort.

32

In den Nächten in der Hütte, mit dem Blick auf die Sterne, da ahne ich, je länger ich in die Leere hinter M13 schaue, dass nicht Bolltner Vaters Ziel war. Jedenfalls ab einem bestimmten Zeitpunkt nicht mehr, und dass nicht nur Mönus Bruno angetrieben hat, sondern dass nichts anderes mit dem Brand erreicht werden sollte, als den zu schädigen an Leib und Leben, an Ehre und Selbstbewusstsein, an Liebesglück und Liebeslöhnung, der Vater um sein Leben mit Mutter gebracht hatte: Bruno. Vaters Plan war, glaube ich, ihn abzuservieren, ihn zu immer Größerem anzustacheln, ihn in den Knast zu bringen.

Manchmal aber, wenn ich durchs Fernglas schaue oder durch das Spektiv, schweift mein Blick über die Geier, die von hier nach da flattern und doch nicht auffliegen, sondern nur proben, und denen ich die Ungeduld ansehe. In diesen Momenten zweifele ich und denke, alles könnte auch ganz anders gewesen sein.

Oft bleibt der Blick durchs Spektiv auch an Ludwig hängen, der allein durch die Berge zieht. Seine rote Wanderjacke markiert ihn im Gelände. Manchmal kann ich ihn mit bloßem Auge erkennen. Er kartiert unermüdlich die Populationen der Zitronenzeisige und findet sie in Höhen zwischen eintausendeinhundert und eintausendvierhundert Metern, vorwiegend in kleinen Kolonien an den Südhängen. Er berichtet, dass die Vögel eine grasige Vegetation bevorzugen, bestanden mit solitären Zirben und Tannen. Vor ein paar Tagen hat er weit höher gelegene Bruthabitate in der Nähe von Latschenfeldern ausfindig gemacht. Latschenfelder konservierten die Tageswärme gut und böten reichlich Nahrung in Form von Samen und Insekten, sodass eine zweite Brut im Jahr zu erwarten sei.

Ludwig hat ein gutes, Ranz meint ein perfektes Gehör. Gestern Abend, als er zurückkehrte und seine Aufnahmen abspielte, sagte er, der Gesang der Zitronenzeisige mute schwermütig an, dann wieder klirrend. Die Männchen nähmen eher eine nasale Färbung an, die Weibchen klängen mehr flötend und hörten sich an wie der hier selten anzutreffende Stieglitz, in Tonfolge und Metrum aber durchaus dem noch selteneren Gierlitz verwandt, dessen Phrasen ihm aber letztlich doch ein Stück modulierter vorkämen. Anhand von Aufnahmen könne er den Gesang deutlich von den verschiedenen Rufen abgrenzen. Rufen sei eben etwas anderes als Singen. Spätestens in diesem Moment spannt Ranz seine Hunde an und fährt wieder hinunter ins Tal.

Auch heute Morgen ist Ludwig in seinem Element. Er gestikuliert beim Sprechen, beugt sich über den Tisch und zeigt uns die Wege, die er zurücklegt. Er zieht über das ganze Gebirge.

»Du bist ein Hanns Guck-in-die-Luft«, sagt Liv. »Pass auf die Dolinen auf. In denen verschwindet man wie in einer Gletscherspalte auf Nimmerwiedersehen. Sie gehen bis dreihundert Meter tief abwärts, nichts als Dunkelheit und Schweigen. Und am Weißkogel ist es nicht weniger gefährlich. Dort droht ein Bergrutsch. Die Lage ist instabil, das weißt du selbst. Obacht also.«

Ludwig legt ein stockfleckiges Papier auf den Tisch. Ich erkenne es sofort. Vaters Studie zu den Gampelmeisen, die er in *Bird Study* veröffentlicht hat.

»Je nach Höhenlage singen Gampelmeisen anders. Sie

prägen einen Dialekt aus. Man vermutet, dass die Männchen durch den höhenspezifischen Dialekt für jene Weibchen interessant sein könnten, die genetisch wie sie an die jeweilige Höhe angepasst sind.«

»Alles ist Konkurrenz, ist Abgrenzung und Anpassung«, sagt Bruno und grinst. »Besonders in der Vogelwelt.«

»Es setzen sich wohl die Vögel durch, die in den Schneemonaten die Futterspeicher wiederfinden können und dadurch überleben. Die anderen kommen um oder ziehen in tiefere Regionen, denke ich.«

Mir schwillt der Kamm.

»Das alles ist nicht neu, es basiert alles auf Vaters Studie.«

Ich bereue sofort, was ich sage. Besonders die Schärfe in meiner Stimme. Ludwig wischt sich übers Gesicht. Sein Blick verändert sich, wird befangen, als sei er ertappt worden. Liv nimmt ihre Hand von meinem Rücken.

»Natürlich«, sagt Ludwig. »Ich vermute Ähnliches bei den Zitronenzeisigen. Ich setze nur fort, was noch erforscht werden sollte, ich baue auf den Arbeiten deines Vaters auf.«

»Vollkommen in Ordnung«, sage ich schnell und spüre, dass der Satz stimmt. Dass er Versöhnung anbietet. Mit meinem Vater und seiner Geschichte. Ludwig und Bruno sind es, die sie abschließen. Die helle Seite Vaters. Die Geschichte seiner Eifersucht mit ihren düsteren Folgen bleibt bei mir. Es ist nie gut, in den Schuhen seines Vaters zu gehen. Immer sind sie zu groß oder zu klein.

»Gehen wir«, sagt Liv, und einen Augenblick weiß ich nicht, wen sie meint: mich oder Bruno.

»Gut, gehen wir«, sage ich deshalb.

Wir steigen auf zu den Geiern und legen im Gelände weitere Gamsläufe aus, die Bruno uns mitgegeben hat. Wir sehen es sofort, können es nicht glauben, kriechen ein Stück ins Innere der Höhle, die sich an die Scharte anschließt. Aber es bleibt dabei: Von einem Geier fehlt jede Spur, und ich weiß, dass auch Bruno das längst bemerkt haben wird.

Wir schauen zum Weißkogel. Unter dem Gipfel hängen Wolken und wachsen ins Tal. Sonst ist der Himmel leer. Jemand steigt über die Schuttfelder ab. Das Gangbild verrät, es ist Lorenz. Das Bellen der Schlittenhunde dringt zu uns herauf. Dann die Schläge einer Axt. Es klingt fern und melancholisch. Der Fels ist noch warm. Liv schält einen Apfel. Ich muss nicht alles wissen. Und dann frage ich doch, weil es mich all die Jahre beschäftigt, lange Zeit auch gequält hat. »Warum war Bruno nicht im Zug?«

Liv hält inne. Der Duft des Apfels steigt mir in die Nase.

»Wir haben Bechter gesehen. Er hat auf dem Bahnsteig mit dir gesprochen, und wir erinnerten uns, dass Ranz erzählt hat, dass Bechter dich …«

Liv räuspert sich.

»Was?«

»Dass er dich umdrehen wollte.«

»Ranz hat zu viel gequatscht. Das war schon immer so.«

»Bechter war kein Amateur. Er hätte dich zum Reden gebracht.«

»Reden? Über was? Ich war nie eingeweiht.«

»Über die Flasche mit dem Benzin. Bruno hat sie in der Hand gehabt, als du ihn fotografiert hast. Da hat es bereits gebrannt, und Bruno ist schleunigst abgehauen. In den Wochen, nachdem Ranz dich im Krankenhaus besucht hatte, wurde Bruno immer skeptischer, was dich anging. Ranz hatte ihm gesteckt, dass Bechter dich in die Mangel nahm. Als du aus dem Krankenhaus gekommen bist, setzte er sich vorsorglich in die Berge ab, wechselte alle paar Tage die Hütte. Nenn es von mir aus paranoid. In dem Moment, als er dich und Bechter auf dem Bahnsteig reden sah, hielt er es für möglich, dass du das Foto nicht zerstört hast und Bechter es in die Finger bekommen hat.«

»Er hat mir zugetraut, dass ich ihn verrate?«

»Er ist aus dem Bahnhof geflohen. Er hat geglaubt, dass Bechter dich benutzt. Dass du ihn zu ihm führen solltest.«

Dann ist da ein Schweigen, und Liv lässt es mir. Auch beim Abstieg zur Hütte bleibt es zwischen uns und in der Nacht, als ich nicht schlafen kann und sie alle neben mir atmen höre, Liv, Bruno und Ludwig. Ich besitze das Foto noch. Es ist über zwanzig Jahre alt. Ich habe es hinter einem Gemälde versteckt, das Vater mir zum Abitur geschenkt hatte und das heute noch in meinem Jugendzimmer hängt. Ich habe es mit Tesafilm auf der Rückseite der Leinwand befestigt, kurz bevor ich das Dorf verließ.

Ich stehe auf, und sehe durch das Küchenfenster die Glühwürmchen unter den Bäumen leuchten, die in dieser Nacht, wenn sie sich gefunden und befruchtet und die Eier abgelegt haben, sterben werden. Dafür leuchten sie. Ein Leben, das endet, wenn es die Liebe findet. Wir sehnen uns nach Dauer, aber Dauer ist nicht der Normalfall.

In der Früh steigen Ludwig und Bruno zum Weißkogel rauf, Liv und ich gehen ein Stück ins Tal ab. Sollten wir den Geier finden, bringen wir ihn im Rucksack zurück. Bisher ist kein Funksignal eingegangen, der Sender auf seinem Rücken schweigt.

Wir kommen zu der Stelle, an der ich Ludwig getroffen habe. Der Pfad führt hinaus in die Feuchtwiese, die von zahlreichen flachen Tümpeln und Bachläufen durchsetzt ist. Wir stiefeln los, hinaus zu einer Baumgruppe auf der höchsten Kuppe. Unter unseren Schritten hallen die Planken auf, neben denen das brackige dunkle Wasser steht.

Am Ende des Pfads ist das Gras zertreten. Als wir auf die Anhöhe mit dem schütteren Wald gelangen, sehen wir Fußabdrücke, die vielleicht von Ludwig stammen. Die Stämme stehen in der glasklaren Luft. Ihre Konturen zeichnen sich vor dem Himmel ab, keine Kondensstreifen, keine Wolken. Ein Mischwald, Buchen, Kiefern, Birken. Alle abgestorben. Die Stämme sind von den Schädlingen durchlöchert. Ihre Rinde haben sie abgeworfen. Wir gehen tiefer in den Wald. Die Hitze oder die Herbstwinde vom letzten Jahr haben die niedrigen, jüngeren Baumstämme sich krümmen lassen, bizarre, rauchschwarze Filigrane – Tänzer, in der Bewegung eingefroren.

Von dem Geier keine Spur. Ich weiß, wie sehr es Bruno und Ludwig treffen würde, wenn er verloren ginge. Ich schwitze, auch auf Livs Oberlippe stehen Schweißperlen. Die toten Bäume spenden keinen Schatten. Es ist schwül.

Irgendwann ist es genug. Wir setzen uns auf eine Planke, ziehen die Schuhe aus, halten die Füße ins Wasser, das uns kaum abkühlt. Es färbt die Füße und Knöchel rostbraun. Ich spüre eine große Müdigkeit, lege meinen Kopf in Livs Schoß, schließe die Augen. Sie streicht mir durchs Haar. Ein Zilpzalp singt ganz in der Nähe. Laut und immer die gleichen beiden Silben: zilpzalp, zilpzalp, zilpzalp.

»Er überwintert in den Oasen der Sahara«, sage ich und höre, wie müde ich klinge. »Im Herbst findet er diese grünen Inseln in der Wüste.«

Liv legt ihre Hand auf meinen Mund, schließt Vaters Worte. Ich könnte fortfahren und erwähnen, dass die Oasen den Vögeln das Überleben sichern. Durch den Klimawandel werden sie zunehmend trockener, die Palmengärten verdorren. Aber das sage ich nicht. Ich spüre Livs Hand auf der Wange, dann streichelt sie meinen Nacken, fährt mir durchs

Haar. Ich schließe die Augen, fühle, dass etwas ruhig in mir wird, alles, was ist, hat eine Dauer, die Dinge wie die Menschen und vor allem das Herz, das sich verlieren kann.

»Und?«, fragt Liv. »Bleibst du?«

Aus dem Rucksack fische ich das Kuvert, halte es ins Licht, als würde durchscheinen, was Mutter und Vater geschrieben haben. All die toxischen Worte.

Ich reiche ihr das Kuvert. Sie wiegt es in den Händen, öffnet es. Liest.

»Wer durch Feuer? Wer durch Wasser? Wer in der Nacht?«

Dann ist es genug, und sie steckt die Papiere zurück. Ich schließe das Kuvert, falte es zusammen, lasse es ins Wasser gleiten. Es schwimmt von uns fort, dreht sich und geht nicht unter, vielleicht, weil neben den Worten viel Luft eingeschlossen ist.

Wir gehen weiter, suchen immer wieder den Himmel ab. Als wir den Wald erreichen, wird es kühler. Den Geier sehen wir nicht. Manchmal verliert der Steig sich. Ich bleibe Liv auf den Fersen. Was treibt sie an? Die schwarzen Wolken, die hinter den Bergspitzen aufsteigen? Wir kommen zu einer Alm, in der Ferne sind ein paar Hütten zu sehen. Keine Flagge weht. Keine Menschen. Zwischen den Hütten Grasbänder, umgeben von schotterigen Steinflächen, die sich die Bergflanken hochziehen. Liv hält auf einen Felsen zu. Ein schwaches Trillern ist zu hören. Schließlich verstummt es. Wir pirschen uns näher und näher heran, sind beim Felsen, ein paar Meter noch, Liv winkt mich zu sich. Ich stelle mich hinter sie. Sie drückt sich an den Stein. Ich höre sie atmen, ihre Halsschlagader pocht. Ein feines Zurren ist zu hören, als zerreiße jemand Papier. Liv wendet den Kopf, legt den Finger auf die Lippen und schiebt sich um den Felsen herum, langsam folge ich ihr. Der Vogel ist grauschwarz, ich erkenne den Fußring. Welcher der beiden Bartgeier es ist, kann ich nicht sagen. Er hebt den Kopf. Ein schwacher, süßlicher Geruch liegt in der Luft. Ein Geruch, der auf den Magen schlägt. Gegen die Fliegen kann ich nichts unternehmen. Ihr Summen scheint überlaut zu sein. Ich weiß, dass das täuscht, dass es der Stille geschuldet ist, bis ich schließlich Ranz höre, seine Kommandos, in die sich das Knallen der Peitsche und das Jaulen der Hunde mischen, unten vom Talgrund, deutlich leiser als die Fliegen. In der Ferne kreist ein weiterer Geier mit großer Spannweite. Sein Schwanz ist lang gezogen und keilförmig. Er erinnert an einen Falken, nur viel größer, er schraubt sich langsam tiefer und tiefer, ohne einen einzigen Flügelschlag. Der Vogel gleitet nun knapp unterhalb des Passes, in dem verstreut ein paar große Felsen liegen. Er segelt. Was hat er gesehen? Eine Gams vielleicht, die weiter oben abgestürzt ist. Bartgeier seien stille Tiere, hatte Vater gesagt. Ich wünsche ihm, dass er zusieht von jener Schwärze aus, die beginnt, wenn wir das Blau hinter uns lassen. Das ist, woran ich denke. An Vater und Mutter und daran, dass sie bis in alle Ewigkeit dort bleiben werden, wo sie sind, fern von uns und fern voneinander. Und dann denke ich, dass die Ewigkeit kein schöner Ort ist. Kein Ort, um zu bleiben.

Der Geier flattert mühsam auf, steigt, will seinem Nestbruder folgen, dreht eine schwankende Runde und landet abrupt und torkelnd oben im Kar, in den Felsen. Wir wollen zu ihm, finden einen Gamssteig. Das Wetter schlägt um, wir retten uns auf ein Plateau, vom dem aus es nicht mehr weit bis zu dem Geier ist, der auf einer Felsplatte kauert. Alles geht schnell. Ein Wolkenbruch. Das Wasser steht uns in den Schuhen, schießt von den Gipfeln herunter, lange, gleißende Wasserbänder treten aus den senkrecht aufsteigenden Wänden aus. Wir rennen zu einem Verschlag auf einer kleinen Anhöhe. Zwei Pritschen, eine Feuerstelle. Über das Dach rollt der Regen. Ein Pulsen und Tosen. Wir sind nass bis auf die Haut. Ich beginne, Liv mit der fadenscheinigen Decke abzurubbeln, in großen Schwüngen, die etwas Wärme zurückbringen sollen. Als Liv aufgewärmt ist, wirft sie uns die Decke über, und einen Moment stehen wir da, Bauch an Bauch, ich sehe die gelben Sprengsel in ihren Augen, drum herum ein dunkles Braun, und schwach, wie fernes Gewittergrollen, ist ein Mahlen und Gurgeln zu hören, ein Geräusch, das aus der Erde kommt, aus den Steinen und Klüften. Das Wasser steigt in den Senken. Die Böden können es nicht mehr aufnehmen.

Als ich aufwache, ist es dämmerig, ein stumpfes Anthrazit, das sich lichten wird und einen Tag vortäuscht, der noch lange nicht anbrechen wird. Der Regen peitscht unablässig weiter. Liv schläft.

Ich bleibe, schreibe ich mit dem Finger in die Luft und breche auf.

Dank

Ich danke meiner Agentin Caterina Schäfer von der Agentur Copywrite und allen Mitarbeiterinnen und Mitarbeitern des Piper Verlags, die sich so sorgsam und engagiert um den Roman kümmern. Mein besonderer Dank gilt Hannes Ulbrich, meinem Lektor.

Barbara Achten war die kritische Leserin der allerersten Entwürfe. Außerdem danke ich meinen beiden Söhnen. Nikolas begleitete mich bei einigen Wanderungen in den Alpen, um die Örtlichkeiten zu finden, die im Roman eine Rolle spielen. Henrik steuerte Wichtiges bei zur Hauptfigur Jakob Kilv, insbesondere, was dessen Fähigkeit angeht, Stimmen zu lesen.